ADEUS, MARIDOS

Mulheres que escolheram mulheres

Dados Internacionais de Catalogação na Publicação (CIP)
(Câmara Brasileira do Livro, SP, Brasil)

Abbot, Deborah e Farmer, Ellen
Adeus, maridos : mulheres que escolheram mulhers / [editado por]
Deborah Abbot e Ellen Farmer [tradução Denise Maria Bolanho]. –
São Paulo : Summus, 1998.

Título original: From wedded wife to lesbian life.
ISBN 85-86755-03-6

1. Lésbicas – Condições sociais 2. Lésbicas – Psicologia 3. Lésbicas
– Relações familiares 4. Mulheres casadas – Psicologia I. Abbott,
Deborah. II. Farmer, Ellen. III. Título : Mulheres que escolheram
mulheres.

97-5828-   CDD-305.489664

Índices para catálogo sistemático:

1. Lésbicas : Sociologia   305.489664

Compre em lugar de fotocopiar.
Cada real que você dá por um livro recompensa seus autores
e os convida a produzir mais sobre o tema;
incentiva seus editores a traduzir, encomendar e publicar
outras obras sobre o assunto;
e paga aos livreiros por estocar e levar até você livros
para a sua informação e entretenimento.
Cada real que você dá pela fotocópia não-autorizada de um livro
financia um crime
e ajuda a matar a produção intelectual em todo o mundo.

ADEUS, MARIDOS

Mulheres que escolheram mulheres

**DEBORAH ABBOT e
ELLEN FARMER**

Do original em língua inglesa
FROM WEDDED WIFE TO LESBIAN LIFE
Copyright © 1995 by Deborah Abbot e Ellen Farmer
Publicado por acordo com The Crossing Press
Direitos para a língua portuguesa adquiridos por
Summus Editorial, que se reserva a propriedade desta tradução

Tradução: **Denise Bolanho**
Projeto gráfico e capa: **Brasil Verde**
Editoração eletrônica: **Acqua Estúdio Gráfico**
Editora responsável: **Laura Bacellar**

Edições GLS
Rua Domingos de Morais, 2132 conj. 61
04036-000 São Paulo SP
Fone (011) 5392801

Atendimento ao consumidor:
Summus Editorial
Rua Cardoso de Almeida, 1287
05013-001 São Paulo SP
Fone (011) 3872-3322

Distribuição:
Fone (011) 8359794

Impresso no Brasil

Dedicado a todas as mulheres e homens, moças e rapazes que nos apoiaram e a todos que aceitam o risco, rompem o silêncio e dizem a verdade.
E.F.

E para as mulheres atualmente casadas, para quem aquela "alguma coisa faltando" talvez seja revelada nesta leitura.
D.A.

SUMÁRIO

Agradecimentos _____ 9

Prefácio _____ 13

Introdução
   Marge Frantz _____ 17

A pele macia de uma mulher
   Stella Lopez-Armijo _____ 29

Universos paralelos
   Ellen Symons _____ 35

"Não pica doloroso, não sabe saboroso"
   Robin Teresa Santos _____ 38

Um novo caminho
   Kathleen Boatwright _____ 50

Faça o que é bom para você
   Gale (Sky) Edeawo _____ 59

Trechos de *Servindo em silêncio*
   Margarethe Cammermeyer com Chris Fisher _____ 74

Meu marido é meu melhor amigo
   Blake C. Aarens _____ 85

A reforma
   Reva Talleygrone _____ 95

Não quero mais casar
   Kay Wardwell _____ 104

Revelação
   Ann D. Kwong _____ 113

Uma história no Oeste
    Sharon 'Joh' Paloma _____ 119
Depois do acidente
    Mardi Richmond _____ 129
Uma família grande
    Sharon Knox-Manley _____ 138
Paixão por ser eu mesma
    Joanne Warobick _____ 143
Um novo casamento
    Zandra Johnson-Rolón _____ 151
Vida selvagem
    Deborah Abbott _____ 156
Eu ainda acredito em casamento
    Esther O'Donald _____ 172
A primeira vez em que a abracei
    Elteaser 'Tina' J. Buttry _____ 182
Adeus, marido
    Robin Finley _____ 190
A mulher dos seus sonhos
    Terry Hamilton _____ 199
Não é uma questão de escolha
    Nanay Gabriel _____ 208
"Haciendo un lugar seguro para todos"
    Shirley Knight-López _____ 215
Uma garota comum
    JoAnn Loulan _____ 221
Encontrando o caminho
    Arie Schwartz _____ 233

Sobre as organizadoras _____ 247

AGRADECIMENTOS

Agradeço à minha mãe Nettie Batinovich Abbott, que escutou com infinita paciência as centenas de poemas que comecei a rabiscar aos seis anos de idade e cuja força indomável me deu a coragem de sentir orgulho de tudo o que sou. Talvez ela esteja estremecendo ao ver o meu "estilo de vida" tornado tão público, mas espero que se permita receber um pouco do crédito pelo meu espírito tão franco. Ao meu pai, Charles Abbott, cujo afeto e aceitação constantes possibilitaram não somente a produção de um livro, mas um no qual a palavra "L" é mencionada pelo menos uma vez em cada página. Aos meus filhos, Matthew e Forrest Abbotmoore, que estão se transformando em belos rapazes apesar de todos os sanduíches de queijo quente que precisaram comer para que este livro pudesse existir. Ao meu ex-marido e co-progenitor, por ter feito a sua parte, permitindo que eu tivesse tempo de escrever e editar, e por respeitar a minha natureza sexual, mesmo contrariando as suas crenças religiosas.

Meu profundo agradecimento à minha amiga e colega Amber Coverdale Sumrall, pois sem o seu apoio infatigável e conselhos inesgotáveis sobre assuntos literários e afins, eu talvez nunca tivesse nem mesmo imaginado este livro.

Obrigada a Sue Greene, minha parceira nos estágios iniciais desta antologia, por sua crença inabalável em mim, muitas vezes superando a minha própria, e por sua mente aguçada e metódica, que tornou viável o enorme projeto que tantas vezes ameaçou me engolir. À minha atual companheira, Rebecca Tavis, que entrou na minha vida quando eu precisava dela, pela revisão, fotografias e outros talentos fundamentais, e pela contribuição tardia, porém constante, à co-editora e ao livro. Obrigada também a Sue Wanenmacher, Gypsy Powis, Marsha Isaacson, Kim Tyler e Katie Elliot-McCrea pelos perspicazes *insights* editoriais, pelas discussões noturnas de idéias, pelas avaliações honestas e pelo apoio oferecido durante as diferentes, e algumas vezes difíceis, fases desse trabalho de três anos.

E, acima de tudo, minha enorme gratidão à minha velha amiga Gail Brenner, que testemunhou a minha transição da vida de casada para a vida lésbica e cujo amor e amizade são mais valiosos para mim do que quase tudo.

Deborah Abbott
Santa Cruz, Califórnia

Primeiramente, agradeço às autoras pela generosidade de espírito e paciência com o processo de edição. Pelas referências, idéias, estímulo e discussão, quero agradecer a Jacqueline Marie, Arlyn Osborne, Bettina Aptheker, Cathy Cade, Adrienne Rich, Lauren Suhd, Nancy Bereano, Beatriz Lopez-Flores, Crystal Jang, Paula Gunn Allen, Cristina Case, Kamari Clarke, Trinity Ordona, Sharon Lim-Hing, Irene Reti, Valerie Chase, Eric Lane, Ellen Bass, Sarah Rabkin, Carol Howard, Robin Drury, Yael Lachman e Jude Todd. Minha gratidão para Zane Smith, Steve Turner, da União Nacional de Escritores em Santa Cruz/Monterey, e Stephen Camber, dos Advogados a favor das Artes da Califórnia, pelos seus ótimos conselhos. Um agradecimento especial para a minha sócia, Alexa Keihl-Valles, pelas horas intermináveis que passou cuidando de nosso escritório quando eu estava ocupada. Sou eternamente grata pela sua alegre disposição para ouvir os meus projetos fantásticos, ao mesmo tempo lembrando-me de cumprir os nossos prazos. Laura Davis generosamente dedicou o seu tempo, ajudando-nos a organizar e escrever as nossas idéias. Karen Narita, da *The Crossing Press*, dedicou-se a esse projeto, garantindo a sua qualidade.

Sem a parceria segura e sensível que há doze anos tenho com Steve Farmer para cuidar de nossos filhos, eu não teria tido tempo para coordenar uma antologia. Ele não apenas escutou as crianças quando elas vinham com problemas, como também conversou comigo para que pudéssemos chegar a um acordo sobre o que fazer, embora morássemos em casas separadas havia muitos anos. Ele desaprendeu a homofobia para ajudar as crianças a lidar com essa questão. Observei-o transformando-se de alguém cínico e medroso numa pessoa liberal e compreensiva dos desafios enfrentados por alguns seres humanos muito valiosos – as lésbicas em sua vida. Também estou feliz por ter saído do seu caminho para que ele pudesse encontrar uma companheira maravilhosa. Tenho muito orgulho de nossos filhos, Scott e Janna, que trazem para casa amigos interessantes de ótimas famílias, provando que nem todas as pessoas são "caretas" e que ninguém deseja ou espera que sejam.

Agradeço aos meus pais pelo entusiasmo com esse projeto, pelo amor que demonstraram por meus filhos e minha parceira e por seu jeito elegante de voltar para sua casa-trailer quando eu preciso trabalhar.

E para a minha companheira, Coleen, ofereço a minha mais sincera gratidão, pela profundidade da sua intuição e percepção, sua meticulosidade editorial e considerável talento como fotógrafa, pela doçura do seu amor e pela sua maneira de conduzir animadas conversas na mesa do jantar e manter as crianças felizes em longas viagens de carro. Juntas, estamos dando a nossa contribuição para os direitos de gays e lésbicas.

Ellen Farmer
Santa Cruz, Califórnia

Quando reconhecemos o que sentimos, reconhecemos que podemos sentir profundamente, que podemos amar profundamente, que podemos sentir alegria, então passamos a exigir que tudo ao nosso redor gere esse tipo de alegria.

Audre Lorde

PREFÁCIO

Bem-vinda ao mundo das lésbicas outrora casadas – um mundo onde mulheres aparentemente comuns continuam suas vidas após uma extraordinária transformação. Em determinado momento, elas ficaram na frente de um padre, rabino, pastor, ou juiz, repetiram votos e seguraram buquês. Como esposas, fizeram o melhor para satisfazer inúmeras expectativas. Mas seus casamentos não lhes pareciam verdadeiros. Agora, cada uma delas é uma lésbica – a perfeita mulher divorciada gay.

Adeus, maridos é uma coletânea de histórias compiladas por duas de nós que percorremos este caminho. Apesar de nossas tentativas para observar padrões e tirar conclusões sobre as motivações das autoras, descobrimos que suas histórias são tão diferentes quanto o lugar onde nasceram e a educação que tiveram. E, apesar de muitas terem descrito a experiência de assumir a homossexualidade como um encontro de si mesmas, cada uma ocupa um lugar único na comunidade lésbica.

Você pode estar comprando este livro por diversas razões. Talvez tenha ficado curiosa, intrigada pela contradição. Ao abrir estas páginas, talvez se pergunte: "mas as lésbicas não se apaixonam todas pelas suas professoras de ginástica no colegial? Elas não sabem que são lésbicas?" Não necessariamente. Uma dona-de-casa quarentona conta aqui que se apaixonou perdidamente por uma garota descolada. Outros relatos mostram mulheres que sabiam desde o início o que eram mas casaram para "endireitar as coisas", levando décadas para encontrar a coragem de recuperar suas vidas lésbicas.

Você pode estar imaginando cenas terríveis, do tipo: "Será que esposas inocentes não foram arrancadas do casamento por lésbicas sedutoras?" Caso esteja imaginando isso, você ficará surpresa ao encontrar mais de uma esposa cujo marido arranjou um *ménage à trois*, para depois descobrir que ele era quem não se encaixava na situação. Você também gostará da história da jovem esposa grávida paquerando uma lésbica totalmente desconcertada.

Talvez você se interesse por este livro por esperar histórias de horror, sobre maridos tão medonhos que suas mulheres preferiram outras mulheres Aqui de fato há alguns relatos chocantes. Você lerá sobre um marido violento que ficou com a guarda dos filhos, e uma mulher mórmon que abandonou o marido quando descobriu que ele transformara o porão num local de encontro para os membros [nazistas] das Nações Arianas. Mas há um número ainda maior de escritoras que descrevem maridos perfeitamente agradáveis... e casamentos perfeitamente infelizes.

Você pode estar entre as leitoras que sentiram-se atraídas por este livro por querer saber: "Mas como pode uma mulher querer trocar todos os benefícios do casamento por um estilo de vida tão polêmico?" Pergunte à mãe sansei que finalmente decidiu que a honestidade era o exemplo mais importante a ser dado a seus filhos, em lugar de tentar satisfazer as expectativas da sua cultura japonesa. Outras mulheres com uma vida "de madame" sentiram que alguma coisa estava faltando ou estava errada, apesar de não saberem o quê. E, quando a encontraram – na forma de uma mulher –, dispuseram-se a correr enormes riscos e fazer tremendos sacrifícios, declarando que "apesar de tudo, vale a pena".

Naturalmente, você pode estar procurando cenas de sexo. "Será que as mulheres terminam o casamento porque o sexo lésbico é muito melhor?" Embora essa pergunta não vá ser respondida agora, JoAnn Loulan e diversas outras autoras dão detalhes sobre o antes e o depois entre os lençóis.

Aquelas que já foram casadas e são lésbicas podem estar com este livro nas mãos, exclamando: "Já estava na hora!" Nós concordamos. Quando começamos a pesquisar esse projeto em 1992, ficamos surpresas ao descobrir que, apesar dos inúmeros livros e artigos descrevendo o processo de assumir a homossexualidade, havia raras referências a um ex-marido. Foi um desafio encontrar nossas autoras. Encontramos lésbicas ex-casadas que tinham muito medo da reação de patrões ou locadores para escrever ou usar seus verdadeiros nomes. Algumas queriam proteger as pessoas amadas. Encontramos algumas que tinham passado por experiências ruins ao revelar suas histórias pessoais a lésbicas assumidas. Conversamos com muitas mulheres que achavam extremamente doloroso falar sobre o casamento para uma publicação.

Mas, ao lado de todas as que precisaram dizer não, ficamos encantadas ao encontrar lésbicas de todas as classes e idades, com uma riqueza de experiências, oferecendo suas histórias para este livro. Aqui está o relato de Mardi Richmond, que bebia para evitar seus sentimentos pelas mulheres. E de Reva Talleygrone, que precisou reformar toda a casa antes de compreender o que realmente precisava ser consertado. E a história inspiradora de Ann Kwong sobre como ela sentou ao lado do ex-marido para ouvir a filha e a amante cantando juntas no coro da igreja. Há também a história de Stella Lopez-Armijo, uma avó aposentada e voluntária da comunidade que há quinze anos vive feliz com sua companheira, Ina.

Garantimos que *Adeus, maridos* irá divertir, excitar, perturbar e surpreender você. Este é um livro cheio de emoção, que fala de mulheres que encontraram e amaram outras mulheres e que, ao fazê-lo, passaram a se respeitar plenamente; sobre mulheres alegres e espertas que resistiram ao ostracismo e lutaram contra a homofobia em suas inúmeras formas; e sobre mulheres comuns que, frente aos desafios externos e internos, tiveram sucesso e compartilham suas vidas extraordinárias e apaixonadas nestas páginas.

A maneira mais garantida
de se ficar sozinha é pelo casamento.

Gloria Steinem

Introdução
Marge Frantz

Adeus, maridos está repleto de histórias ricas e complexas, contadas na voz particular de cada autora. Em muitas delas, observei um padrão que me ajudou a compreender mais claramente a minha própria história pessoal: em algum ponto dos nossos diversos caminhos, muitas de nós nos apaixonamos por mulheres ou tivemos idéias vagas, insinuações, sentimentos indefinidos – algumas mais cedo, outras mais tarde – de que o nosso objeto de desejo era uma mulher.

Ao mesmo tempo, todas ouvimos mensagens sociais constantes, declaradas ou veladas, positivas e negativas. A primeira: case e terá muitos privilégios heterossexuais. A segunda: é melhor esquecer essas idéias, isso foi apenas uma fase, uma paixonite de adolescente, você vai superar isso, mas cuidado, ou o preço será alto. Esses subornos, avisos, proibições, repressões, sanções e suposições nos pressionaram de todos os lados com força extraordinária e conseguiram o que pretendiam: levaram muitas de nós à negação, fazendo-nos ocultar nossos sentimentos de nós mesmas, deixando-nos assustadas, confusas ou incompreendidas, ou sem saída, ou cheias de homofobia internalizada. Nós queríamos acreditar que éramos "normais" ou, pelo menos, que viveríamos vidas "normais". Queríamos ser aceitas; temíamos as críticas e os castigos sociais; tínhamos medo, principalmente, da perda de apoio econômico, empregos ou filhos. Casamos.

Mas, apesar do condicionamento cultural, acabou chegando o momento da revelação, aquele despertar crucial, como a luz do sol atravessando a neblina – ou foram o desejo e a paixão ardente que dissiparam a neblina? Em determinado momento, algumas vezes muitos anos depois, de algum modo, superamos a negação provocada por todas aquelas expectativas e exigências sociais, conseguimos sair e desafiar toda a ordem heterossexual e percebemos que o lesbianismo era uma opção real e autêntica para nós. Nunca foi fácil renunciar aos privilégios heterossexuais, mas nós realmente nos apossamos de nossos verdadeiros sentimentos e desejos, e encontramos a coragem e a clareza para reivindicá-los e deixar que eles nos guiassem.

Uma vez que a vida lésbica, por mais definida que seja, costuma ser um assunto não divulgado, é mais fácil para um historiador localizar e identificar mudanças nas tendências e expectativas sociais do que as reações das mulheres a elas.

O testemunho, principal recurso dos historiadores, está em falta, especialmente no que se refere à vida das mulheres de cor e da classe operária que não têm tempo para escrever um diário ou outras maneiras de registrar suas vidas. Mesmo quando descobrimos diários e cartas reveladoras muito antigas, os detalhes íntimos que esclareceriam totalmente a natureza dos relacionamentos tendem a sofrer uma autocensura. Grande parte da história do lesbianismo inclui suposições, apresenta muitas questões em aberto e, certamente, terá que ser repensada e reescrita à medida que aprendermos mais.

E quando por acaso descobrimos alguns pequenos dados fascinantes, não é fácil interpretá-los sem submetê-los a uma leitura contemporânea, anacrônica e distorcida. Eis uma citação, por exemplo, de um ensaio de William Cullen Bryant em 1843, sobre duas mulheres que ele conheceu em Vermont:

> Na juventude, elas se tornaram companheiras para o resto da vida e essa união, para elas não menos sagrada do que os laços do matrimônio, perdurou, em harmonia ininterrupta, por quarenta anos, durante os quais elas compartilharam suas profissões e prazeres e obras de caridade na saúde, e cuidaram uma da outra com ternura na doença...Elas dormiam sobre o mesmo travesseiro e dividiam o dinheiro, e adotaram as respectivas famílias...Gostaria de falar sobre a sua casa, cercada de rosas...e gostaria de falar das gentilezas que os vizinhos, pessoas de bom coração e maneiras simples, parecem apreciar lhes oferecer.[1]

Introdução

Temos muitos relatos do século XIX de relações íntimas, duradouras, entre mulheres casadas que não moravam juntas mas que escreviam e visitavam uma à outra com freqüência. Elas eram consideradas perfeitamente "normais" e sua amizade chamada de "romântica". Compartilhando ou não os travesseiros, elas eram consideradas assexuadas, castas e inocentes e, em muitos casos, talvez tenham sido. Seria um erro tentar "encaixar" relacionamentos do passado em categorias modernas, antagônicas, de homossexual/heterossexual.

Sabemos que, de acordo com a ideologia vitoriana predominante, as mulheres "respeitáveis" simplesmente não eram criaturas sexuais. O sexo era para a procriação enquanto o amor romântico não tinha nenhuma ligação com o desejo sexual e ficava num plano mais elevado. Nas classes média e alta, o casamento era *de rigueur*, virtualmente o único caminho para a sobrevivência econômica, bem como para o *status* e o respeito, e o celibato era considerado degradante. Mas mulheres e homens, maridos e esposas, tinham pouco em comum e habitavam esferas separadas no mundo econômico e social. As mulheres passavam grande parte da vida com outras mulheres e os vínculos emocionais que criavam entre elas eram esperados e encorajados. Suas cartas revelam intensidade e paixão. Aqui, Emily Dickinson escreve para Sue Gilbert, sua futura cunhada:

> Susie, você realmente virá para casa no próximo sábado e será minha novamente e me beijará como costumava fazer?...Eu a desejo muito e estou muito ansiosa, sinto que não posso esperar, sinto que preciso tê-la. Agora, que a expectativa de ver novamente o seu rosto me deixa excitada e febril, e meu coração bate tão rápido...[2]

Mas é preciso ler essas palavras com o tipo de mente do século XIX, não do século XX. Em 1840, por exemplo, Margaret Fuller falou sobre o amor superior entre mulheres como um amor "puramente intelectual e espiritual, não maculado por qualquer mistura de instintos inferiores".[3] Ela refletia uma atitude bastante comum da época, provavelmente não universal, mas um ingrediente fundamental do clima social daquele período.

Esse clima começou a mudar depois da Guerra Civil americana. Enquanto a industrialização e a urbanização cresciam a passo acelerado, as fábricas continuavam pagando às mulheres da classe operária um salário que mal dava para a sua sobrevivência. Mas novos empregos surgiram para mulheres jovens, da classe média, em escritórios que se expandiam rapidamente (e que antes tinham sido estabelecimentos exclusivamente masculinos), abrindo a possibilidade de que algumas vivessem independentemente, em lugar de serem forçadas ao casamento, ao lar e aos assuntos domésticos.

Ao mesmo tempo, o "movimento feminista" do século XIX, como se autodenominava, começou a fazer avanços em sua campanha a favor da educação superior para mulheres. Por volta de 1880, havia mais de quarenta mil mulheres freqüentando universidades. Na virada do século, essas "Novas Mulheres" eram um fenômeno muito comentado pela mídia e a palavra "feminismo" surgiu pela primeira vez. Não tão coincidentemente, a palavra "lésbica" também foi utilizada pela primeira vez.

Não estava muito claro o que essas mulheres recém-educadas e recém-liberadas-do-casamento fariam com suas vidas. Elas queriam usar os talentos recém-libertados em propósitos úteis, mas a sociedade não lhes oferecia qualquer caminho profissional claro. Algumas, como Jane Addams e Lillian Wald, fundaram abrigos nos bairros mais pobres – aquilo que, hoje em dia, provavelmente chamaríamos de centros comunitários. Era nesses centros que mulheres e, de vez em quando, alguns homens, moravam e trabalhavam juntos para uma surpreendente variedade de causas relacionadas a reformas sociais, tentando aliviar a situação de pobreza e todas as doenças dela resultantes para imigrantes, operários de fábricas e seus filhos. O movimento das instituições deslanchou e, em pouco tempo, havia quatrocentas em todo o país, cheias de jovens universitárias, organizadoras de sindicatos e pioneiras naquilo que seria a profissão de assistente social.

As sociedades femininas existentes nas universidades e abrigos foram importantes para criar oportunidades de relacionamentos lésbicos entre as mulheres da classe média. Entre 1880 e 1900, dez por cento das mulheres americanas não casaram; entre aquelas com educação universitária, cinqüenta por cento permaneceram solteiras.

Muitas das mulheres que se conheceram nesses guetos femininos e em atividades relacionadas a reformas tornaram-se casais e viveram juntas por toda a vida. Parece provável que, se as amizades entre mulheres da geração anterior tinham-se caracterizado pela assexualidade vitoriana, o clima social na virada do século mudou as atitudes e o comportamento de muitas delas.

Essas mulheres não fizeram nenhum esforço para ocultar a intimidade dos seus relacionamentos. Por exemplo, Jane Addams, que ficou famosa por seu trabalho na criação de uma sociedade mais humana, ganhadora do Prêmio Nobel da Paz e votada, ano após ano, como a mulher mais ilustre da América, não fazia segredo do seu relacionamento de quarenta anos com Mary Rozet Smith. Em suas viagens, Addams telegrafava antecipadamente para reservar uma ampla cama de casal.[4] Willa Cather e Edith Lewis; Mary Woolley, presidente do Mt.Holyoke College, e Jeannette Marks; a romancista Sarah Orne Jewett e Annie Fields são outros exemplos famosos. Havia até um nome para esses relacionamentos: casamentos de Boston.

Mas a aceitação pública dos relacionamentos românticos estava para mudar. Em circunstâncias anteriores, esses relacionamentos não haviam desafiado as regras do casamento tradicional. Agora, a sociedade americana já se mostrava apreensiva em muitas áreas. 1890 foi uma década de depressão econômica e muita turbulência social. O movimento progressista do início do século XX gerou um ativismo social de proporções épicas, tendo as mulheres como principais líderes e participantes. Um crescente movimento feminista defendia o controle de natalidade e as mais radicais defendiam até mesmo o "amor livre". Toda essa pressão estava minando as estruturas da moralidade vitoriana e a idéia de mulheres assexuadas. Com a possibilidade de maior independência econômica, o amor entre mulheres parecia ameaçador para a estabilidade social.

Em 1913, a revista *Current Opinion* lamentava: "Parece que bateu a 'hora do sexo na América'". Teria sido uma coincidência o fato de, nesse momento crítico, começarem a ser amplamente publicados os estudos realizados por sexólogos ingleses e alemães (Krafft-Ebing, Ellis, Freud) descrevendo o amor entre mulheres como doentio, mórbido, uma anomalia da natureza, patológico e anormal? "Inversão sexual" passou a ser o diagnóstico.

Pela primeira vez, o lesbianismo foi usado não para descrever atos, mas para uma categoria de pessoa, uma identidade. A nova discussão pública a respeito de um assunto anteriormente proibido introduziu muitas mulheres ao fenômeno de mulheres amando mulheres. As lésbicas ganharam um nome e, algumas, o reconhecimento de que os seus sentimentos eram reais e compartilhados por outras. O tímido início de uma subcultura, secreta por motivos de segurança, formou-se em bares e locais de reuniões sociais em algumas cidades. Algumas lésbicas tornaram-se conscientes de si mesmas como um grupo, bem como da sua opressão. Mas, devido à natureza do discurso sexológico, teria sido quase impossível elas não internalizarem o estigma de anormalidade sobre o qual tanto escreviam os "especialistas".

Apesar disso, especialmente em Greenwich Village e no Harlem, em Nova York, surgiram pequenos oásis dentro da sociedade "hétero". Para as lésbicas afro-americanas, o mundo boêmio dos negros e da vida artística oferecia um refúgio relativamente seguro. Cantoras famosas de *blues,* como Ma Rainey, Bessie Smith, Jackie "Moms" Mabley, Josephine Baker e Gladys Bentley não precisaram sacrificar a sua sexualidade para ter sucesso e as letras de suas canções, geralmente explícitas, não lhes causaram problemas.

No final do século XIX e início do século XX, algumas mulheres escolheram uma outra maneira para fugir da ideologia vitoriana: passar por homens, algumas vezes casando-se com outras mulheres na igreja.

No mundo heterossexual, a mudança nas atitudes sociais resultantes do diagnóstico depreciativo dos sexólogos fez com que os relacionamentos homossociais do século XIX passassem a ser vistos sob uma nova luz. Sem dúvida, muitas cartas e diários foram destruídos. Um dos muitos exemplos que descobrimos por acaso: na década de 1920, quando as cartas de Emily Dickinson foram editadas para publicação, a filha de Sue Gilbert eliminou as passagens amorosas. O movimento feminista foi igualado a lesbianismo pela primeira, mas não pela última, vez.

Com o ataque ao lesbianismo surgiu uma nova regra heterossexual, em que o prazer sexual, o amor romântico e o companheirismo caracterizavam o novo casamento "contratual" aclamado na década de 1920 (o sexo pré-nupcial e extraconjugal ainda eram tabus). O consumismo aumentou de maneira extravagante e um novo modo de anunciar produtos passou a explorar a sexualidade feminina. As vendas de cosméticos e a nova indústria da moda cresceram rapidamente. Aulas de etiqueta, novas danças, o automóvel e mudanças nos padrões dos relacionamentos marcaram aquele cenário.

O movimento feminista de 1890-1920 ajudou a introduzir a "nova moralidade". Na verdade, não se tratava de uma "revolução sexual", como foi chamada com freqüência, mas algo mais parecido com reformas liberais. Apesar do reconhecimento das mulheres como seres sexuais, o domínio masculino e a heterossexualidade compulsória continuaram e permaneceriam amplamente incontestados até o próximo movimento feminista, no final dos anos 60.

Naturalmente, a vida emocional e erótica das mulheres continuou, embora durante muitos anos tenha sido completamente ignorada pelos historiadores. Essa negação foi bem ilustrada na recente resposta às revelações sobre o relacionamento de Eleanor Roosevelt com Lorena Hickok e o de outras lésbicas nas décadas de 1920 e 1930. Existem nada menos do que três mil cartas entre Roosevelt e Hickok, das quais 2.336 escritas por Roosevelt. Elas não deixam dúvidas a respeito do amor entre elas. "Lembro-me... da sensação daquele lugar macio bem no canto da sua boca contra os meus lábios..." ou "Hick, querida, pensei em você o dia inteiro. Oh! Quero abraçá-la. Desejo estreitá-la em meus braços..."[5] Mas uma biografia de Hickok,[6] escrita em 1980 por Doris Faer, considerou "impensável" rotular a correspondência de "lésbica". Era apenas uma paixão adolescente, insistia ela, e seria "imoral" chamar essa amizade de outra coisa qualquer. Faber queria "salvar" a reputação de Roosevelt e implorou, sem sucesso, ao arquivista para trancar os documentos até o ano 2000. A biografia de Eleanor Roosevelt, feita por Blanche Weisen Cook em 1992, finalmente abordou adequadamente o assunto.[7]

Os anos de depressão da década de 1930 provocaram terríveis problemas de desemprego para milhões de pessoas, e as mulheres tornaram-se o bode expiatório. Muitos argumentavam que se elas abandonassem seu trabalho, haveria empregos suficientes para os homens. Os tempos difíceis costumam ser especialmente difíceis para as lésbicas, visto que elas contam apenas com o apoio mútuo. Algumas casaram porque não viram outra alternativa possível. As imagens desfavoráveis de lésbicas, que então tornaram-se comuns em livros e peças, deixaram as mulheres muito assustadas. Algumas lésbicas casaram com homens gays para proteger-se contra o forte estigma do lesbianismo. Outras, percebendo seu lesbianismo enquanto casadas, continuaram casadas tendo, simultaneamente, relacionamentos lésbicos. A introdução biográfica de Akasha (Gloria) Hull para o diário da poeta e escritora afro-americana Alice Dunbar Nelson[8] revela seus relacionamentos lésbicos secretos nos anos 30, quando ela era casada. Ela fazia parte de uma rede de amigos bissexuais, todos importantes membros da classe média da comunidade negra.

A Segunda Guerra trouxe quatro anos de maior liberdade social e econômica para as mulheres. Subitamente, surgiu uma enorme variedade de trabalhos especializados, antes inacessíveis. Em 1943, pela primeira vez, eu mesma pude deixar o trabalho de escritório para tornar-me responsável pela organização por um cobiçado sindicato. Naquela mesma época, as calças compridas tornaram-se um traje aceitável para as mulheres, uma importante liberação pessoal. O *Women's Army Corps* (Corpo do Exército Feminino), com equivalentes nas outras divisões do serviço, criou novos mundos femininos. A necessidade de pessoal militar era tão grande que, com um mínimo de discrição, as lésbicas tinham uma razoável segurança. As ordens proibiam a caça às bruxas e, com freqüência, a tolerância era a regra. O problema de lésbicas encontrarem outras lésbicas foi resolvido.

Uma entrevista com a sargento do WAC durante a Segunda Guerra, Johnie Phelps, é instrutiva. Em resposta à uma solicitação do general Eisenhower para que descobrisse as lésbicas em seu batalhão, ela escreveu:

> Sim, senhor. Se é a vontade do general, ficarei feliz de conduzir essa investigação... Mas, senhor, não seria justo de minha parte não lhe contar que o meu nome vai encabeçar a lista. O senhor também deveria saber que será preciso substituir todas as arquivistas, as chefes de seção, a maioria das comandantes e motoristas... Creio que o senhor também deveria levar em consideração o fato de não ter havido nenhuma gravidez ilegal, nenhum caso de doença venérea e de que o próprio general concedeu prêmios por boa conduta e elogios ao serviço desses membros do destacamento do WAC.[9]

A resposta de Eisenhower: Cancele a ordem.

Contudo, o fim da guerra criou um clima muito mais hostil. Os militares, não precisando mais das mulheres, efetuaram "caçadas às lésbicas", enviando milhares de homossexuais para casa com dispensas desonrosas e indesejáveis. As cidades portuárias tornaram-se centros de subculturas lésbicas, agora suficientemente grandes para permitir o florescimento e a sobrevivência de bares para mulheres. Os bares eram, para lésbicas jovens e da classe operária, os únicos locais públicos onde não precisavam ocultar a sua identidade e onde nasceram uma cultura e uma comunidade. Mas eram também locais perigosos, freqüentemente invadidos pela polícia. [10] As lésbicas da classe média, com medo de serem presas e, algumas vezes, sentindo-se desconfortáveis no cenário muito erótico dos bares, voltaram-se para as organizações profissionais de mulheres e as redes de amizade.

A guerra mal acabara quando começou a guerra fria, logo seguida por aquilo que chamamos de macartismo – mais de doze anos de feroz repressão aos dissidentes políticos, seus amigos e aliados – anos de medo, suspeita, conformismo e perseguição aos comunistas, em nome da proteção da segurança nacional. Poucas pessoas sabem que os gays e as lésbicas, independentemente de suas tendências políticas, foram vítimas de perseguição juntamente com os acusados de simpatizar com o comunismo. O presidente Eisenhower emitiu uma ordem executiva declarando a homossexualidade motivo de demissão de empregos governamentais, e muitas empresas privadas seguiram seu exemplo. Órgãos legislativos em todo o país passaram a investigar os suspeitos de homossexualidade no governo. O FBI espionou, abriu correspondências e vigiou comportamentos sexuais "anormais", considerando-os ameaças à segurança nacional. Os jornais publicavam nomes e endereços daqueles que eram presos nas batidas em bares; havia manchetes assustadoras como "Pervertidos considerados um perigo pelo governo". A União Americana pelas Liberdades Civis recusou-se a defender homossexuais.

Nos anos 50, os militares passaram a fazer investigações sexuais sobre as lésbicas na ativa, encorajando as WAVES (integrantes do Corpo Feminino da Marinha) a delatar colegas. Uma WAVE que contasse alguma coisa a sua comandante poderia, sem saber, dar início a uma caçada anti-lesbianismo. Em 1952, um manual de instrução da WAVE, em total contraste com as orientações do período da guerra, rotulava as lésbicas de vampiras sexuais – manipuladoras, pervertidas dominadoras que avidamente seduziam mulheres inocentes, levando-as para o caminho do vício, da decadência, solidão e até mesmo ao suicídio e assassinato. Na verdade, os próprios processos de desligamento causaram dois suicídios documentados. As dispensas militares baseadas na homossexualidade representavam um estigma para o resto da vida, impossibilitando a contratação como civis para empregos públicos ou em outro lugar qualquer.[11]

Embora a década tenha sido assustadora, o historiador John D'Emilio, em seu estudo sobre o período, apontou para um fio de esperança um tanto incerto: "A forte teia de opressão na América de McCarthy ajudou a criar a minoria que pretendia isolar."[12] Essa minoria, e a organização impulsionada pela repressão, provocaram mudanças fundamentais no clima social, tornando a nossa vida muito mais fácil hoje em dia.

A primeira organização lésbica formal nos Estados Unidos, a Daughters of Bilitis (D.O.B.), foi discretamente fundada em 1955 por Del Martin, Phyllis Lyon e outras seis lésbicas, na forma de um clube social para lésbicas que desejassem um lugar seguro para dançar. Embora isoladas e em pequeno número, elas educaram a si mesmas e ao público, iniciaram o diálogo com líderes religiosos e médicos solidários e informaram os donos de bares sobre os seus direitos legais. Apesar dos poucos recursos, do clima hostil e da perseguição policial, o grupo sobreviveu, publicou o jornal *The Ladder* de 1956 a 1970, fundou sedes em algumas cidades e, pelo menos numa escala muito pequena, contestou a imagem pública das lésbicas como "pecadoras pervertidas". Para muitas mulheres, a D.O.B. ou o *The Ladder* eram a sua única ligação com uma cultura lésbica.

Em *A portrait of the older lesbian* (Retrato de uma lésbica mais velha), Monika Kehoe diz: "Em 1985, qualquer pessoa com mais de sessenta anos cresceu numa época em que a homossexualidade era indecente, impensável, um pecado, um crime, uma doença e, para a grande maioria da população, desconhecida."[13] Em 1985, eu tinha sessenta e três anos e sei muito bem o que Kehoe queria dizer. Em 1961, em Berkeley, apaixonei-me por uma mulher. Isso parece ter sido em uma época e um local liberais? Nem tanto. Eu tinha trinta e nove anos, era casada, com quatro filhos entre quatro e onze anos de idade. Eu conhecia um outro casal de lésbicas disposto a mencionar a horrível palavra "lésbica". Eu ouvira falar de bares para mulheres, mas não costumava freqüentar bares de nenhum tipo. Nunca ouvira falar da D.O.B. ou de qualquer outro grupo. Muito tempo se passou antes que eu conseguisse desistir do meu casamento e da segurança que ele me proporcionava; tudo o que eu podia imaginar era viver uma vida de subterfúgios. Atualmente, é difícil as lésbicas entenderem como aquela era uma vida solitária. Serei sempre grata às jovens lésbicas dos anos 70 que, corajosamente, abriram novos caminhos para todas nós.

A década de 1970 assistiu ao surgimento de um movimento de liberação gay militante, ativo, baseado, naturalmente, nos esforços e experiências do movimento dos direitos civis, do movimento contra a guerra (do Vietnã) e do movimento das mulheres. Charlotte Bunch, uma pioneira que abandonou o casamento para tornar-se uma das vozes mais eloqüentes do movimento gay, relembra as realizações das lésbicas daquela década:

> Nós tiramos a homossexualidade do armário; forçamos o reconhecimento da existência do lesbianismo. Colocamos os direitos de gays e lésbicas na agenda dos direitos humanos; finalmente, eles puderam ser ditos abertamente. Nós criamos uma próspera subcultura para mulheres movida a energia lésbica. Desenvolvemos uma análise da nossa opressão, contribuindo para a compreensão do sexismo, fizemos uma análise da heterossexualidade e da homofobia. E começamos a construir auto-imagens positivas para que, como lésbicas, pudéssemos nos enxergar como pessoas com alegrias e problemas como qualquer outra... Na última década, efetuamos mudanças muito grandes em nossas próprias vidas e na vida de outras pessoas.[14]

O impulso da década de 1970 continua até agora. Naturalmente, isso não quer dizer que o trabalho tenha acabado. A homofobia vai bem e forte, nos ameaçando de maneiras novas e sinistras. Contudo, apesar dos recuos ocorridos na década de 1990, a opção das mulheres de deixar um casamento é agora uma realidade visível; estamos por aí num número cada vez maior, para todos verem. Mas as pressões que mantêm as mulheres em casamentos não perderam o seu poder. Adrienne Rich as resume assim:

> As mulheres casavam porque era necessário, para sobreviver economicamente, para ter filhos que não sofressem privações financeiras ou ostracismo social, para ser respeitadas e fazer o que era esperado delas, porque vindas de infâncias "anormais" elas queriam sentir-se "normais" e porque o romance heterossexual era representado como a maior aventura, dever e realização femininos.

Ela acrescenta: "Talvez tenhamos obedecido ao sistema, de maneira fiel ou ambivalente, mas os nossos sentimentos – e a nossa sensualidade – não foram subjugados ou reprimidos por ele."[15]

Agora é mais fácil deixar um casamento, mas nunca chega a ser fácil. É mais fácil porque em muitos lugares existem instituições de apoio e grupos de pessoas prontas para ajudar.

Aquelas que mostraram o caminho, as *resistentes ao casamento*, como Adrienne Rich, nos chamou, com sua receptividade e sabedoria, mudaram atitudes sociais e criaram novas possibilidades sociais; e, à medida que mais pessoas como nós forem agindo de acordo com seus sentimentos, o caminho será ainda mais possível para aquelas que virão depois.

---

1 - Lilian Faderman, *Odd girls and twilight lovers, a history of lesbian life in twentieth century America* (Columbia University Press, Nova York, 1991, p. 1)
2 - Lilian Faderman, *Surpassing the love of men: romantic friendship and love between women from the renaissance to the present* (Wm. Morrow & Co., Nova york, 1981, p. 176)
3 - Ibid., p. 160
4 - Blanche Weisen Cook, "Female support networks and political activism", in: *A heritage of their own*, Nancy Cott e Elizabeth Pleck, eds. (Touchstone, Nova York, 1979, p. 419)
5 - Blanche Weisen Cook, *Eleanor Roosevelt, 1884-1933*, v. 1 Um (Viking, Nova York, 1992, pp: 479, 488)
6 - Blanche Weisen Cook, "Review essay, The life of Lorena Hickok: ER's Friend by Doris Faber", *Feminist Studies 6*, nº 3 (Fall, 1980, p. 514)
7 - Blanche Weisen Cook, *Eleanor Roosevelt*, v. 1.
8 - Gloria T. (Akasha) Hullo, ed. *Give us this day, The diary of Alice Dunbar Nelson* (W.W.Norton & Co., Nova York, 1984, pp: 24-25)
9 - Faderman, *Odd girls*, p. 119.
10 - Veja Elizabeth Lapovsky Kennedy e Madeline D. Davis, *Boots of leather, slippers of gold, The history of a lesbian community* (Routledge, Nova York, 1993).
11 - Andrea Weiss e Greta Schiller, *Before stonewal: the making of a gay and lesbian community* (Naiad Press, Tallahassee, Fl, 1988, p. 42)
12 - John D'Emilio, "Gay politics and community in San Francisco since Word War II", in: *Hidden from History, reclaiming the gay and lesbian past*, Martin Duberman, Martha Vicinus e George Chauncy Jr., eds. (New American Library, Nova York, 1980, p. 459)
13 - Monika Kehoe, ed. *Historical, literary and erotic aspects of lesbianism* (Harrington Park Press, Nova York, 1986, p. 157)
14 - Charlotte Bunch, *Lesbianism in the '80s* (Inkling Press, Denver, Co., 1981, p. 1)
15 - Adrienne Rich, "Compulsory heterosexuality and lesbian existence", in: *Blood, bread and poetry, selected prose 1979-1985* (W.W.Norton & Co., Nova York, 1986, p. 59)

A pele macia de uma mulher
Stella Lopes-Armijo

Nasci em Albuquerque em 1934. Quando eu tinha cerca de oito anos, mudamos para São Francisco e eu cresci a menos de 400 km do lugar onde Ina e eu moramos durante catorze anos. Uma parte da minha família ainda mora em Albuquerque e em pequenas cidades do Novo México, outra parte mora aqui. Sempre houve muitas idas e vindas.

Eu não tenho muitas lembranças da minha infância. Lembro-me vividamente de sair da escola e ir para os campos e pomares colher frutas e tomates. Nós trocávamos de roupa no carro e trabalhávamos até anoitecer. Quando voltávamos para casa, estávamos tão cansados que desabávamos no gramado em frente de casa.

Eu era muito ingênua quando criança. Fomos educados numa família muito, muito católica. Nunca comíamos carne nas sextas-feiras, fazíamos a confissão no sábado, íamos à igreja todo domingo. Meus amigos eram todos do coro da igreja.

Quando eu era criança, pensava que era espanhola. A minha mãe sempre acreditou ser espanhola. Eu não sabia que era mexicana até ver as fotografias dos meus antepassados. No Novo México, na época de minha infância, quem era mexicana não era muito bem tratada, mas se fosse espanhola as pessoas lhe davam algum valor. O pai da minha mãe é da Espanha, o restante são índios mexicanos. Lembro-me de ter precisado fazer um estardalhaço para que alguém me atendesse numa loja Woolworth. Lembro-me também de que, quando eu estava terminando o colegial, a professora de economia doméstica nos fez escrever tudo o que havíamos comido durante uma semana. Ela olhou a minha lista cheia de hambúrgueres e comida mexicana, sem nenhuma verdura, e disse: "Você devia pegar uma cenoura e embrulhá-la num *chili.*" Aquilo doeu de verdade. Eu respondi: "Você me detesta porque eu sou mexicana, não é?" Fui mandada para a diretoria. Três dias depois, minhas amigas e eu roubamos a maçã da sua mesa. Ela sabia que tinha sido eu mas, naturalmente, neguei.

Durante a minha infância, eu era levada como um moleque, mas sempre achei que mudaria. Mesmo no segundo grau, eu sempre queria mostrar às minhas amigas como era valente. Ao mesmo tempo, não ia muito bem na escola e queria abandonar os estudos e adotar um bebê. Joguei beisebol para o time da Associação Recreacional Industrial de Oakland durante três anos, de 1953 a 1956. Algumas das mulheres eram gays, mas eu nem mesmo sabia que existia tal coisa como uma vida gay. O time dava muitas festas porque costumávamos ganhar o tempo todo. Mesmo assim, isso nunca me ocorreu. Eu estava programada para não perceber que essas coisas existiam.

Aos dezoito anos, comecei a trabalhar na fábrica de artefatos de vidro Owens-Illinois. Meus planos eram de trabalhar só alguns meses até entrar para o convento. Eu já preenchera todos os documentos mas, quando a amiga que iria comigo casou, eu desisti.

Éramos como uma família na "Casa de Vidro". Nós trabalhávamos em turnos alternados de cerca de trezentas pessoas. Trabalhávamos cinco dias e folgávamos dois, mas os dias de folga mudavam e podiam cair na terça e na quarta-feira, ou o turno podia ser à noite. Assim, os amigos eram as pessoas do seu turno; eles eram tudo o que você tinha. Nós ficamos todos muito íntimos.

Eu precisava brigar para conseguir cada promoção na O-I, sem saber que havia mulheres, feministas, que poderiam ter me ajudado. Você precisava perfurar um cartão para ir ao banheiro e pedir permissão para a chefe do grupo, cargo que eu, eventualmente, ocupei. Eu costumava dizer às mulheres: "Não me peçam, não perfurem um cartão; se houver problemas, eu me responsabilizo." Era como uma prisão.

Como eu não ia mais entrar para o convento e já estava com vinte anos, imaginei que estava na hora de casar. Eu estava muito apaixonada por um homem e fui muito feliz durante sete anos. Mas, depois de algum tempo, não nos comunicávamos; não sabíamos o que dizer um ao outro. Ele não se incomodava de ajudar em casa. A única coisa que o aborrecia era que eu costumava ganhar dele no boliche. Nós ainda somos amigos. Ele já conheceu muitas das minhas amantes e nos leva para jantar fora. Ele é muito apegado às crianças.

Tive quatro filhos em menos de quatro anos. Foram filhos demais, rápido demais mas, sendo católica como eu era, fui disparando crianças no mundo como balas.

O divórcio foi terrivelmente doloroso para mim. Eu achava que ainda poderíamos consertar as coisas e nunca tinha havido divórcios na minha família. Após a separação, um rapaz gay veio morar conosco. Eu o conheci através do meu irmão gay. Ele precisava de um lugar para ficar e eu precisava de alguém para cuidar das crianças. Ele não queria trabalhar fora e eu não queria trabalhar em casa. Foi bom para nós dois e ele ficou seis anos.

Ingressei na vida gay quando tinha trinta e dois anos. Havia essa garota no trabalho que ficava atrás de mim o tempo todo: "Vamos dar uma volta." Eu dizia não. Então, certa vez, na cancha de boliche, ela tocou o meu joelho e senti arrepios na perna. Eu disse ao meu marido: "Vamos para casa porque não gosto do que está acontecendo aqui." Mas aí eu ia para a cama com o meu marido e ficava pensando na vizinha do outro lado da rua. Eu ficava excitada e realmente gostava do que estava fazendo. Eu achava que tinha alguma coisa errada comigo, que eu era a única a ter esses sentimentos, mas para quem eu podia perguntar? Se eu tivesse lido um livro ou alguma outra coisa, provavelmente não teria casado.

Alguns anos depois, quando me divorciei, essa mesma mulher disse que queria me apresentar a alguém, agora que eu não precisava me preocupar com o meu marido. Fui conhecer essa pessoa, que era uma mulher. Essa mulher me beijou e logo em seguida estávamos bebendo e dançando. Nós saímos algumas vezes e acabamos indo para a cama. Eu nem sabia o que fazer. Eu estava assustada porque tinha ouvido falar de pessoas esquisitas que atacam criancinhas. Assim, tudo a ver com sexo era muito assustador. Depois que ela dormiu, fiquei acordada a noite inteira imaginando o que ela faria comigo se eu adormecesse. Mais tarde, rimos disso. Ficamos juntas durante cerca de seis meses. Acho que com ela não foi realmente amor, foi o ato de me assumir e apreciar a suavidade de uma mulher.

Assumir no trabalho foi fácil. Todos me conheciam desde que eu tinha dezoito anos. Além disso, eu precisava contar para alguém e, quando uma pessoa sabe, todos sabem. Uma mulher gay disse que sempre soubera que eu era gay.

Eu costumava ir a todos os bares gays. Eu não sabia que havia outros lugares onde a gente podia conhecer mulheres e eu queria encontrar alguém. Eu comecei a beber, beber, e beber. Eu achava que beber era a vida gay, achava mesmo.

Eu costumava passar muito tempo no Carnation Club, um bar de lésbicas em East Oakland. Eu não jogava no time de beisebol porque estava muito gorda naquele tempo, mas elas me fizeram líder honorária da torcida. Eu costumava arregaçar as calças, enrolar a camiseta, pular e gritar. Nós nos divertíamos para valer.

Foi uma decisão muito difícil, mas depois de vinte e seis anos e faltando apenas dez anos para me aposentar, decidi pedir demissão da O-I. Eu chegara ao máximo onde poderia chegar, chefe da unidade de apoio, apesar de achar que *qualquer um* poderia fazer o meu trabalho. O salário era desprezível, eu viajava 80 km por dia, e não precisava mais da segurança do tempo de serviço para os meus filhos. Eu tinha arrumado um emprego na General Motors, onde os meus dois filhos mais velhos estavam trabalhando, e tirei dois meses de férias para ir a Albuquerque e namorar um pouco por lá. Mas quando voltei, a GM não me quis. Nunca pensei que ficaria sem emprego. Finalmente, um amigo me arrumou um emprego na linha de montagem de caminhões da Peterbilt. Eu gostava do trabalho porque gosto de trabalhar com ferramentas. Quando o meu período de experiência estava acabando, eles tentaram me demitir para que eu não pudesse contar com a proteção do sindicato. O meu melhor amigo na Peterbilt é um homem gay; nós nos reconhecemos em meu primeiro dia de trabalho. Ele me ajudou quando eu era nova no trabalho, mostrou-me como fazer as coisas, diferente dos outros homens que riam de mim ou que ficavam sempre de olho em cada garota que aparecesse. Tive uma briga com um dos homens da linha, que pendurava fotografias de mulheres nuas na sua caixa de ferramentas, onde todos podiam vê-las. Precisei ameaçar o chefe dizendo que eu ia levar fotografias de homens bem dotados e pendurar na minha caixa de ferramentas.

Eu não vou à igreja tanto quanto gostaria mas ainda sigo a minha religião. Eu ainda tenho fé em Deus. A primeira vez que contei ao padre que eu era lésbica, ele disse que eu não poderia receber os sacramentos. Eu disse: "Eu sou feliz, não prejudico ninguém, me esforço para ser boa com as pessoas." Eu me senti culpada, mas não achava que estivesse realmente fazendo alguma coisa errada. E, eu sabia que o padre não ia conseguir me mudar nunca, disso eu tinha certeza. Eu disse ao padre: "Tudo bem, mas você não pode me afastar da Igreja." Mas ir à missa sem comungar era como ir à casa de alguém para jantar e não sentar à mesa. Deixei de ir à igreja durante algum tempo, mas isso foi pior ainda.

Então, procurei o meu irmão gay, que é muito religioso. Ele me mostrou uma passagem na Bíblia onde não está escrito que só uma mulher e um homem podem ficar juntos. Era apenas um pequeno fio, mas nós estávamos suspensos por ele. Voltei ao confessionário e não confessei que era lésbica. Eu não obtive a absolvição do padre, mas imaginei que obtive a de Deus. Bem, a hóstia ficou presa na minha garganta! Eu pensei, oh meu Deus, eu pequei ao tomar essa hóstia! Voltei a procurar o meu irmão. Ele disse, apenas continue recebendo a hóstia, vai ficar mais fácil para você. E ficou.

Ina e eu fomos apresentadas numa Gay Pride Parade (passeata do orgulho gay) e então ela me chamou para saber se eu queria ir a um comício e a uma reunião política. Eu disse que não fazia essas coisas. Perguntei se ela freqüentava bares. Ela disse não. Nós achávamos que não tínhamos nada em comum. Fomos ao cinema, ela me arrastou para uma reunião do grupo das Lésbicas um pouco mais velhas e a próxima coisa que sei é que eu estava num comício a favor da igualdade de direitos.

Bem, ela acredita em Deus, mas eu nunca imaginei que ficaria com uma mórmom – nada de bebida, nada de cigarro. Ela é muito ativa no grupo dos mórmons gays que defendem a igualdade de direitos. Eu a acompanho às reuniões e comícios. Eu estava procurando alguém que falasse espanhol e gostasse de música espanhola. Ela tinha tudo, menos isso. Pensei, vou ensiná-la. Ela lembra do significado das palavras, mas não consegue pronunciá-las. Ela descobriu que estudar espanhol é a coisa mais difícil que jamais tentou. Mesmo assim, aprendeu a gostar do país e da música espanhola.

Muitas coisas mudaram desde que eu estou com Ina e acho que, por isso, eu sou uma pessoa melhor. A primeira vez que fomos ao Festival de Música de Mulheres da Costa Oeste eu disse a Ina que não ficaria nua e também não queria que ela ficasse. Eu disse: "Eu não vou compartilhar você com ninguém." Mas, meu Deus, depois que você vai e vê todas aquelas mulheres com os seios nus, percebe que não é a única com um corpo dado por Deus. Acho que não tinha passado mais do que umas três horas quando também acabei tirando a minha camiseta.

Eu nunca tinha me assumido perante os meus filhos, até conhecer Ina. Eu não consegui esconder, estava tão feliz. Contei ao meu irmão gay e aos meus sobrinhos e sobrinhas: "Se um dia os meus irmãos perguntarem qualquer coisa para vocês, digam 'Sim, ela é'." Os meus irmãos mais velhos são muito mexicanos, sempre achando que precisam proteger a sua irmãzinha, mesmo que eu tenha sessenta e um anos de idade! Mas agora, Ina é aceita. Fomos passar as férias na casa do meu irmão em Albuquerque. A minha mãe adora Ina, está sempre abraçando-a e segurando a sua mão. Ela não sabe que lésbicas existem.

Ina tem me estimulado a realizar um pouco de serviço comunitário. Fui chamada algumas vezes pelo hospital onde ela trabalhou, para ajudar como tradutora de espanhol. O meu irmão gay me fez começar com um grupo voluntário, o Concilia de la Raza. Eles precisam de mais pessoas bilingües e de alguém para ajudar a organizar um bazar e distribuir queijos. Há muito tempo eu não convivia com tantos mexicanos que não eram meus parentes. Foi muito, muito revigorante e muito bom poder ajudar.

Universos paralelos
Ellen Symons

Uma história que eu conto para mim mesma todo ano é a de como nós nos conhecemos, Marjorie e eu. Nossos maridos nos apresentaram, mas eles não ficam felizes ao serem relembrados disso. Nós éramos mulheres casadas, um pouco temerosas de tudo, contando com os nossos maridos para nos guiar e com o casamento para ter um senso de identidade. Quando, mais tarde, conversamos a respeito de como éramos naquela época, sabíamos que cada uma de nós se sentia incompleta, magoada e à espera de alguma coisa. À espera de que o resto da vida começasse a acontecer.

O senso de dever me fazia atenciosa com o meu marido, Max, e o medo me levava a acreditar naquilo que ele dizia sobre as leis da selva. Contudo, o medo e o dever não eram o que as pessoas mais notavam em mim. Eu era engraçada e agradável e um pouco louca. Eu era esperta, um tanto crítica, e me considerava feminista. Talvez seja assim que eu tenha explicado as coisas para mim mesma quando concordei em acompanhar Max e seu amigo Brian para uma noitada de bebidas, strip pôquer e talvez alguma coisa em grupo, Max, Brian, eu e Marjorie. Era feminista gostar de mulheres, não era?, perguntei a mim mesma. Não necessariamente no sentido sexual, mas era coerente. Era feminista fazer algo masculino como jogar pôquer e se embebedar. Era feminista ser louca e atrevida. E também iria responder a minha pergunta secreta: como seria tocar uma mulher, fazer amor?

Marjorie e eu estávamos nervosas e bebemos demais e muito depressa para passar a embaraçosa primeira hora de conversa. Então, os jogos de carta começaram. Houve uma regressão civilizada... canastra... vinte-e-um... pôquer... strip pôquer. Intercalando com bebidas e piadas, devagar todos nós fomos tirando a roupa. E então, o que mais havia para fazer? Afinal de contas, nós nos reuníramos por um motivo específico, embora todos fingissem não saber qual. Mas estava nos olhos de todos quando sentamos à mesa na cozinha e nos medimos, com um certo arrepio.

Nossos maridos foram rápidos, desafiando Marjorie e eu a nos tocar, beijar, tirar as roupas que haviam restado, lamber e morder. Nós arqueamos de prazer, exibindo a nossa compatibilidade física para o prazer deles. Mais tarde, eles juntaram-se a nós e eu tentei me concentrar neles, mas os meus pensamentos e os meus olhos ainda estavam em Marjorie. Sempre que nossos corpos se encontravam, os significados do sexo e do prazer se redefiniam para mim. Pela primeira vez, descobri como um orgasmo podia ser intenso. Mais tarde, descobri o que era estar apaixonada.

Após aquela noite de pôquer, vivi dias nebulosos sentindo os tremores de um terremoto passando pela minha vida. Eu ia até a porta da casa de Marjorie, mas ia embora sem tocar a campainha. Eu lhe telefonava e desligava antes do último número. Algumas vezes, deixava o telefone tocar, mantinha uma conversa cautelosa, sugeria uma saída para fazer compras ou tomar um café... Ela nunca disse não.

Uma tarde, percebi que havia pensado nela todos os dias e noites durante três semanas. Ela estava em todas as minhas fantasias. Compreendi que precisava lhe contar que, desde aquela noite do pôquer – a noite sobre a qual nunca conversamos – toda vez que eu a via, sentia o seu gosto nos meus lábios, queria sentir o seu gosto novamente, lembrava da sua pele, podia me imaginar abraçando-a à noite, pela manhã, à tarde.

Dizer as palavras foi mais difícil do que perceber que elas eram verdadeiras. Foi preciso mais uma semana de tentativas desajeitadas e recuos envergonhados. Uma sexta-feira à noite, quando estávamos sentadas na sua sala assistindo a um filme de Bette Davis e Olivia de Haviland enquanto os rapazes jogavam boliche e enchiam a cara pela milésima vez naquele mês, eu consegui dizer: "Você lembra... fico imaginando se você lembra de quando jogamos pôquer... como você se sentiu, ahn... no dia seguinte? Eu tive uma enorme ressaca. Eu apenas fiquei imaginando como você se sentiu."

"Eu me diverti aquela noite", ela disse, muito suavemente e olhando para o colo. "Fiquei um tanto surpresa ao descobrir como... eu me senti à vontade. Na hora, eu... gostaria de lembrar melhor... eu estava muito bêbada. Sinto-me constrangida ao tocar nesse assunto. Sobre o que você pensa de mim, tendo ficado bêbada e sentido... prazer. Constrangida por desejar fazer outra vez."

Depois de dizer isso, ficamos caladas. Eu me sentia paralisada, sabendo que não seria capaz de voltar atrás depois de dizer o que queria. Interiormente, eu estava gritando: "Eu quero beijar você. Eu preciso tocar você. Eu amo você." Mas eu me sentia como se houvesse chumbo na minha língua e a minha boca estivesse fechada com rebites. O meu medo foi tão grande que o meu cérebro acabou esquecendo aquilo que desejava gritar e eu fiquei sentada, como em transe. Rídiculo, ter medo de ser rejeitada por essa mulher que acabara de dizer que queria fazer amor comigo. Mas, e se eu tivesse interpretado mal ou imaginado o que ela acabara de dizer porque eu queria tanto que fosse dito? E se eu estivesse louca ou sonhando ou fosse a maior idiota na face da terra? E se eu tivesse deslizado para um universo paralelo e escorregasse de volta para cá, apenas para dizer as coisas erradas para a Marjorie real, cujo olhos ficariam cheios de horror e repulsa?

Finalmente, em câmara lenta, olhei novamente para ela. "Não perca a sua chance, não perca a sua chance", repetia o pássaro voando freneticamente dentro da minha cabeça, batendo no meu crânio. "Não a perca."

"Sim?", eu lhe disse. "Sim", repetiu Marjorie. "Sim." Eu. "Sim." Ela. "Sim." Mais forte. Mais alto. Novamente. "Sim." "Sim, Marjorie, eu quero."

O nosso primeiro beijo foi desajeitado, olhando-nos no sofá, nossos joelhos cruzados entre nós, os dedos agarrando as almofadas em busca de apoio. Em pé foi melhor. Quando ela desligou a TV e fomos para o quarto, por um instante senti medo novamente, enquanto começamos a nos despir; isso fazia a coisa parecer séria, real. Não era apenas uma experiência entusiasmada ou uma inesperada travessura sem conseqüências. Eram duas mulheres adultas fazendo amor, intencionalmente, *na cama*, o monstro conjugal. Que paródia. Que rebelião. Que liberdade.

"Não pica doloroso, não sabe saboroso"
Robin Teresa Santos

Fiz o que fiz [fui para o Vietnã] porque achei que, se não o fizesse, perderia o amor da minha família e da minha comunidade. Estou surpreso com aquilo que fiz por amor.

Tim O'Brien,
escritor e veterano do massacre de Mei Lei

Minha bisavó chamava Maria Helena. Minha avó, Maria Aldora, era a mais velha de quatro irmãs – Maria Alicia, Maria Agnes e Maria Gloria. A minha família chamava essa coligação de mulheres portuguesas de As Marias. Essa tradição de dar o nome de Maria a todas as meninas naturalmente estava relacionada à Virgem Maria.

O quarto de minha bisavó parecia um altar em Lourdes. Entre as luzes bruxuleantes das velas havia um desfile de santas de porcelana – Rita, Bernadete, Clara, duas diferentes Teresas, Verônica e muitas variações da própria Virgem Maria. Eu imitava a adoração das Marias a essas imagens e contava com os favores da Virgem Maria – especialmente o perdão.

As Marias, que enchiam suas casas com imagens da Virgem, amavam os santos mas não exibiam qualidades de santidade elas próprias. O seu poder era mais prático do que respeitoso quando punham as mãos em tigelas de bacalhau gorduroso, cebolas e alho, ou se ocupavam com complicadas toalhinhas de crochê que cobriam os braços de sofás e poltronas. Elas praticavam a arte da fofoca e da culpa, e eu admirava o seu bom senso e astúcia dissimulada e me aquecia no fervor de sua emotividade. Sendo a única menina entre os mais jovens da família, elas tinham um interesse especial por mim. Com As Marias eu me sentia protegida e correta, mas imaginar ser julgada como ruim por elas era intolerável.

Desde menininha, eu queria ser Maria "alguma coisa". Eu queria um nome que evocasse imagens de milagres e aparições. Mas entre As Marias e eu existiam os meus pais, a primeira geração de portugueses americanos, para quem o caminho da assimilação era um modo de vida não-negociável.

Cresci em dois mundos diferentes; dois mundos que, com freqüência, se chocavam, recusando-se a respeitar as diferenças um do outro. Meus pais mudaram para San Leandro – longe de Jingle Town, o gueto português em Oakland, Califórnia, onde meu pai crescera. As Marias ficaram para trás, sentadas em suas varandas de madeira no crepúsculo, olhando para as belas roseiras e juntando material para a próxima sessão de tagarelice.

As Marias agarravam-se à cultura de seu país natal, enquanto os meus pais, determinados a tornar invisíveis aqueles costumes, usavam a vergonha e a humilhação como poderosas ferramentas para me forçar a agir como americana. Enquanto elas me ensinavam o português e me encorajavam a acompanhar as procissões do Espírito Santo, meus pais me diziam que os vizinhos teriam menos consideração comigo se descobrissem que eu era portuguesa.

Uma coisa que as duas culturas compartilhavam era o catolicismo e, quando recebi a primeira comunhão aos sete anos de idade, já era completamente movida a culpa. Eu me julgava com severidade, aplicando cuidadosamente a hierarquia católica de pecados a todos os meus pensamentos e sentimentos.

Depois do meu décimo quinto aniversário, As Marias presumiram – embora nunca tivessem conversado abertamente sobre sexo, referindo-se àquilo apenas de maneira maliciosa ou com insinuações nervosas – que eu começaria a demonstrar interesse por rapazes. A verdade é que eu não gostava de meninos. Minha família estava infestada deles e, desde pequenininha, passara todas as reuniões familiares exasperada até as lágrimas devido às provocações implacáveis dos meninos. No segundo grau, eu via as outras meninas ficarem subitamente loucas pelos meninos e, com medo que me rotulassem de desajustada, guardei para mim mesma a minha aversão por eles.

Aos dezesseis anos de idade, percebi pela primeira vez que eu me sentia sexualmente atraída por garotas. Minha família havia-me ensinado que seu amor era sempre condicional, e tive medo de ser humilhada e rejeitada se alguém descobrisse o meu interesse por garotas. Assim, não disse nada que traísse os meus sentimentos e decidi mostrar que era como todo mundo, com bastante sucesso. Eu fingia interesse nas histórias amorosas das outras garotas e era solidária com o seu sofrimento. Sempre tinha um namorado e nunca perdia um baile. Enquanto isso, tinha ódio de mim mesma e sofria enorme isolamento emocional.

Aos dezesseis anos, sentia tanto medo de ser diferente e estava tão isolada que tentei me matar ingerindo uma dúzia de aspirinas. Fiz isso à tarde, enquanto minha mãe estava no trabalho. Deitada em minha cama, sem realmente acreditar que doze aspirinas me matariam, senti uma estranha mistura de alívio e decepção quando a única coisa que aconteceu foi um zumbido alto em meus ouvidos.

De acordo com os meus pais, parte do processo de adaptação era ir para a universidade. Depois de ser aceita na Cal State Hayward, comecei a me angustiar quanto à minha especialização. O meu desejo secreto era ser professora de educação física. Mas eu tinha medo de fazer educação física porque era lá que estavam todas as pessoas diferentes; portanto, escolhi psicologia. Como muitos outros estudantes de psicologia que eu conheci, esperava que, ao estudar a ciência da mente, pudesse compreender melhor a minha própria confusão.

No primeiro ano da universidade, desenvolvi uma atração obsessiva por Anne, uma estudante que dava aula de tênis no campus. No segundo ano, eu estava tão aterrorizada de seguir meus desejos sexuais por ela que marquei uma consulta com uma terapeuta no centro de aconselhamento da universidade.

Era a primeira vez que eu contava o meu segredo para alguém e, depois de revelá-lo, senti-me imediatamente aliviada. Entretanto, a resposta desinteressada da conselheira foi decepcionante. "Afinal de contas", observou ela com a calma certeza que vem da autoridade auto-designada, "você ainda nem tentou com os homens; como pode saber o que realmente deseja?" Ela insinuou que eu estava resistindo à natureza. Eu estava resistindo a alguma coisa.

"O que você precisa fazer", ela disse, enquanto eu prendia a respiração esperando pela sua solução, "é sair com mais homens. Pôr para fora a sua feminilidade."

Zangada, segui a sua sugestão e dormi com todos os homens que pude. Isso aconteceu antes da AIDS e eu tomava anticoncepcionais; assim, por que não? Agindo como uma Maria Madalena que só pensava em sexo, fui para a cama com estudantes que conhecia na lanchonete da universidade, escolhia rapazes em bares e ia para os estacionamentos de discotecas. Enquanto experimentava essa variedade de homens, continuava obsessivamente atraída por Anne. O meu comportamento e os meus pensamentos teriam horrorizado As Marias – se elas soubessem.

As Marias nunca perguntavam como iam os meus estudos, mas sempre queriam saber: "Você tem um namorado?" Naturalmente, eu não podia lhes contar sobre os meus breves relacionamentos sexuais e vi como ficaram desapontadas quando terminei os quatro anos de universidade ainda solteira.

Depois de me formar, consegui um emprego de assistente social. As Marias aprovaram. Ajudar os outros era um trabalho aceitável para uma mulher até ela casar. Eu tinha outros motivos. Tornando-me uma profissional, eu esperava evitar tanto o casamento quanto ser rejeitada por elas.

Aluguei o meu primeiro apartamento, mobiliei-o em estilo moderno e mudei. Comecei a viver duas vidas separadas. Exteriormente, eu fingia estar interessada em encontrar um marido – dizia às Marias que o homem certo ainda não aparecera – enquanto os meus desejos não revelados continuavam voltados para as mulheres.

Depois da formatura, Anne e eu nos tornamos amigas, mas ela tinha um namorado e eu sentia ciúmes e ficava tensa sempre que saía com eles, achando que ia explodir. Eu ficava imaginando quanto tempo mais eu conseguiria reprimir a minha atração por ela. Mesmo assim, a idéia de agir conforme o meu desejo me aterrorizava. Eu só queria que os meus sentimentos lascivos desaparecessem e eles sempre desapareciam, temporariamente, quando eu bebia um pouco ou fumava um baseado.

Aqueles foram os primeiros tempos do movimento feminista e, à medida que a minha consciência feminista se desenvolvia, comecei a me sentir culpada por tratar a mim mesma como uma mercadoria. Assim, desisti de agir como uma prostituta. Esse isolamento abrupto, auto-imposto, criou um vazio dentro de mim e me fez sentir uma desajustada, presa entre duas opções inaceitáveis. A minha solidão, combinada com a pressão dos meus amigos para eu namorar e da minha família para me casar, levaram-me a procurar novamente um homem decente, disponível. Foi quando comecei a sair com Mário.

Mário e eu estudamos juntos no mesmo colégio. Éramos amigos, a princípio mais por associação, pois saíamos com a mesma turma. Durante o último ano, tornamo-nos intelectuais, discutindo acaloradamente a importância do *Native Son*, de Richard Wright, para a vida de Mário. Nós também começamos a jogar tênis juntos. Mário era lento e desajeitado e eu sempre ganhava dele, o que poderia ter desencorajado outro homem, mas que apenas o deixava mais interessado em jogar de novo e em ter um relacionamento comigo. Eu o considerava fisicamente atraente e um bom sujeito, embora parecesse um tanto passivo e sem ambições.

Após a formatura, decidimos ir para a universidade. Infelizmente, em resposta ao agravamento da Guerra do Vietnã, o serviço militar suspendera a prorrogação que estudantes universitários podiam requerer, sorteando quem seria recrutado. Quando foi feito o sorteio, o dia do aniversário de Mário foi o primeiro número a sair. Foi um azar para Mário e o prenúncio de grandes mudanças para mim.

Mário se recusou a servir no Vietnã, uma decisão que eu apoiei e respeitei. Eu também não teria ido. Mas ele também não queria ser preso ou ter que se exilar no Canadá pelo resto da vida. Mário era ítalo-americano, o caçula de sua mãe, e afastar-se da família estava fora de questão. Assim, ele se alistou no Corpo da Paz e foi enviado para a Nicarágua.

Na sua ausência, Mário tornou-se mais atraente; após alguns meses, nossas cartas foram ficando mais apaixonadas. Ao mesmo tempo, As Marias aumentaram a pressão para que eu casasse com Mário quando ele voltasse. Elas diziam coisas como: "Quantas crianças você e Mário vão ter?" ou "E daí que você não tem um anel de noivado... Você ainda pode esperar por ele."

Minha mãe passou a Segunda Guerra esperando o meu pai voltar, assim como As Marias tinham esperado por seus maridos durante a Primeira Guerra. Elas haviam casado com seus homens antes de despachá-los para a guerra e, embora a minha situação fosse diferente – eu não estava despachando Mário para a guerra – era suficientemente parecida para que elas aplicassem as suas regras em minha vida.

Os insistentes interrogatórios e suposições das Marias faziam-me sentir mais culpada ainda a respeito de minha secreta atração pelas mulheres. Por trás de suas palavras eu sempre percebia a Virgem Maria ou a imagem de alguma santa, bisbilhotando do outro lado da sala, pronta para me julgar. Apesar de continuar me correspondendo com Mário, eu não queria casar. Eu sentia atração por mulheres e, especificamente, por Anne. Eu me sentia assustada e sem saída. Fiquei deprimida.

Após seis meses, Mário escreveu e me pediu em casamento. Eu disse sim. Eu o amava? Quem sabe. Eu me sentia encurralada e acho que entrei em pânico e agi sem pensar, seguindo o caminho que, para mim, parecia o mais fácil.

Ele não conseguiu permissão do Corpo da Paz para voltar para casa e casar, mas eles aceitaram que eu me alistasse como voluntária. Agora, olhando para trás, vejo como foi bom ter casado longe de casa. Sem o testemunho da minha família, pareceu menos real.

Depois de todo o seu encorajamento, As Marias reclamaram que eu estava fugindo para casar. Elas queriam um casamento na igreja. Elas me queriam de branco, parecendo uma virgem, e Mário no seu smoking, másculo e elegante. Elas queriam damas-de-honra e acompanhantes alinhados no altar, uma recepção no Clube Português com um bufê de frios e ovos *à la diable*, e uma banda ao vivo para dançarem por muito tempo depois que tivéssemos partido para a nossa lua-de-mel. Mas, quando viram que eu estava determinada a fazer as coisas ao meu modo – eu vendera o carro e deixara o emprego – elas se acalmaram. Afinal, casar na Nicarágua era melhor do que não casar.

Quando contei as notícias para Anne, ela me abraçou e disse: "Parabéns!" Então, riu e falou sem pensar: "Por que você não casa comigo?" Será que ela falou a sério?, pensei. Meu estômago revirou ao pensar nas possibilidades. Será que ela sentira atração por mim durante todos aqueles meses? Mas o momento passou quando seu namorado a abraçou pela cintura e disse: "Querida, por que você não casa comigo?"

Fiquei aterrorizada com a sugestão de Anne e, para evitar pensar naquilo, disse a mim mesma que era impossível quebrar a promessa feita a Mário. Eu sabia que As Marias não aprovariam se eu abandonasse os meus planos de casamento e ficariam mais escandalizadas ainda se eu abandonasse o meu noivo para "juntar os trapos" com uma atleta masculinizada.

Continuei com os meus planos e alistei-me no Corpo da Paz. Após treinar durante três meses em Porto Rico, embarquei para El Viejo, uma aldeia no noroeste da Nicarágua, onde Mário e eu nos encontramos. Decidimos casar no Centro do Corpo da Paz em Manágua; o presidente da Corte Suprema da Nicarágua concordou em oficiar a cerimônia.

Como vestido de casamento, escolhi uma roupa branca de algodão, tradicional da Nicarágua, bordada na frente com arabescos de diversos tons suaves. A camisa de Mário era uma versão mais curta do meu vestido.

As outras voluntárias ajudaram a preparar tigelas de salada de macarrão, bandejas de ovos *à la diable* e minúsculos sanduíches de presunto. Não me ocorreu fazer feijão preto, arroz, *guacamole* e *tortillas*. Eu evitara um casamento na igreja testemunhado pela minha família mas, sem pensar, criara uma festa que parecia familiar e verdadeira.

Enquanto planejava o casamento, tinha consciência de uma vozinha dentro de mim, protestando. A voz tinha certeza que eu estava fazendo a coisa errada. No dia do meu casamento ela falou mais alto, mais desesperada.

"Eu não quero casar!" ela gritava dentro da minha cabeça.

"Oh, é claro que você quer." Outra voz tentava acalmá-la, negando. "Não é permitido desistir," dizia uma outra voz, imitando As Marias.

Depois de casar, fiquei muito zangada e descontei em Mário. Parece que tudo o que ele fazia me irritava. O seu modo de rir, de aparar o bigode e pentear o cabelo – até o modo como o ar passava assobiando baixinho pelas suas narinas – me deixavam furiosa. Eu lutava para readquirir o controle da minha vida tentando controlá-lo; comecei a provocar discussões sobre assuntos insignificantes. Eu negava sexo e intimidade; o sexo tornara-se tão entrelaçado à minha raiva que fazer amor era perigosamente instável.

"Não pica doloroso, não sabe saboroso"

Eu não lhe contei o que estava me corroendo; ele achava que o meu mau humor e irritação eram efeitos colaterais das pílulas anticoncepcionais, ou do estresse de estar longe de casa, ou do clima tropical, opressivo. Mário foi inacreditavelmente paciente comigo e com o meu constante mau humor.

Como voluntária do Corpo da Paz, eu recebia muito reforço positivo por ser casada – e para ter filhos. Eu me sentia como se As Marias tivessem me seguido até El Viejo. As mulheres da aldeia tinham pena de mim porque eu não tinha filhos; dona Louisa, a *viejita* que morava ao lado, provocava Mário, usando palavras como *huevos* e *pelotas*. Não havia mulheres profissionais na Nicarágua; as mulheres eram definidas pelo relacionamento com a família – particularmente, pelo número de filhos que tinham. A última coisa que eu desejava era ter um filho e, felizmente, Mário concordava, embora por motivos diferentes.

Por dois anos, eu usei o trabalho, os cigarros, a comida e a cerveja para conter a minha raiva. Eu estava tão afastada de quem eu realmente era que nem mesmo conhecia a palavra para lésbica em espanhol. Eu me sentia como se estivesse vivendo a vida de outra pessoa, como se estivesse sempre esperando acontecer alguma coisa que finalmente me levaria de volta para mim mesma.

Eu escrevia toda semana para Anne e criamos uma intimidade que não tínhamos tido antes de estarmos separadas por continentes. Contudo, mesmo com a segurança da distância entre nós, não fui capaz de lhe contar sobre a minha paixão por ela.

Milagrosamente, Mário e eu sobrevivemos aos dois anos no Corpo da Paz sem que eu engravidasse e sem que nos magoássemos seriamente e, quando voltamos para casa, meus pais nos ofereceram uma grande recepção de casamento. Havia uma fonte de champanhe que inspirou uma longa série de brindes à felicidade eterna dos recém-casados – que já não eram tão recém-casados e que estavam à beira do divórcio. Anne e seu namorado sentaram conosco na mesa principal, enquanto em outra mesa, com os olhos úmidos, As Marias agradeciam à Virgem Maria e a todas as santas pelo meu casamento.

"Agora, minha neta, é hora de ter filhos", ralhou a minha avó, com as bochechas rosadas pelo champanhe. Antes que ela pudesse continuar, Maria Helena, minha bisavó, nos interrompeu. Ela estava usando seu vestido preto de jérsei e segurando um presente retangular, embrulhado em papel cor-de-rosa e prateado.

"Benção, avó", eu disse.

"Benção, neta", ela respondeu, entregando-me o pacote. Ela ficou ao meu lado esperando que eu o abrisse e assim o fiz, revelando uma foto 25x30 da Virgem Maria.

"Santa Maria, nos abençoe", disse ela, fazendo o sinal-da-cruz.

Adaptar-se novamente à vida nos Estados Unidos teria sido suficientemente difícil para duas pessoas com um bom relacionamento, mas para nós a transição foi infernal. Um dia, diante de outra de minhas recusas para ter sexo, Mário foi incapaz de conter a frustração e deu um soco na porta do armário. Ambos sabíamos que aquela porta poderia ter sido o meu rosto. Decidimos marcar uma consulta com um conselheiro matrimonial.

"Por que você não quer ficar em casa e ser uma esposa e mãe para o seu marido?" perguntou o conselheiro, tendo identificado imediatamente o problema de nosso casamento como sendo má vontade de minha parte para me adaptar ao papel de esposa de Mário.

A ignorância do conselheiro apenas fortaleceu a minha decisão de não revelar o verdadeiro motivo pelo qual eu queria deixar o casamento. "Eu não quero ser um apêndice de Mário", respondi, furiosa. Eu retornara ao meu antigo emprego como assistente social e, assim, acrescentei com toda a razão: "Além disso, sou eu quem tem um emprego".

Um ano depois de retornarmos da Nicarágua, Mário e eu nos divorciamos; ambos concordamos que era o melhor. Eu nunca lhe contei sobre a minha atração por mulheres. Apenas disse que não estava mais apaixonada e ele acreditou. O tribunal registrou o motivo do nosso divórcio como "diferenças irreconciliáveis", o que estava mais perto da verdade do que qualquer coisa que eu pudesse admitir.

A verdadeira separação foi simples. Nós tínhamos um cachorro, mas não possuíamos mais nada a não ser os presentes de casamento – coisas como abridores de lata elétricos, uma panela para fazer pipoca e um aparelho para fazer donuts. Eu fiquei com o cachorro e Mário com os presentes. Mário desistiu do carro, que ficou comigo; ele não estava pago e Mário ainda não estava trabalhando.

"Não pica doloroso, não sabe saboroso"

Coloquei o cachorro e as minhas coisas no banco de trás do sedã azul; Mário não me viu sair e eu não olhei para trás. Enquanto partia para o meu futuro, a toda velocidade, sentia-me feliz, intoxicada com as promessas de liberdade. Nunca mais vi Mário.

Acredito que a maioria das pessoas toma decisões que acabam tendo um enorme impacto em suas vidas. Para mim, encontrar a coragem para me divorciar de Mário foi uma delas. Ao escolher não ser a esposa de Mário, honrando os meus sentimentos pelas mulheres, dei a mim mesma o presente das possibilidades, o potencial para ser quem eu realmente era.

As Marias ficaram mais desapontadas do que desaprovadoras de meu divórcio. Depois da preocupação inicial pela santidade da minha alma, elas decidiram que, uma vez que não havíamos casado na Igreja, não tinha realmente valido. Elas sempre se referiram ao meu divórcio como uma anulação.

Assumir quem eu era não foi um simples ato de honestidade catártica; aconteceu aos poucos, durante um período de anos. Primeiro, precisei ser honesta comigo mesma e, então, fui capaz de me assumir para algumas pessoas escolhidas, entre as quais não estavam nem As Marias nem meus pais, porque eu ainda tinha medo que me humilhassem. Troquei um estilo de vida dividido em diversas partes por outro mas, dessa vez, sem o isolamento emocional e social no qual eu vivera durante tantos anos.

Assumir a minha homossexualidade foi assustador, mas ser coerente com quem eu era foi uma liberação tão agradável dos muitos anos de repressão que, a princípio, eu mal percebi o desconforto. Inicialmente, assumir significou ter sexo com outras mulheres. Dei em cima de Anne; sua reação foi inequívoca. Foi um alívio tão grande finalmente fazer sexo com ela que, mais tarde, abraçadas entre os lençóis amarfanhados, comentei distraidamente: "Não foi tão ruim, foi?"

"Deveria ter sido?" ela perguntou, um pouco ofendida.

Foram necessários dez anos antes que eu me sentisse suficientemente forte e autoconfiante para revelar-me aos meus pais. O meu pai aceitou as notícias calmamente, dizendo que sabia há anos. Ele nunca foi contra a eu permanecer solteira após o divórcio. Creio que, para ele, nenhum homem teria sido suficientemente bom para mim. Quando me assumi para minha mãe, ela recuou, fisicamente.

Nitidamente nauseada pela idéia de sexo entre mulheres, a sua primeira resposta foi: "Eu amarei você de qualquer maneira mas não me culpe por isso." Com o passar dos anos, ela cumpriu a promessa de me amar e tentou superar, ou pelo menos reprimir, sua repulsa pelo meu lesbianismo.

Eu não me assumi para As Marias antes de elas morrerem. Será que elas teriam considerado a minha preferência sexual pecaminosa e repugnante? Provavelmente. Mas As Marias consideravam o próprio sexo pecaminoso e repugnante e acredito que teriam superado o choque inicial e continuado a me amar.

Prefiro acreditar que elas não teriam sido capazes de esquecer a menininha precoce que as seguia pela cozinha, aprendendo as receitas que nunca foram escritas, ou que as acompanhava nos galinheiros e jardins em caçadas ao tesouro, procurando ovos e *pipinellas* gigantes, ou a criança que, sem reclamar, ajoelhava ao seu lado no chão de mármore frio da igreja enquanto elas rezavam o terço. As Marias, com sua inclinação para criar a realidade ao seu próprio modo, teriam me guardado para sempre em seus corações como uma criança obediente e preciosa. Assim como eu, que prefiro lembrar delas perfeitamente fortes e sábias, imprevisíveis e engraçadas.

O fato de me assumir não simplificou imediatamente a minha vida. Logo aprendi que a pressão para ser hétero, que eu atribuíra inteiramente à minha família, vinha de todas as partes – meus colegas de trabalho, o mecânico que consertava o meu carro, os vizinhos. Até mesmo as outras mulheres do meu grupo de apoio feminista não ficavam à vontade com o que parecia ser uma súbita mudança em minha preferência sexual.

E o fato de me assumir também não eliminou minhas crises de depressão e insegurança. Os mesmos comportamentos destrutivos que eu tivera com os homens – promiscuidade para evitar intimidade, a dança da ambivalência – foram mantidos em meus relacionamentos com as mulheres. Todos apontando para a minha necessidade de realizar uma cura mais profunda.

Por meio de inúmeros atos inconscientes de autopunição, tinha chegado perigosamente perto da morte espiritual. A minha sexualidade não manifestada tivera uma qualidade poderosa, obsessiva, que o ato de me assumir colocou em seu devido lugar, sólido, legítimo, entre as muitas partes que formam quem eu sou. Ironicamente, o reconhecimento da minha preferência sexual liberou o resto de mim.

Depois que deixei Mário, tive muitos momentos de ódio por mim mesma; é difícil viver nessa sociedade sem sofrer os efeitos da homofobia internalizada. Mas a força que adquiri ao viver com integridade permitiu que eu criasse a minha vida com sabedoria, coragem e humor consistentes. Como As Marias costumavam dizer sempre que eu me queixava de alguma coisa difícil: "Não pica doloroso, não sabe saboroso." Você não pode conhecer a alegria, se não tiver conhecido a dor.

Um novo caminho
Kathleen Boatwright

A primeira vez que vi Jean, ela estava na igreja mantendo uma conversa agradável com a minha filha mais velha, de quinze anos. Fiquei muito impressionada com o seu jeito maduro de falar com minha filha. Depois, sentei-me no banco da frente e observei-a cantar durante o culto. Fiquei tão encantada com a sua presença que ela ficou gravada na minha mente. Mas aí ela viajou e ficou fora até o começo do ano seguinte.

Em janeiro, eu estava sentada na igreja quando olhei para o lado e vi Jean, segurando o violão, caminhando com determinação pela nave lateral. Senti um nó na garganta e disse para mim mesma, Jean está de volta. Depois do culto, e apesar da minha dificuldade para conversar com pessoas novas, tive que perguntar por onde ela andara. Eu precisava falar com ela.

Descobri que ela estava de volta à faculdade de Corvallis por cinco meses para terminar seu curso. Ela não tinha um lugar para morar, portanto, eu lhe ofereci: "Não se preocupe, meus pais sempre quiseram hospedar uma estudante universitária. Você é ruiva como papai. Eles vão adorar!" Fui procurar mamãe e arrastei-a para longe de suas amigas e disse: "Você lembra da Jean, ela está procurando um lugar para ficar. Por que você e papai não a hospedam?"

Desde o início meus pais encorajaram a nossa amizade, porque viram o quanto ela significava para mim. Conhecê-la me deixara animada de um modo como eles nunca haviam visto antes. Eles sabiam que eu costumava chorar horas a fio quando criança porque nenhuma menina gostava de mim na escola. Minha mãe acariciava a minha perna ou dava tapinhas na minha mão. Eu era extremamente inteligente e brilhante mas a minha auto-estima era baixa porque eu não conseguia fazer amizades. Assim, meus pais encorajaram Jean a me convidar para almoçar, passear ou cavalgar. Eles percebiam que sua amizade me fazia muito bem. Eles ficaram alegres porque eu estava feliz. Durante algum tempo.

O meu marido não prestou muita atenção – no início. Ele era policial e sempre fora ausente, como pai e como marido. Depois de quatro meses de amizade, de um maravilhoso relacionamento platônico, Jean teve que viajar por um mês para fazer a sua especialização. Enquanto ela estava fora, conheceu um casal fundamentalista. Bom, Jean mandou-me um cartão postal dizendo: "Alguma coisa está acontecendo. Estou brincando com fogo. Não consigo lidar com isso. Preciso falar com você." Senti um aperto no coração. O que estava acontecendo?

Quando finalmente conseguimos nos encontrar e conversar, Jean explicou como ela e essa mulher fundamentalista haviam iniciado um relacionamento íntimo. Minha resposta foi segurar-lhe o braço e dizer: "Não se preocupe. Vamos dar um jeito nisso." Jean não podia ser homossexual porque era errado. Além disso, se ela fosse homossexual, então precisaria sair da minha vida. E, num nível mais profundo, acho que eu não queria que ela explorasse essas coisas com outra pessoa que não fosse eu.

Depois da sua especialização, Jean quis ser mais sensual comigo. A sua atitude era: "Agora, eu vou mostrar para *você*." Ela disse: "Qualquer noite vou lhe fazer uma massagem nas costas." Assim, uma noite – depois do estudo da Bíblia, nada menos – ela passou em minha casa e disse: "Por que você não deita sobre o cobertor no chão, tira a blusa e o sutiã e eu massageio as suas costas?" Minha reação foi como dizer "Legaaal!" Meu marido trabalharia a noite inteira fora e o convite dela me pareceu ótimo. Assim, essa boa moça cristã massageou as minhas costas e eu disse para mim mesma, "Puxa, então é isso!"

Todas as pequenas peças, todas as pequenas sensações se encaixaram. Até os comentários que minha mãe fizera durante anos começaram a fazer sentido. Ela dizia coisas como: "Não corte o seu cabelo muito curto." "Você não pode usar roupas de homem." Foi então que eu também percebi que as vizinhas ao lado de quem eu crescera eram um casal de lésbicas, embora eu jamais tivesse pensado nisso antes. Lembrei da sensação de caminhar pela livraria Waldenbooks, olhar para o livro *The joy of lesbian sex* (O prazer do sexo lésbico) e desejar aquele tipo de intimidade. Naquele momento, tudo isso veio à minha mente e eu senti um desejo real de me entregar a essa pessoa de um jeito como eu nunca fizera antes. Então, o telefone tocou. Era meu filho. Eu pensei: "Oh, Deus, salva pelo gongo! Eu não sei onde isso teria ido parar."

No final do mês chegou a hora de Jean se formar e tentar resolver o que fazer com seus sentimentos por mim e o que fazer com a mulher fundamentalista. Foi uma histeria pentecostal.

Naquela época eu ainda tinha um marido e quatro filhos. Meu filho de dezenove anos estava fazendo uma universidade muito conservadora. Eu tinha uma filha de dezesseis anos estudando num colégio evangélico cristão, do qual eu era membra da diretoria. Dois filhos estavam na escola paroquial. O meu pai era líder na igreja. E eu ainda dependia muito do apoio emocional dos meus pais. Eu era a filha preferida. E os meus avós moravam na cidade.

Bem, merda, eu estava realmente encurralada porque não havia um único lugar para o qual eu pudesse me voltar, nem mesmo para fazer perguntas. Portanto, comecei a procurar algumas informações cristãs. Alguns dos conselhos eram tão inacreditáveis quanto: "Se você tem tendências homossexuais, não pode receber a pessoa por quem nutre esses sentimentos em sua casa à noite." "Você não pode deixar uma pessoa do mesmo sexo sentar na sua cama enquanto conversam." "Encontrem-se somente em lugares públicos." Achei todos ridículos, mas também achei que eram a minha única opção porque a minha natureza espiritual era mais importante do que a minha natureza física. Intelectualmente e emocionalmente eu estava muito ansiosa e não sabia o que fazer com os meus sentimentos.

Nesse ponto, as pessoas apertam o gatilho, procuram a bebida, tomam drogas, viajam para longe. Mas eu não fiz nenhuma dessas coisas porque estava loucamente apaixonada. Se eu tivesse puxado o gatilho, não teria sido capaz de expressar aquela parte de mim que eu descobrira. Eu encontrara alguém, alguém que compartilhava os mesmos valores que eu.

As coisas atingiram um ponto crítico. Admiti para mim mesma e para Jean que eu era lésbica e que a amava. Nessa ocasião, já éramos sexualmente ativas. Meu marido começou a ficar desconfiado de que alguma coisa estava acontecendo e fomos buscar aconselhamento. Jean estava indo trabalhar no Colorado e não me deixou acompanhá-la, pois disse ser uma mulher responsável e não queria destruir minha família. E eu ainda não encontrara a orientação espiritual que precisava.

Eu precisava ir embora e iniciar uma busca espiritual. Eu precisava descobrir se havia qualquer apoio cristão em algum lugar, dizendo que eu podia conciliar o meu amor por Jean e o amor pela minha fé. Eu sentia que não poderia construir uma vida de amor se rejeitasse a minha fé. Assim, fiz as malas e disse aos meus pais que ia ficar com minha tia-avó em Los Angeles durante dez dias. Para o meu marido, eu disse: "Eu vou embora pensar numa série de questões e depois eu volto."

Pela primeira vez em toda a minha vida, aos trinta e seis anos de idade, eu estava por conta própria. Eu deixara o meu marido, filhos, pais, minhas estruturas de apoio, entrara no carro e rumara para West Hollywood, onde eu sabia que havia uma prefeita lésbica e uma comunidade gay. Portanto, com certeza deveria haver uma comunidade espiritual gay.

Em West Hollywood descobri os Evangelicals Together (evangélicos juntos). Não é uma igreja, apenas um grupo de contato da comunidade gay para pessoas com formação cristã evangélica. É dirigido por um ex-ministro batista que falava a minha língua e que me disse: "Para lidar com o seu dilema, você precisa se afastar do relacionamento com Jean. Deixe-a de lado e pergunte a si mesma, Deus me criou para ser quem?"

Discutindo o meu problema com ele e lendo o evangelho e o que Jesus tinha a dizer a partir de uma perspectiva diferente, consegui aceitar a teologia que diz: "Deus me conhecia antes de eu nascer. Ele me aceitou como eu fui feita para ser, de maneira única e total." É em obediência a Deus que acabamos por atender ao chamado para nos tornarmos tudo aquilo que Ele nos criou para ser. Senti, de maneira firme e total, que aquilo que eu vivera com Jean não era uma possessão demoníaca, não se tratava de Satã me tentando com pecados de luxúria, mas de uma intimidade e um amor que eram belos e oferecidos por Deus. Portanto, agora eu precisava resolver de que maneira lidar com isso.

Quando se tem a minha idade, a gente volta e deixa as coisas como sempre foram – para termos a segurança de sempre– ou a gente se arrisca. Eu acreditava estar disposta a arriscar tudo pelo amor que sentia por Jean. Naturalmente, tendo Jean, eu estava diminuindo um pouco o risco. Eu estava pulando de um penhasco mas segurando a mão de alguém.

Alguns dias depois, Jean veio me encontrar em Los Angeles. Nós concordamos em assumir um compromisso. No primeiro domingo após confirmarmos nosso relacionamento, fomos a um culto religioso na Igreja Episcopal de Todos os Santos em Pasadena, porque me disseram que os episcopais tinham a mesma fé que eu amava, bem como o hábito de usar a razão à luz da tradição e das escrituras.

Foi Deus, respondendo ao apelo do meu coração, que me enviou para aquele local de devoção. Jean e eu nunca estivéramos antes numa igreja episcopal. Entramos naquele lindo lugar com a maior congregação episcopal a oeste do rio Mississipi. Sentamos na quarta fileira. Era um incrível e maravilhoso lugar em estilo gótico. Era Dia de Todos os Santos na Igreja de Todos os Santos. Eles tocaram o Réquiem de Mozart com um coro completo e uma orquestra de câmara, e uma celebrante cantou a liturgia. Demos as mãos e choramos muito. Nós podíamos ir adiante porque, na tradição anglicana, a eucaristia está aberta a todos. Deus se abre. Não existem rejeitados na igreja episcopal.

Quando voltei à cidade, fui encontrar meu marido no consultório de um conselheiro. Eu disse: "Sim, você está certo. Eu sou gay e vou pedir o divórcio. Vou assumir. Eu quero me encontrar com os meus filhos mais velhos e com meus pais para falar sobre as decisões que tomei." Sentia que, pelo menos, eu tinha o direito de tomar minhas próprias decisões. Fui buscar minhas filhas mais novas na casa do meu pai. Entrei pela porta aberta e percebi uma atividade excitada, e as crianças me viram. "Mamãe voltou! Mamãe voltou!" E meu pai saiu na varanda, empurrou-as para dentro e bateu a porta. Ele me pegou violentamente pelo braço, me fez descer os degraus e disse: "Você nunca mais vai ver os seus filhos sem uma ordem judicial! Vá se juntar com a sua namorada!" E me obrigou a ir embora.

Precisei recorrer à justiça para ver minhas filhas mais novas. Ficaram sem me ver por duas semanas. Elas perguntaram: "Mamãe, mamãe, o que está errado?" Eu me inclinei e sussurrei em seus ouvidos: "A mamãe ama vocês." Meu marido quis saber: "O que você está dizendo para as crianças?" Pude ficar só um pouco com elas, depois desci as escadas e meu marido disse que queria que eu voltasse para casa, que ele seria meu irmão, não meu marido.

E eu lhes digo, todo o meu mundo desmoronou. Eu não podia mais ver os meus filhos. Não tinha acesso à minha casa. A igreja realizou uma reunião aberta para preces e revelou o meu relacionamento com Jean. Eles tentaram fazer com que ela fosse despedida e, quando isso não funcionou, chamaram seus pais, que tentaram prendê-la em casa ou me mandar para a prisão. A minha filha mais velha, a conselho do pastor, apertou minha mão e disse: "Obrigada por ser a minha mãe biológica. Nunca mais quero ter nada a ver com você." Depois disso, sempre que me via na cidade, ela se escondia de mim. Eu a vi deitar-se no chão do estacionamento do supermercado para que eu não a visse. Pessoas que eu conhecera a minha vida inteira me evitavam como se eu tivesse a peste. Eu estava surpresa por Jean não virar para mim e dizer: "Garota, estou fora!"

Felizmente, eu não fiquei totalmente sem apoio. Procurei os Parents and Friends of Lesbians and Gays (PFLAG – Pais e Amigos de Lésbicas e Gays) e conheci alguns pais maravilhosos, amorosos, cristãos, e crianças gays que disseram: "Você não é doente. Você não é esquisita. Todos estão histéricos." Eles ofereceram todo tipo de assistência possível. Com o seu apoio emocional, senti que era possível sobreviver ao choque.

Morando num pequeno município rural no Oregon, eu não sabia nada a respeito dos direitos das mulheres, quanto mais dos direitos de gays. Assim, não é de surpreender que eu tenha acreditado na mentira de que é melhor os filhos de lésbicas ou gays ficarem sob a custódia do progenitor heterossexual. Eu acreditava que o meu marido podia lhes oferecer um senso de normalidade que eu não podia. Portanto, renunciei aos meus direitos de custódia e tornei-me secundária. Depois de ter sido a figura principal e cuidado dos meus filhos durante vinte anos, o juiz só me deixava ver as crianças duas vezes por semana.

Eu não agüentava mais. Assim, fiz as malas, coloquei algumas coisas em sacos de supermercado e deixei a minha família e os meus filhos. Jean e eu saímos silenciosamente da cidade ao pôr-do-sol, em direção a Denver, Colorado, onde ela trabalhava.

À medida que você se aproxima de Denver, passa por uma grande colina a cerca de 25 km da cidade. Nós paramos numa cabina telefônica e ligamos para a presidente da PFLAG local para perguntar se havia uma paróquia episcopal na cidade. Ela disse: "Sim, vá a esse lugar, procure essa pessoa." Estava começando a anoitecer. O ar estava limpo e estávamos no alto de uma montanha. Uma aventura totalmente nova começava. Foi o verdadeiro fim do meu passado e o começo do meu futuro. Entretanto, a força orientadora na minha vida era: "A igreja tem as respostas."

Jean e eu ligamos para a igreja e descobrimos quando eram os cultos e perguntamos se eles tinham uma sede da Integrity. Integrity é o ministério episcopal para a comunidade lésbica e gay. Havia uma e, assim, duas noites depois, fomos à nossa primeira reunião na Integrity. Havia doze homens atraentes, com cerca de trinta anos, e o pároco. Eles ficaram surpresos ao ver duas mulheres, porque é raro elas freqüentarem a Integrity. A única coisa mais indecente do que ser uma lésbica numa comunidade cristã é ser uma cristã na comunidade lésbica, porque isso desperta muitas outras questões além da orientação sexual, como o patriarcado e a subordinação das mulheres.

A Integrity de Denver era uma congregação confirmadora. Nós nos apresentamos como um casal. Curamos muitas coisas através do amor incondicional e da aceitação dessa paróquia de oitenta pessoas. O pároco encorajou o meu envolvimento. Com dinheiro do próprio bolso, mandou-me para a primeira convenção regional em 1987, em São Francisco. Agora, sou vice-presidente da Região Ocidental da Integrity, e faço parte do conselho nacional de diretores. Sou uma de apenas 125 mulheres associadas à Integrity, que conta com mais ou menos 1.500 membros.

A Integrity ofereceu um fórum para as coisas que eu quero dizer, tanto como uma mulher lésbica quanto como uma cristã. E devido à minha educação e experiência, posso falar com a igreja que eu amo sobre diversos assuntos que outros não podem. Eu posso dizer: "A responsabilidade é de vocês. Vocês estão tornando bastardas as crianças educadas em famílias não tradicionais. Não estão aceitando as pessoas que as amam e orientam. Vocês dizem que nos acolhem mas por outro lado não nos apoiam. Vocês não nos oferecem ritos de passagem e rituais e comemorações como fazem com as famílias heterossexuais."

A igreja precisa mudar. O que estamos pedindo são ritos iguais. Estamos pedindo que a igreja abençoe as uniões de pessoas do mesmo sexo. Estou pedindo mudanças canônicas que confirmem a minha totalidade como uma filha de Cristo que está, ao mesmo tempo, num relacionamento amoroso e comprometida com uma mulher. Nós também desafiamos a igreja a fazer declarações pedindo que o governo legitime os nossos relacionamentos e nos ofereça o mesmo tipo de isenção de impostos, pensão, etc. Mas, o mais importante, é que precisamos da igreja para sair da obscuridade e começar a confirmar as vidas de filhos de lésbicas e gays. Eu não desejo que nenhuma garota passe pelo que eu passei. Eu quero respeitar todas as pessoas abertamente.

Meu marido casou-se novamente, com a babá. Na Páscoa de 1987, recebi um telefonema informando que ele mandara a minha filha de dez anos embora de casa, acusando-a de "tocar de maneira inadequada" os seus novos enteados. Ele queria se livrar da criança difícil. Então, usou-a como uma arma para tentar impedir minhas visitas à minha filha mais nova. O resultado final foi que eu fiquei com uma criança e ele com a outra. Iniciei um processo contra ele sem nenhuma esperança de obter de volta a custódia de minha outra filha.

Procurei uma ministra lésbica e pedi-lhe para me arranjar um advogado para cuidar do meu caso e ela disse: "O melhor advogado dessa cidade é Hal Harding, mas ele é o advogado do seu marido. Talvez isso possa ser uma benção." Assim, tive que encontrar outro advogado.

Como parte do processo de custódia, Jean e eu encontramos com o advogado do meu marido. Ele tomou depoimentos e nos fez perguntas realmente sinceras. Então, aconselhou o seu cliente – meu ex-marido – a seguir em frente e pedir uma avaliação psicológica. O tribunal não havia feito tal solicitação e na verdade não faria, pois não havia precedentes naquele município. Mas o meu ex-marido concordou em consultar um psicólogo de sua escolha. A psicóloga, dedicou o seu tempo e energia para entrevistar todas as pessoas envolvidas e recomendou ao tribunal que Jean e eu ficássemos com a guarda. Agora, temos a guarda das duas crianças, a guarda exclusiva. Foi realmente uma benção.

Nós acrescentamos à nossa família a avó de Jean, com noventa e um anos. Assim, somos lésbicas americanas vivendo aqui em Greenacres, Washington. Nós somos a senhora e a senhorita América morando juntas. Agora, o que precisamos em nossa vida, e que a fé não nos oferece, é uma comunidade de mulheres solidárias. Nós ainda precisamos encontrar esse lugar.

Faça o que é bom para você
Gale (Sky) Edeawo

Quando criança, eu brincava com bonecas, ajudava mamãe a limpar a casa e me escondia dos meninos, envergonhada. Minhas amigas e eu éramos loucas por meninos. Adorávamos quando eles nos perseguiam. Nós queríamos ser agarradas. Quando eles nos agarravam, puxavam nosso cabelo e nos empurravam. Nós escapávamos e corríamos para casa dando risadinhas, imaginando com qual deles casaríamos quando crescêssemos.

Os meninos nos perseguiam só quando estavam entediados. Nós queríamos sua companhia, sabendo que um dia eles iam crescer e começar a nos perseguir como os garotos mais velhos que se sentavam nas varandas e seguravam nossas irmãs mais velhas pela mão. No início da adolescência ocorreu a mudança. Os meninos começaram a nos acompanhar, e não a nos perseguir, até nossa casa. Eles também começaram a segurar nossos livros em vez de atirá-los em nós.

Eu era louca por garotos na minha adolescência e sempre tinha um namorado ou um admirador. Isso era importante para mim, porque, naqueles dias, homens e meninos negros gostavam de meninas e mulheres de pernas compridas e traseiros redondos, que eu não tinha. Minhas pernas eram finas e meu traseiro uma tábua... Mas sempre tive ombros largos (herdados do lado materno da família) com um forte ego (do lado paterno). Eu tinha olhos grandes, era um pouco dentuça, pele marrom escura e me achava bonitinha. O meu orgulho interior deve ter atraído os rapazes, porque eu sempre podia escolher aquele que quisesse.

Então, apareceu Earl, bonito, forte, de pernas arqueadas. Aos dezessete anos de idade, fiquei irremediavelmente apaixonada. Earl dirigia um Buik vermelho e íamos juntos a todos os lugares. Éramos grudados. Depois de três meses surgiu o seu amigo, Bill. Eu não o conhecia, apenas ouvira falar que ele estava na Virgínia visitando a avó e fugindo de alguma confusão. As garotas que o conheciam falavam sempre sobre como ele era lindo e como sempre trabalhava e tinha dinheiro. Quando Bill voltou a Los Angeles, todos ficaram excitados. Menos eu. Sim, ele era muito bonito e, sim, ele sempre trabalhara, tinha dinheiro e um carro. Mas, por algum motivo, ele queria se intrometer entre Earl e eu. Ele levava lindas garotas para a casa de Earl e eles saíam juntos, deixando-me para fazer companhia à mãe alcoólatra de Earl.

Eu implorava a Earl para não ir, só para ver Bill e sua comitiva de lindas mulheres rirem de mim. Eu não conseguia fazer Earl enxergar que o seu amigo não tinha boas intenções.

Com vontade de ofender Bill, eu disse a Earl que, ou ele era esquisito (a palavra que usávamos para gay), ou estava apenas tentando destruir a nossa relação. Earl não me escutou. Ele não me tratava bem, mas não me largava.

Eu odiava Bill e jurei me vingar dele. Certa vez, tentei atropelá-lo com o meu carro quando ele saía da casa de Bill, mas ele foi muito rápido. Percebi que matá-lo não era uma boa forma de vingança. Assim, em vez disso, casei-me com ele!

Foi assim que aconteceu: o querido e bom Bill sempre desejara a namorada de Earl (isto é, eu), e a melhor maneira de ficar com ela era deixá-la irritada o suficiente para abandonar Earl. Foi o que fiz. Doeu, mas tinha que ser feito. Havia mais peixes no mar e eu estava cansada de olhar e me sentir a idiota das idiotas.

Menos de uma semana depois de eu ter largado Earl, Bill começou a me rondar. Ele ia à minha casa, jogava charme para os meus pais, trazia presentes e me levava a qualquer lugar onde eu quisesse ir. Bill era um homem muito atraente, parte hindu, parte afro-americano, alto, de traços fortes e cabelos escuros, sedosos, naturalmente encaracolados. Muitas mulheres me invejavam, achando que eu fisgara o melhor partido. Uma vez eu lhe perguntei qual era o seu jogo. "Você pode ter a garota que quiser, por que deseja a garota de Earl? E, além disso, eu nunca vou amá-lo."

Acontece que Bill era louco por um desafio e eu era o maior deles. Ele nunca conhecera uma garota que o detestasse como eu. Ele também invejava a maneira como eu adorava Earl e queria que eu o adorasse da mesma forma. Bill convenceu-me a sair com ele para me vingar de Earl. Eu concordei. Ele me convenceu a fazer sexo com ele, para realmente enlouquecer o Earl. Eu concordei. Ele me pediu em casamento, a vingança final. A princípio, não aceitei.

Quando Earl descobriu o nosso caso, ficou furioso. Ele me chamou de prostituta e passou uma semana se embriagando. Ele gritou com os meus pais e com a mãe de Bill e se alistou no exército, onde implorou para ser enviado ao Vietnã para morrer pelo país. Mas foi enviado para a Alemanha, onde serviu durante todo o tempo de alistamento.

Logo após a formatura e depois de ficar grávida de Bill, casei-me com ele. Eu tinha duas amigas que também ficaram grávidas e casaram. Nós formávamos um grupo de seis e passamos bons momentos juntos. Dee foi a primeira a ter o bebê. Fomos todas ao hospital perguntar o que ela sentira, se doera, se valiam a pena os nove meses. Vera foi a segunda. Em fevereiro de 1965, dei à luz uma menina, minha única filha.

Bill e eu tentamos fazer o nosso casamento dar certo, embora eu nunca tivesse aprendido a amá-lo. Em meu coração, eu sempre seria a namorada de Earl. Tenho que admitir que Bill e eu realmente vivemos bons momentos. Desde que eu continuasse sendo o seu grande desafio, ele faria qualquer coisa para me agradar. Na verdade, nós nos tornamos amigos e o sexo era ótimo entre nós. Bill trabalhava na Firestone e levava todo o salário para casa. Nós tínhamos dois carros e um apartamento num bom bairro de classe média. A maior parte da nossa mobília era nova. Eu sabia administrar nosso dinheiro e era uma dona-de-casa muito boa.

Mas, Bill tinha uma outra faceta, a mesma faceta mentirosa que acabara com meu namoro com Earl. Bill era um grande mentiroso e tinha um mau gênio. Apesar de nunca ter batido em mim, brigávamos muito. Acredito que ele tenha ficado com medo de mim depois que puxei uma faca no meio de um dos seus acessos de raiva, convidando-o a me forçar a usá-la. Quando a gente não está apaixonada pela pessoa com quem vive, o nível de tolerância é muito baixo. Eu não tinha nenhuma. Se não fosse pelo meu círculo de amigos e pelo fato de minha barriga estar grande, provavelmente teria voltado para a casa dos meus pais no meio da nossa primeira briga.

Diversas vezes, a Firestone oferecera ao meu marido o cargo de gerência. Ele sempre recusava porque teria que fazer um teste escrito. Apesar de ter estudado, ele não conseguia ler nem escrever. Ele fingia bem, mas não o suficiente para compreender o teste. Sugeri que freqüentasse aulas de leitura à noite. Ele dizia que não tinha tempo. Comprei material de leitura para ajudá-lo a aprender. Logo, ele se aborreceu e começamos a discutir. Ele foi despedido do emprego por continuar violando regras de segurança. Tenho certeza de que ele provocou a demissão para que eles nunca descobrissem a sua incapacidade para ler.

Depois de dar à luz, a vida com o meu marido tornou-se insuportável. Ele não trabalhava nem procurava emprego. Discutíamos constantemente. O marido de Dee foi preso porque decidira tornar-se um prostituto e, para ficar rico, envolvera-se num esquema que não deu certo. O marido de Vera abandonou-a assim que o bebê nasceu, levando tudo menos $10 da sua conta conjunta. Quando fiquei sabendo, tirei algum dinheiro da minha conta e escondi entre meu equipamento de fotografia. Não sei como, mas o meu marido encontrou o dinheiro e gastou cada centavo, sabe Deus onde. Quando o aluguel venceu, fui ao meu esconderijo e não havia nada lá – nenhum centavo para o aluguel ou para as compras. Bill começara a trabalhar num novo emprego e fez uma espécie de acordo com o locador para pagar tudo no dia do pagamento. Ele também me disse que, a partir daí, administraria o dinheiro e me daria uma quantia para a comida e as despesas da casa. Esse novo emprego pagava 50% menos do que a Firestone e meu marido não sabia nada sobre administração de finanças. Foi nesse dia que eu disse a mim mesma: "Chega."

Deixei o meu marido uma tarde, enquanto ele estava no trabalho. Eu tinha uma perua e levei toda a mobília para um armazém. Bill chegou em casa e encontrou apenas as suas roupas no armário. O resto havia desaparecido, incluindo o seu bebê e a namorada de Earl.

Depois de deixar Bill, fiquei com uma amiga que ele não conhecia em Echo Park. Ele me procurou por toda a parte, fazendo um monte de ameaças furiosas. Era apenas o seu ego que estava em jogo. Logo, ele se refez e admitiu que nunca vencera o desafio.

Eu parei de me esconder e voltei com o bebê para a casa dos meus pais. Bill e eu seguimos caminhos separados e, em 29 anos, ele jamais pagou um centavo para o sustento da filha...

Era difícil ganhar dinheiro no final da década de 1960 e percebi que os meus dias de ser paparicada tinham acabado. Os homens que conhecia me deixavam cada vez menos interessada. Todos eles pareciam ser muito confusos, especialmente aqueles que estavam voltando da guerra. Resolvi ficar longe de todos os viciados em drogas, ex-prisioneiros e veteranos de guerra. Não preciso dizer que raramente saía. Preparei-me para ficar solteira durante muito tempo.

Lembro-me da primeira vez que me peguei olhando para as pernas e os quadris de uma mulher da "maneira errada". Donna era italiana, de pele escura, secretária onde eu trabalhava. Eu não estava olhando para ela com inveja ou admiração. Eu olhava para Donna todos os dias, constantemente, com puro desejo. Eu não sabia o que havia de errado comigo e estava começando a me sentir como uma daquelas pessoas esquisitas. "Oh! Deus, não deixe isso acontecer!" disse para mim mesma. Comecei a sair com qualquer homem que me convidasse, só para provar a mim mesma que estava tudo bem. Os homens com quem eu saía eram chatos, sem cérebro, não tinham dinheiro ou bebiam demais. Logo, superei a minha paixão secreta, decidindo que fora apenas um capricho passageiro, e parei de marcar encontros. Depois disso, eu só saía sozinha ou com amigas.

Uma noite, fui sozinha ao La Rouge, uma boate conhecida por suas dançarinas sensuais e semi-nuas. Essas dançarinas tinham os corpos mais belos que eu já vira. Elas podiam fazer determinadas partes do corpo – seios, umbigo, braços, coxas, pernas e quadris – mexer como se estivessem ligadas a baterias. Eu ficava fascinada, não enxergava nada na sala a não ser aquelas mulheres voluptuosas, quase nuas. Eu ignorei o homem que tentou atrair a minha atenção do outro lado da sala, e recusei um drinque do sujeito bonitão no bar. Eu só queria ficar sozinha e desfrutar aquela sensação.

Eu não sabia o que estava acontecendo comigo, mas dessa vez ia deixar rolar. Aquelas mulheres eram hétero, eu supunha, e eu também era. Tudo o que eu podia fazer era cruzar as pernas e mais tarde ir para casa me masturbar. Senti-me idiota por não conhecer nenhum homem ou mulher gay ou boates gays, até que uma noite fui com duas amigas a uma boate na Main Street. Havia um pequeno palco, com uma única dançarina. Ela não era tão sexy quanto as garotas do La Rouge. Tinha seios pequenos e bem feitos, com grandes mamilos eretos, quadril estreito, pernas curtas. Lembro-me de ter pensado: "Muito pequena – esqueça." Gertie, minha amiga hétero que não sabia dos meus desejos ocultos, disse: "Não vá sozinha ao toalete se a dançarina estiver lá. Ela gosta muito de se aproximar de mulheres. Ela é uma daquelas mulheres esquisitas que não gosta de homens."

Agradeci o aviso e decidi dar mais uma olhada na dançarina. Ela era magra, com adorável pele cor de chocolate e um rosto fino e atraente. Seu cabelo era curto e naturalmente ondulado. Não era de se jogar fora, afinal de contas. Ela estava tomando champanhe e obviamente sentia-se bem enquanto movia o corpo sedutoramente, provocando os homens da platéia. Calculei que já estava no palco fazia tempo e que logo faria uma pausa.

Gertie estava dançando e Irma profundamente envolvida numa conversa; assim, ninguém percebeu quando fui ao toalete. Rezei para que nenhuma das cinco mulheres presentes na boate aquela noite entrasse lá, especialmente Irma ou Gertie. O toalete era muito pequeno, localizado no fim de um corredor estreito. Ele só tinha uma entrada, um compartimento com uma porta que trancava e uma pequena pia. Parei na pia, com a água correndo, fingindo lavar as mãos. A música parou por alguns minutos e torci para que a dançarina entrasse. Assim que desisti e fechei a torneira, ouvi uma suave batida na porta. Parecia ser Gertie, vindo me salvar. Eu respondi relutante, um tanto asperamente: "Pode entrar, não está trancado."

Enquanto me dirigia para a porta, a dançarina entrou e fechou-a atrás de si. Encostou-se na porta e olhou-me de cima a baixo de uma maneira como eu nunca fora examinada antes, por homem ou mulher. Com uma voz sedutora, rouca, que não combinava com sua constituição pequena, ela disse: "Há alguém aqui além de nós duas?" Eu respondi: "Não, eu acabei de sair do banheiro." Ela estava usando uma camiseta fina sobre os seios nus e eu pude sentir cada polegada do seu corpo, mamilos e todo o resto enquanto ela roçava em mim para entrar. Abri novamente a torneira, fingindo lavar as mãos. Ela começou a conversar comigo, perguntando que perfume eu estava usando. Comecei a me maquiar para ganhar mais tempo. Eu só queria ficar perto dela. Tranquei a porta que dava para o corredor, sem pensar no que diria se alguém tentasse entrar. Eu só sabia que estava vivendo para esse momento. Eu precisava saber para onde ele me levaria. Ela saiu do banheiro e, intencionalmente, ficou perto de mim enquanto lavava as mãos, sorrindo-me pelo espelho. Ela piscou. Acho que aquele era o meu sinal, para me despedir ou ficar. Decidi ficar. Então, ela se virou para me olhar, o mamilo direito pressionando o meu braço. Senti algo que nunca experimentara antes. Ela disse: "Você gosta de mulheres?" Eu respondi: "Claro, algumas das minhas melhores amigas são mulheres." Ela chegou tão perto de mim que pude sentir o calor úmido do seu corpo e a suave fragrância de almíscar que ela usava. Quando falou, pude sentir o cheiro do champanhe que ela estivera tomando, suavizado por balas de hortelã.

"Não se faça de boba. Você sabe o que eu quero dizer, deixe-me mostrar." Começou a beijar suavemente os meus lábios, a princípio com a boca fechada. Então, sua língua deslizou lentamente pelos meus lábios à procura da minha. A língua de uma mulher – eu me senti como se fosse desmaiar.

Então, ouvi uma distante batida na porta que me trouxe de volta à realidade. Ela se afastou devagar, olhando para mim, sorrindo enquanto lambia os lábios. Ela parecia satisfeita com o que fizera. Deixei a dançarina sozinha no pequeno toalete e encontrei Gertie no corredor. Ela estava de olhos arregalados e parecia preocupada. "Aquela mulher estava lá dentro? Ela atacou você? Ela tentou encurralá-la?"

Eu disse: "Calma, Gertie, ela não ia me molestar e, além disso, elas só vão até onde você deixa."

Logo descobri que o nome da dançarina era Vicki. Quando ela voltou para o palco, alguém lhe mandou outra garrafa de champanhe. Ela me chamou. Sem me preocupar com os olhares das minhas amigas, praticamente corri para o palco e fiquei lá, esperando para servi-la ou fazer o que ela desejasse. Ela me passou um pedaço de papel com o número do telefone da sua casa e do trabalho. Então, disse à garçonete para trazer outro copo de champanhe, porque queria que eu bebesse com ela. Ela me serviu, ergueu o copo e brindou: "A nós." Voltei para a minha mesa sem me preocupar com o que as minhas ingênuas amigas estariam pensando. Um novo episódio estava para começar em minha vida e parecia tão certo...

Vicki mostrou ser uma boa amiga. Ela foi a minha introdução naquela vida. Mostrou-me os lugares de mulheres, os bares de gays. Nós nunca fizemos amor completamente porque ela morava com uma tia e eu morava com meus pais. Mas nós nos abraçamos, nos beijamos e nos agarramos muito no assento traseiro do meu Ford.

Vicki saía cedo do trabalho nas noites de sexta-feira: 22:00h. Eu estacionava na frente da boate e íamos ao nosso local noturno favorito, a boate Hi Dollie. Essa boate estava cheia de lindas lésbicas negras – pequenas, grandes, de pele escura, mais clara, orientais. Mulheres tão másculas quanto meu tio Willie, mulheres tão sensuais quanto minha tia Kay. Algumas das sapatonas eram leões-de-chácara e garantiam a segurança. Alguns homens gays freqüentavam a boate e uns poucos héteros que gostavam de lésbicas. Fora estes, a boate era estritamente para mulheres.

Havia muitas mulheres bem femininas no Hi Dollie, todas muito atraentes. Logo descobri que mulheres como Vicki e eu eram consideradas diferentes entre diferentes, porque éramos sandalinhas que gostavam de sandalinhas. Eu nunca gostei de ter que adotar um papel mais masculino ou feminino. O máximo que eu sentia era atração por sapatas moderadas, com ar de menino mas femininas. A lésbica que trabalhava no bar era assim. Na vida hétero ela seria considerada um homem bonito. Agora conhecidas como lésbicas de batom, creio que Vicki e eu estávamos à frente do nosso tempo.

Sempre havia conquistadoras na boate. Elas se vestiam de maneira a dar inveja a um cafetão, com ternos de seda, relógios de ouro, gravatas de seda.

O Hi Dollie tinha uma cantora lésbica chamada Ray. Ray era tudo o que um homem bonito gostaria de ser mas não poderia, a menos que fosse uma mulher. Ela era linda e fazia as mulheres gritarem na platéia. Ela tinha uma constituição sólida, atarracada. Com a pele cor de café, feições suaves, era uma sapatona sensível, um delicado garanhão. Além de ser encantadora, cantava bem, seu domínio do microfone era profissional e sua presença no palco impressionante. Eu nunca me cansava do Hi Dollie ou de Ray.

Vicki e a tia logo voltaram para o Arizona, fugindo do marido louco da tia, que destruíra o carro, a casa e estava temporariamente preso por embriaguez. Elas voltaram para casa antes da sua libertação mas não antes que Vicki e eu pudéssemos passar uma última noite na cidade. Ela me disse para ter cuidado. Até hoje eu tenho um queda por dançarinas e sempre penso em Vicki, minha amiga dançarina.

Eu me assumi para a minha mãe no final da década de 1960, depois de apresentá-la a Vicki. Mamãe não teve problemas para aceitar o meu estilo de vida. Ela fora muito protegida por gays e lésbicas quando se mudara sozinha para Nova York, vinda de Smalltown, Georgia. Ela tivera amigos na comunidade homossexual até casar com o primeiro marido e mudar para Detroit.

Depois que Vicki foi embora, ir aos bares perdeu a graça. Eu precisava de uma amiga mas era difícil fazer amizades. Naquelas boates era fácil sentir-se solitária no meio de uma multidão. Comecei a passar mais tempo em casa com a minha filha. Nessa época, eu já tinha o meu apartamento e acabara de deixar um emprego mal pago numa companhia de seguros para trabalhar em outra que não pagava nada. Mas o novo emprego tinha um ambiente de trabalho melhor, almoço grátis e uma nova amiga chamada Bárbara.

Bárbara sentava-se na mesa à minha frente e ficamos amigas imediatamente. Tínhamos a mesma idade e ambas éramos mães solteiras. Bárbara tinha uma filha de quatro anos e a minha logo faria quatro. Bárbara era heterossexual e gostava da vida noturna. Íamos a todas as boates da moda. Bárbara gostava da companhia de homens mais velhos – muito mais velhos. Ela sempre tinha um que a ajudava a pagar o aluguel ou a prestação atrasada do carro. Sua avó de setenta anos de idade tinha sido dona de um dos bordéis mais famosos na Louisiana. Aos oito anos de idade, Bárbara ajudara a avó a limpar o lugar e a contar o dinheiro. Estava acostumada a um estilo de vida luxuoso, com homens e dinheiro rolando.

Uma noite, ficamos dançando numa boate até a hora de fechar. Nenhuma de nós queria voltar para casa. Barb perguntou se eu conhecia outros lugares. Eu hesitei, porque só conhecia as boates gays. Então pensei, que diabos, ela conhece o mundo, nada vai chocá-la... e não chocou. Fomos. Quando chegamos à boate, havia uma multidão alegre e agradável. Conseguimos uma mesa e apreciamos a vista. Estávamos lá havia menos de cinco minutos quando uma sapatona mais ousada tirou Bárbara para dançar. Barb jogou a bolsa no meu colo e foi dançar. Primeiro, dançaram uma música rápida das Supremes, chamada "Let Me Go The Right Way". Depois, uma música lenta e Bárbara abraçou a mulher como eu jamais a vira abraçar um dos seus velhos. Nós nos divertimos muito aquela noite. No caminho para casa, ela perguntou porque eu nunca falara sobre essas boates. Acontece que Bárbara sempre ficara excitada com sapatonas. Elas sempre levavam suas mulheres ao bordel da avó. Alugavam um quarto, ficavam horas, algumas vezes passavam a noite e então iam embora. Bárbara disse que só lhe era permitido olhar para elas, até agora.

Passamos a não ir às boates héteros. A Hi Dollie, a Clowns e outras boates gays eram o nosso espaço. Um sábado à noite, estávamos na Hi Dollie quando vi uma mesa ocupada por seis mulheres, as mais lindas que eu jamais vira. Reconheci uma delas. Ela costumava cortar os cabelos de Vicki e seu nome era Ann. Essa mulher tinha muito estilo. Ela representava enquanto cortava cabelos. Segurava o avental de barbeiro como um toureiro dominando a sua capa vermelha. Ela dançava em volta da cabeça da cliente até ter certeza de que estava bom. Ela deixava todas as mulheres fascinadas, o que irritava a maioria dos seus colegas do sexo masculino. Eu acompanhava Vicki sempre que ela ia cortar o cabelo. Eu gostava de ficar sentada observando a atuação de Ann, esperando que ela me notasse. Ela nunca notou.

Mas aqui, nessa boate, ela e outra mulher de olhos sedutores estavam sorrindo e olhando em nossa direção. Rapidamente, virei para Bárbara e disse: "Não olhe agora garota, mas nós estamos sendo observadas." Eu estava sentada dura como uma tábua, tentando parecer calma, olhando diretamente à frente para absolutamente nada. Barb imediatamente olhou para a mesa, embora eu tivesse dito para não fazê-lo. Ela virou rapidamente e juntou-se a mim, olhando diretamente à frente para absolutamente nada.

"Oh, Deus, uma delas está vindo para cá." "Qual delas?" perguntei. Logo, uma voz estava dizendo: "Como vão as meninas essa noite? Posso lhes pagar um drinque?"

Ann tornou-se a minha primeira amante lésbica. Mais tarde, ela contou que se aproximou da nossa mesa porque o grupo com quem estava dissera que daria $5 para quem fosse conversar com as duas garotas "héteros" sentadas em frente. A boate ainda não estava cheia e elas queriam um pouco de diversão. Ann era atrevida. Ela levou os $5 e aceitou o desafio. Vivemos juntas como amantes durante sete meses e continuamos amigas por mais de 24 anos. Eu sempre brinco com ela: "Aquele desafio de $5, aceito há duas décadas, manteve você presa a mim pelo resto da vida."

Ann e eu nos separamos porque eu não tinha certeza da direção que queria seguir na vida. Eu não tinha certeza se desejava que minha filha fosse criada numa família lésbica. Eu não tinha certeza se desejava lidar com o estigma que a sociedade impunha aos gays e lésbicas. Eu estava muito confusa. Tornei-me briguenta, irritadiça e comecei a beber em excesso. Quando Ann e eu nos separamos, pensei que o mundo fosse acabar. Eu não sabia se queria voltar à vida heterossexual para manter as aparências ou se deveria ficar na vida gay e manter uma relação clandestina com outra mulher. Não demorou muito para eu perceber que não encontraria facilmente uma mulher como Ann, especialmente uma que aceitasse um caso clandestino.

Bárbara conheceu um homem mais velho e casou-se, tendo quatro filhos que batizou com o nome dele: Júnior, O Segundo, O Terceiro e O Quarto. Barb deveria ter continuado lésbica para não impor esse sacrifício aos filhos.

Comecei a explorar o mundo lésbico em Los Angeles, mas não encontrei o nicho que procurava naqueles anos 60. Eu estava buscando uma arena política, que parecia não existir. Onde estavam as ativistas e escritoras para defender a vida lésbica e gay?

Havia festas e mais festas. Confusão, brigas, bebedeiras. Não era para mim. Eu não encontrava apoio no mundo gay. Não tive outra escolha a não ser voltar para a vida hétero. Permaneci hétero por 22 anos. Continuei perto de meus amigos gays, indo às festas e outras atividades. Também permaneci em contato com Ann. Ela passou a cuidar dos cabelos da maior parte dos meus amigos e eu fiquei conhecendo a maioria das suas amantes nesses anos todos.

Eu nunca encontrei o Príncipe Encantado. Eu dizia aos meus homens que o homem de minha vida era uma mulher. Comecei a sair com homens da África e do Caribe, pensando que eles talvez fossem diferentes – mais fortes, mais sábios; mas, depois que a novidade passava, eles eram todos iguais.

Voltei à universidade e especializei-me em história internacional da raça negra. Também tornei-me ativa na comunidade negra, trabalhando na reforma do sistema carcerário, em centros de prevenção de drogas e programas de alfabetização para mulheres. Após a formatura, comecei a viajar pelo mundo. Morei três anos em Paris e dois em Amsterdã. Viajei sete vezes para a África e morei em um apartamento em Dakar, no Senegal, durante um ano. De lá voltei para a França. Minha filha de dezesseis anos morava comigo. Ela ficou grávida de um namorado americano. Eu estava levando uma vida boêmia mas, com uma filha grávida, precisava criar raízes. Assim, buscando segurança, casei com meu segundo marido, o correspondente de uma revista africana. O sonho dele era viver na América, o meu era viver no exterior. Nós tínhamos aquilo que os franceses chamam de casamento "branco" – um casamento de negócios, só no papel. Não tínhamos absolutamente nada em comum. O dia mais feliz do meu casamento foi quando eu o coloquei num avião no aeroporto Charles DeGaulle e lhe disse adeus. Ele partiu para a América. O ano era 1982. A não ser pelo dinheiro que ele me mandou durante um ano, conforme o combinado, nunca mais nos vimos.

Dois meses depois de meu marido deixar Paris, mandei minha filha e minha neta de três meses para a casa dos meus pais nos Estados Unidos. Agora, Paris era toda minha. Eu podia desfrutar a liberdade de não precisar ser uma esposa, uma mãe, uma avó e dona-de-casa. Eu estava livre para dormir tarde, ler na cama e sair à noite. Infelizmente, eu nunca freqüentara os lugares gays enquanto morava em Paris. Meu único objetivo lá era escrever e fazer parte das comunidades africanas da Europa.

Eu tinha diversos amigos cavalheiros: um dono de restaurante que me alimentava, um dono de boate que me mantinha bem vestida e feliz e um músico que me distraía. Mesmo em Paris, a cidade do amor, eu não consegui encontrar o Príncipe Encantado. Minha liberdade me deixava muito feliz. Todo mês, eu recebia uma pequena quantia do meu marido – o suficiente para pagar o aluguel, comprar comida e sair um pouco. Tornei-me uma pequena celebridade na França, lendo minhas poesias em cafés, livrarias, na Sorbonne e empresas privadas. Quando o ano acabou e os cheques do meu marido pararam de chegar, mudei para Amsterdã para trabalhar no bar-café de um amigo. Amsterdã – outra cidade conhecida por suas atividades gays – sobre as quais não aprendi nada. Por volta de 1985, percebi que estava com saudades dos Estados Unidos. Sentia falta dos meus pais, da minha filha e da minha neta. Sentia falta do clima da Califórnia e das comidas típicas. Eu não sabia o quanto também sentia falta das mulheres.

Logo me adaptei novamente às coisas. Passava o tempo com os meus amigos, comecei a trabalhar e, depois de 12 anos, comecei a sair novamente com homens afro-americanos. Eu achava que sentira falta deles. Comecei a viajar pela primeira vez pelos estados do sul e os meus favoritos viraram a Louisiana e a Georgia. Também me envolvi com diversos grupos de mulheres e percebi o quanto eu as admirava – agora, não apenas os seus corpos, mas a sua sabedoria, sua força e perseverança. Eu observara as mulheres do mundo carregando países inteiros nas costas sem sucumbir à pressão. Comecei a amar e admirar essas mulheres maravilhosas. Comecei a escrever poemas emocionados sobre elas e a perceber que também estava escrevendo sobre mim mesma.

No final da década de 1980, parei completamente de sair com homens. Embora eu ainda fosse basicamente hétero, percebi que não tinha nenhum interesse pelo sexo masculino. Trabalhei como voluntária em diversas organizações feministas. Finalmente, encontrei algumas revistas lésbicas. Percebi que a comunidade lésbica percorrera um longo caminho desde a década de 1960. Havia grupos políticos ativos, sessões de aconselhamento, workshops, programas de autoajuda e reuniões literárias. A comunidade lésbica parecia tão ativa, ou mais, quanto a das mulheres heterossexuais.

Dessa vez, eu tinha alguma coisa a dar àquela comunidade, bem como a receber. O meu momento de dar foi em janeiro de 1991. Eu acabara de voltar do Caribe e sabia que precisava decidir o que fazer da vida. Eu tinha uma amiga hétero chamada Robyn, que participava do movimento dos direitos das mulheres e também adorava boates. Ela gostava de jazz e música africana e do Caribe. Eu começara a freqüentar o Catch One Club, uma boate de lésbicas e gays na Pico Boulevard que tinha artistas negros. Eu não revelava essas saídas para as minhas amigas héteros.

No começo, não contei nem para Robyn. Uma noite, convidei-a para ir comigo à boate, para que ela pudesse ouvir um ótimo jazz. Fui parcialmente honesta com ela. Contei que era uma boate gay mas disfarcei dizendo que tinha um ótimo espetáculo. Robyn era uma jovem vivida e disse que não tinha nenhum problema com gays. Contou que algumas de suas amigas do colégio eram lésbicas e que não tinha perdido contato com elas. Eu não lhe contei imediatamente a minha história. Quando finalmente contei, algumas semanas depois, ela aceitou muito bem. Na verdade, Robyn continua hétero até hoje, mas vai comigo a festas de lésbicas, leituras de poesias e outras atividades.

Um domingo à noite, quando Robyn e eu fomos ao Catch para escutar um pouco de jazz, foi o dia em que eu soube que a vida lésbica era o lugar onde eu planejara ficar. O nosso plano era sair de lá às 20:30h e ir à boate africana antes das nove horas, quando começavam a cobrar *couvert*. Às 20:40h, Robyn levantou do banco no bar, terminou rapidamente o seu drinque e olhou para o relógio. Disse: "Gale, nós só temos 20 minutos, você está pronta?" Nós sempre íamos em dois carros para o caso de alguma de nós desejar ir embora antes da outra. Eu mal tocara em minha cerveja e estava bastante relaxada. Ela continuou: "Você pode me encontrar lá mais tarde. Eu não quero pagar o *couvert*."

Eu estava ficando muito entediada de boates héteros. Não importava se africanas, africanas/caribenhas ou africanas/americanas, elas não eram mais o lugar onde eu gostaria de estar. Eu me desliguei de Robyn por um instante e tentei decidir o que fazer. O quarteto de jazz estava fazendo o seu intervalo de 20 minutos. A atraente cantora de jazz, que tinha um corpo fabuloso, estava circulando pelo bar, cumprimentando freqüentadoras sorridentes, com apertos de mão e abraços. A *jukebox* começou a funcionar com Stephanie Mills cantando "Home", da peça teatral *O mágico de Oz*. Pensei: "Que ritmo fantástico." Era como se Stephanie estivesse cantando aquela canção para mim.

Olhei para a porta de entrada a tempo de ver entrar duas mulheres elegantes, com cerca de quarenta anos. Ambas usavam ternos brancos e uma delas usava um chapéu Stetson de *cashmere*. Elas pareciam ter caprichado na aparência, para chegarem causando impacto. Eu fiquei impressionada. A entrada delas me deu a sensação de fazer parte, de compreender. Do outro lado do bar, havia um casal de lésbicas, uma falando suavemente no ouvido da outra. Dois rapazes gays estavam rindo perto da *jukebox*, enquanto olhavam em volta procurando chamar a atenção. O *barman*, um homem agradável, barrigudo, que parecia conhecer todo mundo, estava conversando com uma freqüentadora inclinada sobre o balcão.

Na extremidade do balcão, uma mulher estava sentada sozinha. Eu já a vira antes. Ela era uma lésbica bonita e dava a entender que havia uma chance no ar. Ela estivera me observando havia algum tempo, com um meio sorriso nos lábios. Ela nunca dizia uma palavra, apenas olhava. Uma parte de mim advertiu: "Esqueça." Outra parte disse: "Que mal ela pode lhe fazer? No mínimo, vai lhe dar alguma coisa interessante para escrever." Decidi tentar. Eu me sentia como Dorothy, indo na direção certa pela estrada de tijolos amarelos, corajosa o suficiente para começar essa vida novamente...

"Gale, você quer que eu guarde um lugar para você na outra boate?" Foi então que eu percebi que a minha amiga ainda estava lá. Ela estava quase saindo, mas ainda estava lá. Na *jukebox*, Stephanie estava cantando as últimas palavras da sua canção quando disse a Robyn: "Não garota, não vou sair agora. Vá em frente. Também não é preciso guardar um lugar para mim." Eu sabia que ficaria lá pelo resto da noite, ou mais, adaptando-me ao meu mundo de Oz novo em folha...

Trechos de *Servindo em silêncio*
Margarethe Cammermeyer com Chris Fisher

Alemanha e casamento
Nuremburg, Alemanha, agosto de 1964

Conheci Harvey em agosto de 1964. Morava na Alemanha já havia cinco meses, tempo suficiente para estar à vontade em meu trabalho e ter criado um bom círculo de amigos. Judy e outras amigas costumavam me arranjar encontros com homens que eu não conhecia. A única lembrança que eu tenho dessas noites esquecíveis é a de que eu era tão alta, ou mais, do que os meus infelizes pares. Eu não era particularmente eloqüente quando não estava interessada em alguém. Este aspecto silencioso da minha personalidade e o desconforto do meu par por estar com uma mulher mais alta tornavam esses exercícios noturnos num tédio bem-educado. Como o meu objetivo no serviço era o de me sobressair e não o de casar, quando minha amiga disse que conhecia um cirurgião que conhecia um tenente que queria conhecer uma garota alta, concordei com relutância.

Assim, sai com Harvey Hawken. Pela primeira vez, ao abrir a porta e olhar para alguém, precisei olhar para cima. Harvey tinha 1,97m, pesava mais de 100kg e, definitivamente, não era um qualquer. Creio que ele ficou tão surpreso quanto eu ao conhecer uma pessoa tão alta. Parada na porta, em meus saltos altos, eu quase olhava diretamente em seus olhos.

Ele era de uma zona rural logo ao sul de Seattle. Estudara na Universidade de Washington com uma bolsa de estudos, juntara-se ao programa ROTC e agora era segundo tenente num batalhão do exército. Era um soldado profissional, um papel que ele cultivava orgulhosamente, como eu. Desde o início nos demos bem e nos sentimos surpreendentemente à vontade. Nossas famílias eram parecidas – ambas conservadoras, luteranas e de classe média. Ambos éramos os primogênitos e cada um de nós tinha três irmãos. Havia três rapazes e uma garota em cada uma de nossas famílias. Ambos puláramos a quarta série. Éramos formados, tínhamos uma natureza intensa, séria, e queríamos nos sobressair em tudo o que fazíamos. E, sem modéstia, posso dizer que formávamos um belo casal.

De agosto até dezembro, sair com Harvey à noite e nos finais de semana tornou-se uma parte natural da minha agenda, como o trabalho no hospital. Éramos um casal. As pessoas esperavam nos ver juntos. Naquela época, as minhas duas melhores amigas, Judy e Deanna, haviam casado e moravam com seus novos maridos. Eu morava sozinha e passava o meu tempo com Harvey. Ele era muito agradável e educado com todos. Quando íamos ao clube dos oficiais, quase todas as noites as pessoas diziam que fazíamos um belo par. O estímulo de todos à nossa volta não era muito sutil.

Mas Harvey jamais mencionou a possibilidade de um casamento, embora tivesse escrito diversos bilhetes para minha mãe dizendo como gostava de mim. E eu não queria pensar em casamento porque o considerava uma perda de liberdade. Eu não tinha nenhum exemplo de mulher que mostrasse ser possível ser uma esposa e seguir uma carreira. Minha mãe não conseguira. Ao casar, ela perdera a autonomia, tornara-se subserviente. O casamento significava perder todas as coisas que eu gostava e que me esforçara tanto para alcançar. Embora Harvey e eu não discutíssemos o assunto, o fato de estarmos sempre juntos, com nossos amigos casados dizendo que formávamos um belo casal, apontava para a expectativa do casamento, e eu estava começando a me sentir encurralada.

Harvey tinha uma personalidade muito forte e imponente, como o seu físico. Eu achava que, se as suas expectativas fossem satisfeitas, as coisas correriam bem. Mas se acontecesse alguma coisa que ele não gostasse, eu temia um confronto.

Percebi isso mesmo naqueles primeiros meses juntos. Apesar de notar que ele me considerava uma coisa garantida, que, independentemente da situação, ele esperava que eu continuasse a sair com ele, senti que não podia conversar a esse respeito. Portanto, eu refreei minha irritação e fiquei obedientemente disponível o tempo todo. Naquela época, era o que se esperava de uma mulher. Qualquer revista ou filme me dizia isso. E eu já estava acostumada a cuidar das necessidades e vontades dos outros.

Entretanto, havia momentos em que eu não conseguia respirar com ele por perto. Parecia impossível conciliar a sua constante presença em minha vida com as minhas necessidades. A única solução que eu enxergava era deixar de vê-lo; então, eu talvez conseguisse espaço para respirar. Mas isso significava um confronto, que eu não desejava. Finalmente, em janeiro, ele sofreu um espasmo muscular nas costas e precisou permanecer no hospital por algumas semanas. Isso me deu uma oportunidade de escapar.

Não sinto orgulho de ter-lhe dito que queria deixar de vê-lo quando ele estava deitado numa cama de hospital. Mas aquela pareceu-me a melhor oportunidade para me afastar e refletir. Eu não tinha a coragem ou achava que não tinha o direito de fazer isso até ele ir para o hospital. Foi muito difícil decepcioná-lo para satisfazer as minhas necessidades. No segundo dia após a sua internação, entrei no quarto, ouvi-o contar como estava se sentindo e como teria que repousar por algumas semanas. Então, de repente, eu disse que precisava de ficar um pouco sozinha.

Eu disse: "Eu não quero vê-lo mais. Eu não estou apaixonada por você, portanto acho que seria melhor nos afastarmos."

Ele pareceu arrasado. Doeu muito em mim. Insistiu para eu não fazer aquilo. Eu precisava ficar sozinha mas, quando ele persistiu, eu cedi. Eu disse que não queria vê-lo por trinta dias. E então fui embora. Tirei licença do hospital e fui para os Alpes para ficar sozinha durante alguns dias.

Foi um grande alívio ficar sozinha nas montanhas, caminhando, pensando, lendo. Tive tempo para refletir sobre os meses anteriores. Eu nunca pensara em casar, apenas em continuar a minha carreira militar, solteira. Eu queria ser enfermeira chefe do Corpo de Enfermagem do Exército e uma general, e isso era mais importante para mim do que ser uma esposa.

Quando retornei ao trabalho, a pressão começou. Apesar de Harvey respeitar a minha moratória de trinta dias, percebi que ele iniciara uma campanha feroz para me fazer mudar de idéia. Fiquei admirada com a sua persistência. Era como se ele me cortejasse à distância, com atitudes que nunca tivera enquanto estivéramos juntos. Eu recebia telefonemas dos seus amigos, que diziam: "O que você está fazendo com o Harvey? Ele não consegue trabalhar, não consegue comer." Meus amigos e colegas contavam que ele lhes telefonava. Eu voltava para casa do trabalho e havia flores na minha porta com bilhetes dizendo que ele estava contando os dias até o final da minha separação auto-imposta. Eu ia pegar o carro pela manhã e encontrava as palavras "Eu amo você" escritas sobre o gelo que cobria o pára-brisas.

Não sei dizer se ele fazia isso porque me desejava ou porque queria as coisas à sua maneira. Não fora minha intenção provocá-lo para receber mais atenção; eu simplesmente precisava ficar sozinha para compreender os meus sentimentos. Sempre que aparecia um presente, eu ficava vermelha e me sentia aliviada por não ter ninguém para testemunhar minha reação. As suas demonstrações de atenção eram embaraçosamente públicas. Eu fora criada para ser uma pessoa muito reservada e sentia-me frustrada pela contínua invasão e bombardeio.

Mas aí a perseguição aumentou. Ele me telefonou e educadamente, até mesmo suavemente, pediu para me ver quando terminassem os trinta dias. Eu não podia ignorar tal persistência e intensidade e concordei em jantar com ele em meu apartamento. Assim, na primeira noite após o fim da moratória, nós nos encontramos. Ele chegou num esplêndido traje militar, extremamente elegante, mais parecendo estar pronto para uma inspeção do que para um jantar. Em seus braços havia flores para mim. Um serviço completo.

Então, durante o jantar, pediu-me em casamento. Fiquei atordoada. Olhei para ele absolutamente confusa. Fiquei imaginando o que responder. Depois de um minuto, eu disse: "Preciso pensar a respeito." Terminamos de jantar e fomos para o meu torneio semanal de boliche, como combinado. Eu estava num turbilhão. Durante o jogo, esforcei-me para descobrir o que deveria fazer ou dizer.

Eu não acreditava ter qualquer opção. Se naquela ocasião alguém tivesse me dito que a minha decisão a respeito do casamento deveria basear-se naquilo que eu precisava, eu teria respondido:

"Bem, eu preciso fazer o que esperam de mim." O meu papel como filha, mulher e enfermeira era o de ajudar as pessoas. Isso fora sempre reforçado pela minha família, pela escola, pelo serviço militar e pela mídia.

Além disso, havia o empenho de Harvey em me convencer. Antes disso, ninguém jamais tivera tanto trabalho para me convencer a fazer alguma coisa. A minha decisão parecia ser importante para ele. Percebi que ele estava desesperado e sofrendo por não termos nos encontrado durante trinta dias. Se eu concordasse em casar com ele, acreditava que o faria muito feliz; se recusasse, tinha medo de deixá-lo arrasado.

Eu tentei colocar um pouco de ordem naquela confusão de sentimentos e suposições. Nós tínhamos ficado muito tempo juntos e eu me sentia à vontade com ele. Nós tínhamos uma base para o nosso relacionamento e éramos um belo casal – isso era importante ou, pelo menos, todos diziam que era. Eu não sabia muito bem o que era o amor, mas eu me preocupava com Harvey. Assim, enquanto pensava em sua proposta, no seu bombardeio de atenções e na sua dor quando eu não retribuía, decidi que talvez casar com ele fosse o que eu deveria fazer.

Voltamos para o meu apartamento depois do boliche. Eu lhe disse: "Lembra-se daquela pergunta que você me fez? A resposta é sim."

Ele disse que estava encantado!

E eu certamente me deixei levar pela emoção do momento e me mostrei satisfeita. Mas fiquei pensando no que minha decisão acarretaria. Eu me sentira encurralada antes. Agora eu acreditava que a minha autonomia desaparecera. Mas, pensei, talvez seja assim que as coisas devam ser.

Olhando para trás, acho difícil explicar a minha passividade naqueles anos. Eu encarei o casamento com otimismo e superficialidade. Harvey e eu éramos de famílias tradicionais e ambos luteranos. Nenhum parente nosso jamais havia pedido o divórcio. Tudo o que sabíamos era que, quando as pessoas casavam, era para toda a vida. Eu achava que, uma vez que decidíramos casar, viveríamos felizes para sempre. Era um perfeito conto de fadas – e uma visão de vida, relacionamento e casamento, compartilhada por todos os nossos amigos e familiares.

Entretanto, eu realmente acreditava que os meus sonhos profissionais haviam terminado. Momentos após ter concordado em casar com ele, suspirei e disse: "Acho que nunca conseguirei ser enfermeira chefe e a primeira mulher general." Naqueles tempos, mulheres com filhos menores de dezesseis anos não podiam servir nas forças armadas. Naturalmente, o casamento significava filhos e isso encerraria a minha carreira militar. Eu teria que voltar a ser uma enfermeira civil (se eu trabalhasse, e eu queria trabalhar). Eu estava perdendo o controle sobre a minha vida e, ao mesmo tempo, concordando com a coisa mais "normal" do mundo. Eu sentia essas duas forças contrastantes; era o preço que uma mulher pagava. Embora estivesse em dúvida com relação a me casar, o casamento significava fazer o que esperavam de mim e era motivo de felicidade. Essa visão seria confirmada por todos à minha volta nos dias seguintes.

Curando-me
Lincoln City, 4 de julho de 1988

Os garotos e eu chegamos à casa de Aagot numa excitação de abraços e alôs. A sua casa tornara-se tão familiar quanto a nossa e era o local onde os meninos e eu passávamos as férias durante a época em que morei em San Francisco. As outras mulheres iam ficar num motel na praia, a alguns quarteirões de distância.

Depois de nos instalarmos, Phyllis me telefonou para perguntar se eu poderia levá-la até a estação rodoviária para apanhar a sua amiga Diane. Phyllis não gostava de dirigir na chuva e respondi que ficaria feliz de bancar a motorista.

Apanhei Phyllis no motel e fomos para a estação rodoviária. No caminho, Phyllis fez um resumo rápido. Ela conhecia Diane havia mais de trinta anos. As duas tinham a mesma paixão pela arte. Diane dera aulas de artes na universidade quase tanto tempo quanto as duas eram amigas e, apesar de se encontrarem apenas uma vez por ano, divertiam-se muito quando estavam juntas.

Chegamos à estação e Phyllis saiu para encontrar a amiga enquanto eu esperava no carro. Quando voltaram, Diane e eu nos apresentamos pelo espelho retrovisor. Trocamos olhares. Mas estava escuro e chovendo e, como motorista, fiquei calada o resto da viagem de volta ao motel. Depois de deixá-las, fui para a casa de Aagot alimentar a minha tribo.

Naquela noite, os meninos, Aagot e eu nos juntamos às cinco mulheres em seus quartos com vista para o mar. As crianças, presas em casa devido à chuva, queriam jogar. Todos, com exceção de Diane, concordaram em participar. Enquanto as mulheres e os jovens começavam um jogo barulhento, Diane estirou-se no sofá com um livro. Andy, o senhor Persistência, continuou a atormentá-la para ela participar do jogo. Ela repetiu educadamente: "Não, obrigada" diversas vezes e voltou à leitura. Inconformado, Andy desafiou-a novamente. Finalmente, ela disse: "Eu não sei jogar. Sou um desastre." Sem dar uma pausa, Andy respondeu: "Vamos lá, Desastre. Venha jogar." Ela riu com grande prazer, largou o livro e juntou-se a nós. A partir daquele momento, os meninos começaram a chamá-la de Desastre.

Na noite seguinte haveria a festa do Dia da Independência na praia. Aagot decidiu ficar em casa. O resto de nós já reservara um bom lugar. Os meninos fizeram um grande buraco para a fogueira e, como o tempo estava frio e ventoso, colocaram uma barraca de lona por cima. Nós deixamos a cadeira de rodas de Jean na calçada e a levamos para o nosso acampamento na praia.

O sol desapareceu nas ondas e toda a cidade se reuniu para ver os fogos. Havia fogueiras e crianças rindo em todo lugar. Como fazíamos todos os anos desde que eles eram bem pequenos, os meninos e eu derretemos marshmallows, fatias de maçã e barras de chocolate dentro de bolachas. Também levei o meu violão. Cantamos músicas folclóricas até os fogos começarem.

Perto da meia-noite, quando os fogos acabaram e a conversa diminuiu, Jean disse que fora ótimo. Eu levei os adultos de volta ao motel. Mas prometera aos meninos que voltaria para a praia. Às três horas a maré estaria baixa e eles queriam pescar caranguejos. Enquanto eu ajudava Jean a ir para o quarto, convidei todas para voltar comigo. Eu esperava que Phyllis aceitasse o convite, pois Jean teria outras pessoas caso precisasse de alguma coisa. Em vez de aceitar, Phyllis encorajou Diane a ir comigo. Diane e eu não havíamos trocado mais do que algumas frases casuais e eu desconfiava que a pobre mulher só queria dormir. Mas Phyllis pressionou Diane até ela concordar em me acompanhar enquanto eu cuidava dos meninos. Voltamos juntas para a praia.

Os meninos estavam pescando caranguejos com muita dedicação. Diane e eu acendemos o fogo novamente. Lá estava eu, sentada num tronco ao lado de uma quase estranha, no meio da noite. Eu me sentia um tanto desconfortável.

Então, fiz uma coisa contrária ao meu estilo. Comecei a falar e, enquanto eu falava, Diane ouvia de um modo extraordinário. Falei mais e ela fez algumas perguntas, ouvindo com uma intensidade que iluminava tudo. Assim, continuei falando sobre tudo e sobre nada. Mas o mais surpreendente é que eu falei de mim mesma. Talvez por ela morar muito longe ou por eu achar que nunca mais a encontraria. No escuro, com uma estranha gentil, era seguro compartilhar o que eu sentia. Na verdade, era maravilhoso.

Diane era não só uma ótima ouvinte, com perguntas estimulantes e um interesse inesgotável, como também tinha muita energia. O tempo parecia não ter passado quando olhei para a fogueira e percebi que o sol estava nascendo. Eu falara até o dia amanhecer. Nós estávamos sozinhas. Os meninos estavam dormindo, encostados nos troncos. A praia estava deserta. Sorrimos uma para a outra e comentamos como a noite passara rápido.

Ninguém ouve como Diane. Ninguém que eu conheça. A sua receptividade é inteligente, compassiva e divertida. O seu coração é alegre, seu riso rápido e caloroso. É um riso que nunca é maldoso ou fútil mas que envolve, ama, valoriza. O riso de uma artista e professora que pesquisa os mistérios da religião com a mesma intensidade com que recorta bonecos de papel.

Eu não sabia o que significava ser compreendida por uma pessoa. É simples assim. Não é diferente daquilo que todas as pessoas do mundo desejam: ser especial para outra pessoa.

Conhecer Diane e sentir como era certo estar com ela me fez perceber que eu sou lésbica. A capacidade de finalmente reconhecer isso ofereceu-me a última peça do quebra-cabeças da minha identidade.

Era um quebra-cabeças que eu tentara resolver, sem conseguir, desde a minha adolescência. Não compreender – ou não aceitar – a minha orientação sexual era como olhar para mim mesma através de lentes defeituosas. Se alguma coisa não parecia certa, eu não conseguia descobrir a razão porque não podia me enxergar claramente. O meu desconforto social na escola era atribuído a diversas fontes. Eu era tímida porque era norueguesa, eu não queria sair com os meninos porque minhas roupas não eram elegantes – mas nenhuma dessas explicações estava totalmente correta. O meu isolamento ocasional na universidade parecia não ter nenhum motivo.

Eu queria muito me adaptar. Eu queria ser aceita, ser como todas as mulheres nos filmes que eu assistia, como as heroínas dos livros que eu lia, como as colegas de classe que eu conhecia, como a minha mãe, que eu amava. Tentei representar o papel de mulher que elas representavam: uma mulher que deseja um homem. Mas, na verdade, eu não desejava.

Porém, ao reconhecer que era lésbica, eu pude olhar para trás e enxergar nitidamente pela primeira vez. Durante toda a minha vida eu evitara intimidades com um homem, mas naquela época acreditava que esses sentimentos iriam mudar. Eu gostava de trabalhar com os meus colegas do sexo masculino, sentia afeto por amigos como Doug e gostava de Harvey. Mas, quando fazia programas e quando casei, não somente não sentia atração pelos meus parceiros, mas também me sentia fisicamente violentada sempre que era beijada ou tocada por eles. Apesar de tentar, de desejar ser uma esposa gentil, sempre que possível eu me retraía fisicamente. Ser sexual com um homem era como uma violação. Não era culpa de Harvey. Não era culpa de homem nenhum. Alguma parte imutável de mim mesma sentia que sexo com um homem era uma invasão, e eu me ressentia. Durante quinze anos de casamento, esses sentimentos apenas foram ficando mais fortes. Aos quarenta e seis anos de idade, eu finalmente tivera que encarar o fato de que ser hétero não era uma opção para mim.

Entretanto, quando deixei o meu casamento, tudo o que eu sabia a respeito da minha identidade estava contido numa negativa: manter um relacionamento com um homem não é quem eu sou. Quando uma amiga quis me arrumar um pretendente aceitável, eu disse não. Minha amiga achava que uma mulher mais velha e divorciada como eu permaneceria solteira por muito tempo e que eu não estava procurando outro relacionamento. Não me pediu para explicar a minha falta de interesse em marcar encontros e eu não expliquei. Mas, silenciosamente, eu tentava compreender o meu desinteresse pelos homens. Eu lia livros e estudava relatórios científicos. Descobri que a medicina não considera a homossexualidade como uma doença mental e que muitos cientistas acreditam que ela é determinada geneticamente.

Não queria ter um relacionamento com um homem. Aceitei esse fato nos anos posteriores ao meu divórcio. Mas eu também não queria ficar com uma mulher. Tinha medo de fazer parte de uma minoria desprezada e estigmatizada. Não só isso. Como o mundo à minha volta, eu era homofóbica – com medo daqueles que são rotulados de gays e lésbicas. Em minha ignorância, tinha apenas imagens negativas: eles levavam surras, eram insultados, despedidos de seus empregos, rejeitados pelos amigos e familiares. Eu não queria fazer parte desse grupo.

A minha homofobia era também inconsciente. Recentemente, um antigo colega disse que, quando servimos juntos no Vietnã, eu mencionei que pensava que algumas das mulheres do meu time de beisebol do colégio eram lésbicas e que eu não aprovava. Fiquei muito surpresa com essa lembrança. Primeiro, porque é difícil aceitar a minha própria intolerância e preconceito, e segundo, porque não me lembro de ter dito ou sentido isso.

Apenas uma vez, desde meu divórcio até eu conhecer Diane, tirei a minha couraça. Em San Francisco, comecei a gostar de uma pessoa. Eu evitava pensar que esse sentimento especial me ligava a uma minoria condenada ao ostracismo, dizendo a mim mesma que aquela pessoa "por acaso era uma mulher". Aquele relacionamento nunca evoluiu, mas a lembrança de novos tipos de sentimentos permaneceu.

Depois disso, por mais que eu tivesse desejado, não podia ser tão ingênua quanto fora na minha juventude. E não podia negar as minhas suspeitas de que talvez eu fosse homossexual. Mas a minha homofobia continuava mantendo aquele autoconhecimento numa espécie de prisão intelectual. Eu imaginava ser homossexual, mas bania quaisquer sentimentos que pudessem vir com o conceito. E eu nunca disse ou pensei na palavra "lésbica". "Lésbica" era muito pessoal. Ela indicava posse – e eu não estava pronta para tomar posse. Eu só conseguia usar o termo "homossexual" – ele aprisionava os sentimentos numa armadilha teórica, mantendo-os impessoais, como a própria palavra.

Nos dois anos seguintes, concentrei-me no trabalho militar e profissional e nos meus filhos. Mas, quando conheci Diane, percebi como estivera sozinha. Eu gostava dela e percebi que esse afeto era mais do que amizade. Era amor. Pela primeira vez em minha vida, senti que podia falar com uma pessoa. Nós discutimos coisas. Nós temos sentimentos uma pela outra e os expressamos com facilidade e eu não tento me manter distante como sempre fiz com os homens. Uma das coisas que mais me surpreendeu foi o fato de os meus sentimentos não terem surgido da atração mas de uma ligação emocional. Pela primeira vez, vivenciei o amor totalmente satisfatório.

Meu marido é meu melhor amigo
Blake C. Aarens

"Cuide-se bem", digo a meu ex-marido antes de desligar o telefone. No processo de separação como um casal, tornamo-nos amigos íntimos. Eu sou uma lésbica de descendência africana; Doug é heterossexual, loiro, judeu, de olhos azuis. Conversamos regularmente pelo telefone, compartilhando nossas vitórias e nos consolando nas horas difíceis. Fazemos piadas a respeito de envelhecermos juntos – sem compartilhar uma cama mas as coisas importantes em nossa vida, sentando juntos à mesa quando pudermos – mas, geralmente, o telefone é o que sustenta a ligação tangível. Ele é o meu maior fã. Eu sou a sua confidente mais íntima.

Nós assustamos as pessoas: seus pais – que, acredito, desejam que ele me odeie ou pelo menos não me sustente financeiramente –, e minha ex-amante – que questionou a minha identidade lésbica e quis me barrar o acesso ao Clube das Sapatonas. Quando contamos à nossa vizinha casada e muito grávida que estávamos nos separando, ela entrou em pânico e agarrou a mão de Doug como uma suplicante. Instintivamente, moveu-se para proteger o ego masculino, culpando-me por ter a audácia de deixá-lo e ir viver como uma lésbica. "Você é um cara tão legal; alguém irá agarrá-lo num minuto", ela disse.

Doug respondeu na mesma moeda: "O cara legal de quem você está falando é um resultado direto dos sete anos de influência dessa mulher. Blake, deixe-me convidá-la para jantar."

Deixamos a vizinha sabendo que nos transformáramos em monstros, Godzillas que destruíam a estrutura complexa e instável do casamento patriarcal e ateavam fogo à mesquinhez obrigatória que, supostamente, deve acompanhar a sua extinção.

Casamos no dia 27 de setembro de 1986. Doug usava um smoking marrom escuro; eu um vestido de renda branca e seda chinesa feito pela minha mãe. Nós escrevemos os nossos votos e até cantamos um para o outro como parte da cerimônia. O amor que demonstramos naquele dia continua, apenas de uma forma diferente. A certidão que assinamos tinha pouco a ver com aquilo que realmente sentíamos um pelo outro. A evidência positiva é demonstrada pelo fato de a certidão ter deixado de existir e, mesmo assim, o relacionamento ter continuado, vivo e viável, em condições que a instituição nunca pretendeu e jamais poderia apoiar.

Sob diversos aspectos, o tempo que passei com Doug tornou-me uma lésbica. Sei que a maioria dos homens empalideceria ao ouvir isso (ou apelaria para a violência), mas o que quero dizer é que Doug me deu espaço para descobrir quem eu realmente sou. E quem eu sou é uma lésbica. Eu sabia disso desde que estava na terceira série. Mas fui influenciada pela maioria heterossexual compulsiva que é o mundo em que vivemos. O nosso casamento foi suficientemente não-convencional para permitir que eu fosse autêntica. Fui abençoada por ter encontrado um homem que não exigia que eu refletisse em dobro a sua imagem e, assim, tive tempo para examinar o meu próprio reflexo.

Há uma crença entre as pessoas heterossexuais de que o lesbianismo é uma fase. Para mim, é interessante observar que eu considero o tempo em que fui casada sob esse ângulo. Foi um período de transição entre a menininha que eu era enquanto morava com minha mãe e a mulher que eu precisava ser morando em minha própria casa. O meu casamento com Doug foi um lugar seguro para crescer. Eu mereci as liberdades que tenho agora por ter cumprido, de boa vontade, uma sentença dentro do sistema. Contudo, eu não aconselharia o casamento como uma forma de encontrar a si mesma. A minha experiência é a exceção, não a regra. Eu vesti a máscara e a fantasia exigidas para a minha entrada no mundo do privilégio heterossexual mas, depois que entrei nesse mundo, a minha verdadeira natureza começou a se revelar. Eu não casei com a idéia de me assumir – eu acreditava sinceramente que havia encontrado o meu conto de fadas – mas, depois que o encanto começou a desaparecer, precisei tirar o melhor proveito da situação.

Diferentemente da maioria das mulheres, estou financeiramente melhor do que estava quando casei. Eu fui criada na pobreza em Brooklyn, Nova York. Em Bergen Street e Kingston Avenue, uma área conhecida como a zona de guerra. Quando conheci o professor Douglas West, eu morava num apartamento longe do campus e trabalhava em três empregos para pagar a universidade. Com a sua ajuda, fui para o Japão cursar meu terceiro ano. Nós compramos uma casa juntos – uma casa sólida construída há 80 anos, com chão de madeira de lei e uma lareira. Viajamos pelo Caribe e atualmente posso viver no gueto gastronômico de North Oakland.

A jornada até esse lugar foi difícil, cheia de desvios, becos sem saída e instruções pouco claras. Eu sabia que era lésbica aos oito anos de idade. Eu me apaixonei por uma garota da classe e, em minha precocidade, eu procurei e encontrei a palavra que descrevia os meus sentimentos. Esse tipo de autoconhecimento perspicaz é uma coisa linda numa menina negra. O que não foi nada bonito foi a resposta que recebi quando compartilhei esse conhecimento com os adultos à minha volta. A mãe da garota acariciou a minha cabeça e disse: "É claro que você a ama, e ela também ama você." O pai dela me olhou enviesado, mas não disse nada. E a minha mãe fez o impossível para eu esquecer aquilo, batendo em mim com um galho de um arbusto da frente da nossa casa.

Depois daquela surra, aprendi a me adaptar às imagens que as pessoas faziam de mim, a fazer o que fosse necessário para obter atenção e aprovação. Isso me fez manter uma relação agressiva com o meu corpo e com as emoções que o percorriam. Além disso, havia o meu racismo internalizado que controlava tudo, desde a maneira de arrumar o cabelo até a escolha dos meus amigos. Admito o papel que desempenhei em minha própria repressão. Ao mesmo tempo, reconheço o quanto do meu comportamento foi sustentado pela instituição do casamento.

A melhor metáfora para a diferença entre a minha vida de casada e a de agora é a imagem do sonâmbulo acordando. Eu estava tão inconsciente quando casei. E, para continuar casada e fazer as coisas à maneira dos brancos heterossexuais, precisei manter-me sedada. Muito. Fumava maconha e bebia até o centro e as bordas da minha vida ficarem indistintos.

Muitas das minhas mudanças vieram pela terapia. Como esposa de um professor universitário, eu contava com a ajuda de profissionais para cuidar da minha saúde física e mental. Eu tinha meios para fazer terapia e curar as feridas que me colocaram no fundo do armário. O regime prescrito pelos terapeutas levaram-me a uma sobriedade baseada no *self* e na verdade. Se eu posso me olhar no espelho e pronunciar o meu verdadeiro nome em voz alta – lésbica – não preciso me esconder atrás de uma garrafa ou de um baseado.

Eu não me assumi porque me apaixonei por outra mulher. Eu me assumi porque na terapia as camadas de dor que, começaram a se formar quando eu tinha oito anos de idade, se dissolveram. Foi um processo, não um acontecimento. Mas o acontecimento que acelerou o processo foi abandonar o casamento. Foi o maior risco que eu enfrentei em minha vida, a maior permissão que dei a mim mesma para fazer aquilo que, bem lá dentro, eu sabia ser a coisa certa para mim. Por isso, estou mais alerta ao paradoxo em minha vida e menos capaz de aceitar um desconforto psíquico. Aprendi a ouvir as batidas do meu próprio coração, ao passo que, antes de sair do casamento, estava mais preocupada em não permitir que batesse muito alto e perturbasse as pessoas. Eu não tenho mais medo de perturbar as pessoas.

Há também profundas mudanças físicas. Eu tenho duas fotografias que contam lindamente a história. Na primeira, meu cabelo está alisado e bate nos ombros e eu estou maquiada. Estou vestindo uma blusa de renda branca, suficientemente curta para expor a curva do meu seio direito. Dá para ver o contorno do meu quadril através do tecido da saia justa cor de rosa que estou vestindo. Ela é tamanho oito e está enrugada na altura da barriga. Meu punho fechado quase cobre a minha boca. A fotografia foi tirada em Princeton, Nova Jersey, em 1987. Eu costumava mostrar essa foto às minhas potenciais amantes – parecida com um anúncio numa revista de garotas – para excitá-las e para provar que eu era linda. Parei de fazer isso quando uma mulher notou o medo em meus olhos. Ela disse que eu parecia triste na fotografia – assustada e desconfortável. Ela me disse que estava contente por eu ter encontrado o meu sorriso.

A outra fotografia foi tirada em 1992. Estou montada sobre um tronco de madeira. O meu cabelo está curto e natural – com muitos cachos e fios rebeldes – e eu tenho um rabo-de-cavalo até o cotovelo. Estou usando uma camisa de flanela, calças jeans e botas. Meu rosto exibe um sorriso tranqüilo e relaxado. Atualmente, essa é a minha fotografia preferida – a típica imagem da sapatona – pois ela me retrata com um nível de autocontrole e naturalidade em meu corpo que eu jamais pensei ser possível. A parte atraente é que os seios e os quadris da outra fotografia ainda estão lá, eu apenas não preciso exibi-los. Não preciso provar nada.

Não, eu não me assumi como lésbica para mudar as minhas roupas ou a maneira de cortar o cabelo. Mas, antes de me assumir, eu escolhia as roupas pensando em como o meu corpo ficaria nelas e não em como eu me sentiria dentro delas. Agora, se não for confortável, não vai para casa comigo.

Eu fui treinada para exibir o meu corpo de maneira favorável ou não ganharia guloseimas. E, no sentido heterossexual, uma exibição favorável significa desamparo e controle. Alise o cabelo naturalmente encarapinhado. Aperte as curvas do seu corpo, com exceção dos importantíssimos seios, semelhantes a travesseiros. Aprisione os pés em sapatos que não permitem chutar, quanto mais correr. Depile os pêlos do corpo numa paródia doentia da pré-puberdade.

Fisicamente, eu estou muito mais à vontade comigo mesma. Acabaram-se os dias das marcas de queimadura no pescoço provocadas pelo pente quente ou das feridas de produtos químicos no couro cabeludo. Eu não me obrigo a satisfazer a noção de feminilidade quase impossível, masculina, dos brancos heterossexuais. Meu corpo pode encontrar os próprios contornos. Falando francamente, eu peso mais do que costumava e uso roupas maiores do que o meu tamanho. Os meus seios estão mais cheios e a minha barriga, meus quadris e minhas nádegas têm curvas autênticas. Sinto-me bem com essa abundância física e, aos trinta e dois anos, gosto mais do meu reflexo no espelho do que aos vinte e quatro. Eu não me privo de comida ou de afeto ou de ser bem tratada nos relacionamentos. Tudo isso anda de mãos dadas. Permitir a mim mesma obter um espaço físico maior afeta enormemente a minha experiência do espaço psíquico e, até mesmo, econômico. Eu me permito ter. Eu cuido melhor de mim mesma e isso é visível.

Uma outra grande mudança entre o antes e o agora são as pessoas que tenho em minha vida e a qualidade dos meus relacionamentos com elas. Eu não ando mais com pessoas que estão tentando se esconder das próprias verdades, usando drogas ou álcool. Era como se, mentindo a mim mesma sobre quem eu era e para onde estava indo, eu me obrigasse a interagir com pessoas que contavam mentiras semelhantes para si mesmas. Eu experimentei o outro lado, porque agora as pessoas que não estão prontas para acordar e olhar para as suas verdades não querem ficar perto de mim. É como se elas me preferissem drogada e estúpida, andando pela vida como uma zumbi. Fico triste ao descobrir isso sobre pessoas que eu sinceramente acreditava serem minhas melhores amigas, mas essa é outra das verdades das quais eu não fujo mais.

Quando Douglas e eu nos casamos, a lista de convidados era composta principalmente pelos seus colegas do departamento de matemática. Havia algumas pessoas que eu conhecera antes de encontrá-lo e apenas um amigo do meu tempo de faculdade. Eu tinha pouco contato com pessoas da minha idade. Doug é nove anos mais velho do que eu e considerado um dos mais jovens do departamento. Era como passar todo o tempo com os amigos dos meus pais, sem ter nenhum amigo meu. Eu estava desesperadamente sozinha e perdera a capacidade de fazer e manter amizades. Para mim, ainda é um esforço sair e fazer contato com outras pessoas. Acreditei na fantasia de que o meu marido me daria o mundo e acabei muito isolada. Eu, que quando era menina me aproximava de qualquer pessoa e me apresentava, estou tendo que aprender novamente a ser receptiva e acessível à amizade.

Ao deixar o casamento e manter a amizade com Doug, aprendi a lição de que o amor do tipo mais profundo, do tipo que nutre, significa ser capaz de sair e dizer a verdade e ainda ser amado. Eu comecei a exercitar a posse da palavra "não" e isso fez toda a diferença na força e clareza do meu "sim". Eu não o abandonei porque ele era um homem horrível ou porque ele estava errado; mas porque eu estava num lugar onde realmente não queria estar. Porque eu estava vivendo os sonhos da minha mãe para mim e não os meus próprios sonhos para mim. Quando eu disse a Doug que estava partindo, nós choramos e expressamos a nossa decepção porque não teríamos o "felizes para sempre". Nós também conseguimos manter o amor um pelo outro. Aprendi que os relacionamentos podem mudar e crescer e que não precisam terminar. Aquela experiência me mudou. Ela me fez exigir em todos os meus relacionamentos o espaço para dizer a verdade, para falar quando alguma coisa não está boa para mim, para esclarecer mal-entendidos e expressar a minha mágoa e raiva. Eu espero que a outra pessoa esteja disposta a demonstrar o mesmo tipo de honestidade.

É fácil descrever as mudanças pessoais. Mais difícil é colocar no papel as mudanças nas outras pessoas. Eu não posso julgar as mudanças em meus relacionamentos com os meus familiares de "Blake, a mulher casada" para "Blake, a lésbica" porque a maior parte da família não sabe. Ou, mais precisamente, sabe mas prefere não saber. Acredito que minha família tenha sido mais aberta e compreensiva com relação ao meu casamento com um homem branco do que jamais será com relação ao meu lesbianismo. Eles conseguem compreender algo que vêem como um "casamento de conveniência", uma manobra econômica ou genética para ter sucesso no mundo, para ser "menos negra". Eu penso nas vantagens que obtive no casamento e fico imaginando se ele jamais teria acontecido se eu fosse mais escura ou se deixasse o meu cabelo natural naquela época.

A minha entrada no mundo branco, de classe média, só aconteceu por causa de Douglas. Eu não fiz nada para merecer o carro, a casa, as viagens, nada a não ser casar com Douglas B. West, Ph.D. Perder a gentileza com que as pessoas me tratavam e os privilégios que eu tinha como esposa de um homem branco foi uma das coisas mais difíceis de adaptar à minha vida cotidiana. Na verdade, as cortesias só aconteciam quando Douglas estava comigo. Mas, depois de nos apresentarmos como casados, eu me tornei legítima aos olhos de donos de lojas e acadêmicos, pessoas que, do contrário, teriam me tratado como uma garota negra qualquer e interagido comigo através de todas as histórias racistas e sexistas que eles ouviam.

Na verdade, a presença de Doug ao meu lado nem sempre me protegia. Lembro-me de um jantar na casa de um colega de Doug em que eu era a única pessoa de cor. Um homem branco decidiu piscar para mim do outro lado da sala e lamber os lábios. Eu me senti ultrajada mas não fiz nada a não ser dizer ao meu marido, quando chegamos em casa, como eu ficara magoada. Eu tentei lhe explicar como o racismo e o sexismo haviam permitido que o homem se comportasse daquela maneira. Tenho certeza de que ele não teria agido daquela forma com as mulheres brancas que estavam lá. Inconscientemente, ele pode ter registrado o medo que eu sentia de não ser adequada, considerando-me um alvo que não gostaria de atrair atenção para si mesma pedindo explicações pelo seu comportamento. Ele estava certo.

Foi a busca por aprovação o que me levou ao casamento e ao estilo heterossexual e branco. Eu queria ser amada, queria que pensassem bem de mim, queria ser aceita. Eu não somente desejava isso como achava que precisava disso para continuar respirando. Para ter a permissão de continuar respirando. Não percebi que precisava de outras mulheres jovens em minha vida e de outras pessoas negras. Essa foi uma grande questão para mim. Eu casei com o mundo de Doug e quase não havia outras pessoas negras nele. Acho que fui apresentada a um único matemático negro durante todo o tempo em que estivemos juntos. Eu sentia falta do meu povo. Mas nunca pensei em levar um grupo de pessoas negras para a casa do meu marido branco.

Agora, há mais mulheres negras na minha vida do que jamais houve. Independentemente da pessoa com quem estou, eu exijo tempo e espaço em minha vida para reuniões apenas com mulheres negras. Lembro-me das vezes em que, quando menina, as irmãs e primas da minha mãe, e vizinhos e amigos vinham à nossa casa – as risadas e a gritaria que eles faziam. Eu estou fazendo outras lembranças daquele tipo de tempo.

Douglas nunca me disse: "Alise o cabelo! Faça regime! Aceite minha opinião, a dos meus colegas, dos meus amigos e dos meus pais! Vista-se de determinada maneira! Esconda a sua inteligência! Rompa todos os seus vínculos culturais! Mude o seu nome e use o meu!" Não, ele nunca me disse para fazer essas coisas. Ele também não me apoiou ativamente para não fazê-las. Ele estava preso ao seu papel de homem branco heterossexual, assim como eu estava presa ao meu, como uma personificação feminina do tipo patriarcal. Ele não sabia como ser meu aliado em momentos de conflito. Creio que parte dele percebia que o caminho que eu estava abrindo iria mudar também a sua vida e ele não estava certo de desejar que ela mudasse.

Uma das bênçãos de não se pertencer à maioria é que as pessoas tomam cuidado com a gente. Principalmente as pessoas brancas, héteros. Obtive um certo respeito como proscrita que nunca tivera como uma mulher negra agindo de acordo com as regras. O homem que piscou para mim na festa sentiu-se seguro interagindo comigo através das histórias que ouvira sobre mulheres negras. Estar no mundo como uma lésbica provoca hesitação nas pessoas. Se eu estou disposta a mostrar claramente quem eu sou, provavelmente não teria receio de embaraçar as pessoas em público por seu comportamento rude e racista.

 As pessoas não se sentem mais livres para fazer perguntas íntimas. Quando éramos casados, irmãos, primos, até mesmo estranhos na rua sentiam-se livres para perguntar quando (não se) teríamos filhos. Agora ninguém invade a minha privacidade dessa maneira. Embora eu tenha me assumido formalmente apenas para um irmão, eles conhecem a reputação de San Francisco o suficiente e sabem quem eu sempre fui para não fazer perguntas sobre a minha vida pessoal se não quiserem ouvir a palavra "L". O outro lado da moeda é que geralmente isso mais parece desinteresse do que respeito. Se bem que, pensando bem, ninguém realmente queria saber como eu estava quando eu era casada; era eu quem interpretava as perguntas curiosas como interesse pelo meu bem-estar.

 Há desvantagens em minha vida como lésbica. Eu não tenho encontros marcados na sexta-feira à noite. Não faço planos antecipados para minhas férias. Preciso participar ativamente da minha vida como nunca fiz durante meu casamento. Eu podia contar com algumas coisas que agora não tenho mais. Eu tinha um amortecedor contra a solidão e proteção contra o isolamento. Não eram coisas necessariamente boas. Elas me ajudaram a não estar presente em minha vida, a considerar as coisas como certas, a jamais ficar sozinha e ouvir os meus próprios pensamentos. Agora preciso saber o que realmente desejo fazer e não apenas me deixar levar pelos costumes pré-estabelecidos. Preciso realmente pensar se desejo comemorar um feriado e como seria essa comemoração de acordo com os meus desejos e crenças. Nem sempre eu dou as boas-vindas a esse tipo de liberdade. Há noites frias de dezembro quando eu gostaria de ter um Natal como o dos anúncios da Kodak – uma casa com lareira, uma árvore com enfeites, um marido, a família torcendo por nós como um casal e partilhando seus votos calorosos por nós. Mas então, eu me lembro da tarjeta com o preço.

 Quando eu era casada, a grande maioria das pessoas com quem entrava em contato conhecia-me exclusivamente através do meu marido; muitas vezes, nem mesmo sabiam o meu nome! Embora as palavras da nossa cerimônia tenham sido únicas, mesmo assim Doug e eu nos tornamos "marido e mulher". Mesmo com os melhores planos e a consciência em desenvolvimento que ambos levamos para o casamento, estávamos travando uma batalha difícil. Sob muitos aspectos, nós perdemos. Ou, sendo mais específica, eu perdi. Eu perdi os meus amigos, o meu povo, a minha individualidade e a minha autonomia.

Ao me assumir como lésbica, recuperei tudo isso e ainda consegui algumas coisas novas. Eu tenho apoio financeiro para escrever. Eu moro onde sempre desejei morar. Eu tomo as decisões a respeito da minha vida, sem precisar consultar ninguém. E sei que mereço tudo isso. Eu sou eu mesma de uma maneira que nem mesmo o mais progressista dos casamentos conseguiria apoiar. Eu sou uma lésbica de descendência africana. E isso fez toda a diferença.

A reforma
Reva Talleygrone

Eu fui ter o meu primeiro orgasmo somente depois de aprender como fazê-lo através da revista feminina *Ms,* aos trinta e três anos de idade. Aos trinta e nove anos eu me tornara uma maníaca do sexo. Até aquele momento só na minha mente, mas parte de mim sabia que era apenas uma questão de tempo até eu soltar a fera. À noite, eu sonhava em fazer amor com mulheres em meu carro, na minha cama, na sacada do quarto. Eu imaginava exatamente como seria ter mulheres de seios grandes debaixo do meu corpo, minhas mãos, minha língua. Uma noite, num sonho que Freud teria adorado, o meu clitóris ficou com uns trinta centímetros. Durante o dia, eu sentia que o meu cérebro estava naquele órgão. Eu levantava da cadeira para ensinar "The Love Song of J. Alfred Prufrock" aos meus alunos de Introdução à Literatura completamente tonta de desejo, mal capaz de ficar em pé, a sensação tão forte que me deixava sem fala.

Quanto mais chocante o desejo, menos eu desejava o meu marido John. Eu me esquivava daquele pênis que, como um nariz bisbilhoteiro, empinava e cutucava minhas nádegas na cama. Eu lhe dava um beijo de boa-noite, fechando a boca contra a sua língua. Com as mãos em seu peito másculo, eu lamentava sua superfície plana e me virava, ficando deitada durante horas antes de dormir, a mão em concha sobre um seio que não estava lá, apenas o lençol liso zombando de mim. Por que eu não me sentia atraída por ele? eu me perguntava. Eu sempre o rejeitava. Nós não somos feitos das mesmas células, mulheres e homens? O feto no útero começa com tecido não diferenciado. Todos tornam-se lindos. Eu pensava no David de Michelangelo, aquele magnífico rapaz criado da pedra como uma prece. Eu nunca fui inimiga dos homens. Mas ansiava por uma mulher a ponto de me sentir como se estivesse uivando para a lua, a boca aberta num gemido de sofrimento como o rosto da velha na lua.

Mas nós tínhamos filhos, John e eu, filhos de nove e onze anos de idade, que se sentiam protegidos em nossa casa. Para confirmar a sua fé, para garantir um futuro para nós, comecei a fazer uma reforma. Primeiro, levantamos uma parede de sustentação e acrescentamos uma nova cozinha, algo que durante anos tínhamos considerado impossível. O novo cômodo ficou magnífico mas, senti medo assim que ficou pronto. Uma grande rachadura surgiu no local onde a nova laje se juntava à antiga e eu olhava para ela sempre que subia a escada. Será que ela estava aumentando? E se a casa rejeitasse o acréscimo, como um corpo rejeita um transplante inadequado, e tudo viesse abaixo?

Esses temores me deixavam exausta, como se eu estivesse tricotando uma roupa que fosse sendo desmanchada na outra ponta. Para vencer o cansaço, intensifiquei o ritmo da reforma, motivo pelo qual começamos a reformar o quarto no exato momento em que o meu desejo por mulheres e a minha incapacidade para tolerar os avanços de John estavam em rota de colisão. O mesmo motivo que me fazia cobrir freneticamente todas as rachaduras e buracos de pregos, lixando batentes e espalhando látex acetinado como um creme espesso sobre todas as imperfeições.

Enquanto fazíamos a reforma, John e eu dormíamos no quarto vago sobre um colchão no chão, cercados pelas coisas que normalmente estariam nos criados-mudos – telefone, lâmpadas de leitura, livros, pedaços de papel com números de telefone anotados, canetas.

Uma noite, eu estava sentada na cama, encostada nos travesseiros que se apoiavam na parede, escrevendo em meu diário. Por vinte anos eu não tivera um diário e, de repente, sentira-me impelida a fazê-lo. Eu disse isso ao John, que estava apenas de camiseta, andando pelo quarto e olhando embaixo das coisas.

"Huh?" ele disse. "*Impelida?*"

"Como as pessoas com deficiências alimentares sentem compulsão para comer coisas estranhas. É como eu me sinto. A minha avó tinha uma deficiência assim. Ela comia repolhos e alfaces inteiros. Ela não conseguia se controlar. O que você está procurando?"

"O meu livro. Repolhos inteiros?"

"Acho que ela os cortava em quatro ou coisa parecida mas comia-os crus." Fiquei pensando nisso, em como o seu corpo sabia o que era necessário.

"Você viu o meu livro?" John insistiu. "Ele não está do seu lado?"

Vasculhei a minha pilha de livros – eu estava lendo os diários de Anaïs Nin e um livro sobre interpretação de sonhos de Fritz Perls. "Não," respondi, "continue procurando. Ele deve estar por aqui." Perguntei então "John? Aquela rachadura é onde a laje está presa à viga?" Eu decidira tocar no assunto casualmente, no meio da conversa. "E se ela não estiver bem presa e desabar?"

John abaixou-se, procurando nas pilhas de bugigangas. "Você tem certeza que não pegou o livro?" perguntou. Quando a minha pergunta sobre a rachadura na parede chegou até ele, levantou-se e pensou, o pênis balançando sob a camiseta como um pescoço de galinha. "Desabar?" ele disse. "Não vai desabar."

"Mas e se desabar?"

"Então nós consertaremos."

"Será que tem conserto?"

"Tudo tem conserto."

Eu estava aborrecida comigo por ficar aborrecida com ele por ele não estar usando cuecas. Nem tudo tem conserto, pensei.

"Nós apenas ergueríamos novamente o lado da casa," ele disse. "Como já fizemos, e depois consertaríamos. Aha!"

Ele encontrou o livro embaixo de uma camiseta que estava embaixo do gato e deitou-se na cama para ler.

Eu ainda estava pensando na minha avó, em compulsões e em como a minha vida estava mudando. Alguns anos antes, passara por uma fase na qual eu não queria fazer nada a não ser assistir televisão. Na hora de dormir, eu preparava algo maravilhosamente repulsivo – um sanduíche de fígado e um copo de vinho do Porto – para me fortalecer contra a longa solidão da noite à minha frente.

Mas agora a TV me aborrecia. Eu perdera os quilos extras adquiridos nos lanches noturnos e estava desenvolvendo uma ânsia inesperada para começar a praticar *jogging* – só de imaginar eu já podia sentir os músculos das pernas se movimentando. E mais recentemente, como estavam acontecendo coisas que precisavam ser registradas, comprara essa agenda em espiral.

Coisas como os sonhos com a casa.

No primeiro sonho, eu olhava pela janela e via pessoas ameaçadoras vindo em direção à casa. Eu implorava a John para nos proteger, mas ele perambulava pela casa tentando fazer uma espada de papel enquanto um homem entrava e encostava uma arma contra a minha têmpora. Eu implorava para ele não me matar e então pensava, não, eu morrerei tranqüila, aí fiquei calma e acordei.

No sonho seguinte, uma mulher entrava pela clarabóia. Quando eu me aproximei dela, ela me convidou para sair e conversar. Nós sentamos numa mesa de piquenique e eu perguntei se ela tinha o direito de invadir a casa das pessoas. Ela apenas sorriu e eu não quis que ela fosse embora.

Toda noite era assim. As pessoas continuavam invadindo a nossa casa. Primeiro, pessoas ruins, depois pessoas loucas, depois pessoas comuns. Na noite anterior, homens e mulheres, pessoas absolutamente agradáveis, subiam com bebês e sacos de compras pelas escadas, cumprimentando-me enquanto passavam.

Sentada ao lado de John em nossa cama improvisada, registrando esse sonho, percebi uma coisa: eu não tinha mais medo dos intrusos. Coloquei a agenda no chão e fiquei olhando para as paredes à minha volta, velhas paredes que não havíamos refeito, com manchas semelhantes a continentes inexplorados e rachaduras que pareciam longos rios.

Ao meu lado, John estava deitado de costas segurando o livro sobre o rosto. A cada poucos minutos, seu rosto relaxava e o livro escorregava para o queixo, acordando-o apenas o suficiente para ele levantar o livro, permitindo que ele iniciasse novamente a sua descida. Peguei o livro e fechei-o. Ele estava profundamente adormecido, o rosto sem expressão. *Não apresse o rio* era o título do livro que estava lendo, aquele que ele vivia me dizendo para ler. Mal sabíamos a rapidez com que aquele rio já estava me apressando.

Nossos dois gatos, irmão e irmã, estavam se limpando aos meus pés, fazendo ruídos altos. Piramis beijou a irmã Thisbe no rosto todo, mordiscando em volta da sua boca enquanto se colocava em posição para cobri-la. Esses dois vão precisar ser castrados logo, lembrei a mim mesma.

A reforma

Ao apagar a luz, eu já sabia que não conseguiria dormir. Logo me levantei, esgueirei-me pela porta do quarto e desci a escada no escuro.

Abri a porta da geladeira e peguei um pouco de leite, esquentando-o no microondas. O relógio do microondas brilhava enquanto o mostrador digital contava os segundos. Ninguém mais está sozinho no escuro, eu pensei. Há sempre pequenas luzes brilhando, pequenos relógios marcando a nossa vida. Outro dia, eu estava vindo do quintal e, quando entrei, o mostrador digital do microondas dizia "SIM". Fiquei parada no mesmo lugar. Qual era a pergunta? Fiquei olhando para ele, pensando que devia ser uma ilusão de ótica. Mas ele dizia: "SIM". Uma das crianças deve ter dado um comando que eu ainda não conheço.

O leite estava quente, fumegante, formando uma película. Sentei-me ao lado do mostrador e bebi no escuro, pensando nos gatinhos lá em cima, no cheiro de leite de filhotes muito novos, sentindo-me confortada pela suavidade simples do leite e até mesmo pelo olho eletrônico, melhor companhia do que nenhuma.

Antes de terminar o leite, tive a idéia. Acendi uma luz fraca e abri a lista telefônica. Isso é ridículo, disse a mim mesma. Você não vai achar nada. Ainda bem que ninguém está me vendo. E.F.G.. Estava lá: *Gay Hotline*. De repente, comecei a tremer. Disquei o número. Quando uma voz de mulher atendeu, desliguei. Mas telefonei novamente, dessa vez com um pedaço de papel e um lápis ao meu lado. Aquela era a minha voz? eu pensei.

"Existem organizações?" perguntei. "Lugares onde as pessoas possam se encontrar? Existem terapeutas que as pessoas possam procurar e que não..." A minha voz estava estrangulada, estranha. Mas a mulher do outro lado parecia não notar. Ela respondeu minhas perguntas numa voz normal, como se eu estivesse perguntando sobre material de construção.

De volta para o andar superior, para o quarto escuro onde John respirava tranqüilamente, coloquei o pedacinho de papel numa das divisórias do meu diário, chutei os gatos para fora da cama e dormi. Mesmo após ter fechado os olhos, eu continuei pintando os batentes do quarto mas sem ultrapassar as beiradas.

Duas semanas depois, estávamos prontos para passar a primeira noite em nosso quarto recém-reformado. John entrou quando eu estava dobrando o acolchoado novo.

"O que você acha?" Bonito, não?" ele disse, trazendo dois drinques. Nas noites de domingo, ele ficava muito solícito, providenciando drinques para mim. Ainda segurando a bebida, sentou-se na beirada da cama para observar o resultado do nosso trabalho: um quarto tranqüilo, monocromático – paredes, batentes e carpete, tudo no mesmo tom branco cremoso.

Eu parei no meio do quarto e estudei o efeito. Parecia uma fotografia de revista, a casa de outra pessoa.

John colocou meu drinque no meu criado-mudo, abraçou-me e abaixou-se para me beijar. Eu controlei a minha reação depois de recuar uns milímetros e beijei-o de volta.

"Vamos comemorar o nosso novo quarto essa noite," ele disse. "Depois do programa 'Masterpiece'."

Gentilmente, eu me afastei. "Ficou como eu queria," eu disse. "Estamos ficando muito bons nisso." Em reforma de quartos, pensei. Eu apenas desejava que pudéssemos morar neles.

Deitei na cama recatadamente, mantendo o roupão em volta das pernas. John ligou a TV e deitou-se ao meu lado.

Na tela, a câmera passeava sobre os livros e os fatos memoráveis de antigas séries do "Masterpiece Theater" ao som de "Trumpet Voluntaire." Durante anos, assistíramos juntos a todos os programas, portanto era como olhar um museu muitas vezes visitado ou um álbum de fotografias de família. Aquilo despertava lembranças confusas. Aos domingos, eu geralmente preparava um jantar divertido, normalmente pizza feita em casa, e quando as crianças eram pequenas, nós nos amontoávamos na cama e assistíamos "O mundo maravilhoso de Disney." Aí, colocávamos as crianças na cama e assistíamos a outro episódio de um grande drama que esperávamos durante toda a semana – "The Duchess of Duke Street" ou "I, Claudius," por exemplo. Então, depois de ter bebido o suficiente para esquecer uma parte de mim mesma, de vez em quando o suficiente para não conseguir me lembrar quando ou como terminara o capítulo de "Masterpiece Theater", sentia-me obrigada a pagar o preço exigido pelo casamento. O sexo nunca demorava muito e eu me sentia pegajosa e envergonhada mas também virtuosa, porque o que eu fizera mais uma vez era a única coisa certa e decente a ser feita. Como cuidar da minha família ou pintar paredes.

Esse era o programa de domingo à noite desde que as crianças eram pequenas. Agora elas estavam mais velhas, não assistiam mais o Disney e brincavam com os amigos até a hora do banho, lendo nas próprias camas antes de dormir.

Essa noite era o começo de uma nova série. Alistair Cooke surgiu e falou a seu respeito.

"Tome o seu drinque," John disse. Ele aconchegou-se ao meu lado. Eu comecei a beber com determinação e tentei envolver-me no drama mas os meus olhos continuavam abandonando a tela para estudar as paredes. Eu gostava quando ainda estava reformando o quarto. Eu ainda não sentia os efeitos da bebida. Levantei-me para preparar outra.

"Rápido," disse John. "Você vai perder." Na cozinha escura, tomei uns goles de uísque diretamente da garrafa, sendo observada pelo pequeno olho eletrônico, brilhando em vermelho e verde. Devo parecer uma bêbada, pensei, bebendo na garrafa desse jeito. Preparei outro drinque e voltei para o quarto, aliviada por estar um pouco vacilante agora.

"Vamos," disse John, enquanto eu subia na cama. "Você está perdendo o programa." "Eu não consigo me concentrar," eu disse. Na tela, uma criada com roupas antigas, uma touca franzida e avental, estava dizendo alguma coisa urgente a uma mulher deitada na cama. Um cavalheiro entrou e a criada fez uma reverência e saiu. Ele sentou na cama, segurando a mão da mulher. Então, a cena sumiu, passando para um homem correndo numa carruagem pelos campos da Inglaterra.

"Você quer que eu lhe sirva outra dose?" John perguntou.

"Talvez um pouco." Passei o copo para John sem olhar para ele. Homens a cavalo estavam tentando deter o homem na carruagem. Será que um deles é o marido da mulher? Eu não sabia. Os homens eram todos iguais. John voltou com o drinque, apesar de parecer ter saído havia apenas um segundo. E então, Alistair Cooke estava de volta e a música tocando novamente.

"Tome mais um pouco do seu drinque," John disse e, de repente, estava em cima de mim, beijando-me com a língua em minha boca. No escuro, eu olhei para o canto do quarto, que estava se afastando de onde supostamente deveria estar. Fechei os olhos para fazê-lo parar.

John levantou minha camisola e apertou um mamilo em seus dedos, enquanto fazia alguma coisa em si mesmo lá embaixo. A sua língua ainda estava na minha boca e eu senti o nítido impulso de fazer algo em que eu jamais pensara antes: morder a sua língua, arrancá-la. Aterrorizada, lutei contra o impulso monstruoso que, pelo menos naquele momento, passou. Eu estou bem, disse a mim mesma. Eu posso fazer isso.

Então, aconteceu outra coisa que jamais acontecera. O campo de visão dos meus olhos fechados no escuro ficou escarlate. Isso não aconteceu ao mesmo tempo, mas aos poucos, um bloco cintilante de cada vez: vermelho. Abri os olhos para me livrar dele, mas continuou. Na noite que me cercava, a escuridão estava vermelha. E eu pensei, estranhamente interessada no fenômeno acontecendo num momento como esse, então é por isso que temos o ditado, *Eu fiquei tão brava que vi tudo vermelho.* Virei a cabeça porque sabia o que aconteceria se ele colocasse a língua novamente em minha boca.

"O que há?" ele perguntou.

"Nada," respondi. A raiva sumiu. Eu posso fazer isso, pensei.

Ele entrou em mim. Tudo bem, o que ia acontecer agora estaria acontecendo bem longe do meu rosto, seria menos pessoal. Eu podia fazer isso. Mas, de repente, meus braços estavam agindo independentemente de mim. Eu estava batendo nele com os punhos, batendo em suas costas, seus ombros, sua cabeça.

Ele ficou tão atordoado que demorou alguns segundos para sair do meu alcance. O tempo todo eu observava espantada enquanto meus braços o golpeavam.

"O que é isso, em nome de Deus?" ele perguntou, ofegante.

Eu não consegui dizer nada durante muito tempo. Eu tentei me tornar muito pequena e não me mexer. "Eu não sei," respondi finalmente. Pensei no ombro no qual eu acabara de bater. Quantas vezes nós havíamos ficado lado a lado para fazer o trabalho pesado. Comecei a soluçar incontrolavelmente, pensando na sensação do seu ombro sob a minha mão quando eu lhe fazia massagens nas costas. Chorei silenciosamente, mas os soluços sacudiam o meu corpo inteiro.

"Shhh," ele disse e me acariciou. "Você está aborrecida?"

Eu continuei deitada de costas com as mãos sobre o rosto. Só depois de algum tempo, consegui dizer: "Sinto muito."

"Durma um pouco."

Eu fiquei deitada, rígida, chorando sem tremer e sem fazer barulho. Surpreendentemente, ele dormiu, sua respiração profunda ao meu lado, regular como sempre. Fiquei muito sóbria. Depois de passar muito tempo, não consegui mais chorar. Continuei deitada, quieta, olhando para o escuro, não sei por quanto tempo. Não fiz nenhuma tentativa para saber quanto tempo se passou. Eu não tinha pensamentos coerentes, como se eu estivesse prendendo a respiração com todo o meu cérebro. Eu não precisava de pensamentos. Eu sabia que estava na hora de deixar o rio correr, mergulhar em suas águas com uma criança embaixo de cada braço e confiar que ele nos levaria para uma outra margem.

Não quero mais casar
Kay Wardwell

Quando chegou a minha vez de dizer "eu aceito", no ensaio da cerimônia, minha garganta fechou e eu não consegui falar, nem mesmo para pedir desculpas ao meu alarmado noivo. O padre disse para ele não se preocupar – o que contava era a cerimônia real e, até lá, eu já estaria melhor.

Mas eu não melhorei. Quando os sinos da igreja começaram a tocar, indicando o início do casamento, tive total certeza de que não queria casar. Levou um segundo, mas eu consegui transmitir essa informação à minha mãe, que, para minha total surpresa, me abraçou e disse que eu não *precisava* casar. Poucas mães, pensei, sentindo um enorme alívio e gratidão, seriam tão compreensivas e compassivas, especialmente depois de terem passado meses planejando o casamento da filha.

O meu alívio durou pouco.

"Tudo o que você precisa fazer," ela disse, "é dizer a todas as pessoas que estão na igreja que não vai haver casamento. *Eu* não vou fazer isso."

Caminhei pela nave central e casei-me com o zagueiro do colégio.

Durante a nossa lua-de-mel, assistimos TV no quarto do hotel, tomando cuidado para não tocar acidentalmente em nossas contusões, adquiridas quando nossa moto colidiu com um furgão. Então, fizemos as malas e fomos do Maine para a Georgia, onde o meu novo marido começaria a trabalhar como segundo tenente do exército americano.

Dizer que fui um lamentável fracasso como esposa de um oficial seria um elogio. Na manhã em que meu marido começou o treinamento, fui à academia para levantar pesos, só para descobrir que a única atividade permitida era a dança aeróbica, visto que a sala de pesos ficava fechada durante as horas de ginástica para mulheres.

Depois, por ter perdido uns vinte minutos numa batalha inútil para manter o meu nome de solteira no meu crachá de dependente e como não havia lugar para estacionar no Clube das Esposas de Oficiais, eu me atrasei sete minutos para o início da orientação obrigatória para as esposas dos homens no curso de Treinamento Básico de Oficiais. Entrei na sala e me encostei na parede do fundo, mas a esposa do coronel cumprimentou-me do pódio, apontou para a única cadeira dobrável vazia na fileira da frente e esperou que eu me sentasse nela. Eu disse que preferia ficar em pé; ela olhou para mim por um instante antes de pegar seus cartões para continuar o que se transformaria num discurso de uma hora e que poderia ter sido intitulado de "Como Servir o Seu Marido Com Mais Eficiência".

O primeiro conselho foi o de chegar na hora em todas as atividades militares – isso era importante. Nós deveríamos nos esforçar para ajudarmos e não sermos empecilhos para a carreira de nossos maridos. Deveríamos cozinhar refeições boas, nutritivas – nada de pizzas, macarrão e pratos prontos e, de modo alguma, jantares congelados – porque nossos maridos precisavam ser mantidos em ótima saúde. Ela nos aconselhou a evitar discussões – eles não conseguiriam concentrar-se no trabalho se a vida em casa fosse turbulenta. Nós também deveríamos observar o próprio comportamento – devolver os livros da biblioteca no prazo; evitar a perda dos crachás, porque solicitar um novo seria aborrecido e demorado para nossos maridos; e evitar ser multadas por estacionamento em local proibido, porque, depois de três multas, nossos maridos seriam repreendidos pelo Oficial Comandante. Ela disse muito mais coisas que eu não ouvi depois de ter percebido que, de todas as mulheres que se encontravam na sala, eu era uma das poucas que não usava meias de náilon e a única com tênis brancos sujos. Depois do discurso, passeamos pela base num grande ônibus verde do exército com a esposa do coronel mostrando a mercearia, a loja de artigos usados (na qual fomos encorajadas a trabalhar como voluntárias), a creche, o hospital, a loja de artesanato, o correio e o conjunto habitacional.

Após uma rápida ida ao toalete, quando finalmente voltamos, corri para o meu carro para pegar frutas e verduras frescas na mercearia. Eu estava tentando ler as palavras no bilhete sob o limpador de pára-brisa quando uma mulher saiu do edifício agitando a minha carteira em suas mãos (dentro da qual estava o meu crachá feito 90 minutos antes), que eu deixara no toalete.

Eu tampouco me encaixei ao modelo de esposa de oficial na outra base para a qual o meu marido foi designado. Na verdade, foi lá que eu me apaixonei pela primeira vez por uma mulher. Naturalmente, eu não sabia que era amor. Eu culpava o meu marido por todas as brigas que me faziam sair de casa e ir direto para o apartamento de Nancy.

Nancy era a mulher mais linda, mais inteligente, mais interessante desse planeta. Ela era tão maravilhosa que eu gostava até de ir ao mercado com ela. Eu adorava me sentar com ela na sala de espera da concessionária de automóveis enquanto seu carro era consertado. Parar no supermercado para comprar papel higiênico era uma grande festa. Eu me sentia tão atraída por ela que precisava olhar para o teto ou para o tapete quando, pela manhã, com o cabelo ainda pingando do chuveiro, ela passava suas roupas de sutiã e calcinhas.

Até hoje, um dos maiores arrependimentos da minha vida foi não ter tido coragem de beijar aquela mulher. Eu tive uma chance (eu acho). Eu acabara de me deitar sobre o tapete no quarto de hóspedes quando ela encostou no batente da porta e disse que, se eu quisesse, poderia dormir na sua cama. Em vez de responder imediatamente, entrei em pânico. Se eu dormisse em sua cama, será que ela tentaria me tocar? O que eu faria se ela tentasse me beijar? E, pior ainda, se eu dormisse em sua cama, bem perto dela, e ela *não* tentasse me beijar? De qualquer maneira, eu ficaria acordada a noite inteira, tentando não respirar de maneira irregular. Recusei a oferta, apenas para passar as próximas horas buscando coragem para percorrer os nove ou dez passos até seu quarto e dizer que eu havia mudado de idéia.

Nancy e eu continuamos a nossa amizade e, depois de algum tempo, decidimos que uma vez que ambas éramos infelizes em nossos casamentos, (ela e o marido estavam separados), nós nos divorciaríamos e terminaríamos juntas a faculdade. Escrevemos para a

Universidade da Flórida solicitando a matrícula, que foi aceita. Nós também nos associamos ao Clube de Paraquedistas mas, no primeiro dia de treinamento, descobri que estava grávida. Meu marido e eu fomos enviados para outra base do exército e Nancy mudou para a Flórida. Eu fiquei arrasada.

Um ano depois do nascimento de meu filho, conheci Lisa, a esposa do novo chefe do meu marido, numa reunião mensal da Tupperware. Ela, Sharon e eu jogávamos na liga de boliche do Clube das Esposas de Oficiais; jogávamos na terceira base, lançador e segunda base no time de beisebol e jogávamos no time de voleibol. Após os jogos, geralmente tomávamos algumas cervejas e, quando nossos maridos estavam fora, jantávamos juntas enquanto nossos filhos brincavam. Quando nos sentíamos especialmente sozinhas ou tristes, ou quando tínhamos ficado conversando até tarde, dormíamos uma na casa da outra.

Uma noite, Lisa e Sharon (cujo marido estava na Coréia havia 18 meses) me convidaram para ir até o Maria's, um barzinho onde de vez em quando tomávamos uma cerveja. Como elas já haviam bebido, tentei convencê-las a ir para casa. Quando ficou claro que elas iam ignorar o meu conselho, deixei meu filho com o pai e fui com elas para dirigir o carro. Depois de três ou quatro doses de tequila no bar, Lisa inclinou-se e perguntou a Sharon se elas deveriam ou não me contar.

"Claro, vamos contar," respondeu Sharon.

"Contar o que?" perguntei.

Sharon sorriu. "Que nós estamos dormindo juntas."

"E daí?" eu respondi.

Elas riram.

"Ela não entendeu," Lisa disse para Sharon. Ela colocou a mão sobre a coxa de Sharon. "Nós dormimos juntas."

Eu franzi as sobrancelhas, confusa. Então elas dormiam juntas na mesma cama. Pensei que era maravilhoso elas serem tão íntimas – que elas poderiam consolar uma à outra.

Elas riram e então se beijaram – nos lábios. Por muito tempo. Eu estava espantada, surpresa de elas terem ido tão longe só para me pregar uma peça. Os pracinhas que estavam no bar pararam de jogar sinuca, pararam de dançar, pararam de beber e pararam de falar. Quando o barman sugeriu que fôssemos embora, arrastei as duas para a caminhonete e joguei-as no banco de trás. Elas só pararam de se beijar o tempo suficiente para cumprimentar os guardas militares na guarita da base onde morávamos.

Na casa de Sharon, tomamos mais alguns drinques antes de Sharon ir para o quarto telefonar para o marido na Coréia. Como ela estava demorando muito para voltar, fui vê-la e encontrei-a sentada na beirada da cama, chorando.

"O que foi?" perguntei, sentando ao seu lado.

O seu marido estava apaixonado por uma tenente servindo em Yongsan, ela disse, e estava pedindo o divórcio. Abracei-a, tentando consolá-la. Ela chorou durante muito tempo, então enxugou os olhos e perguntou como eu realmente me sentia a respeito dela e de Lisa. Eu respondi, honestamente, que não podia nem mesmo imaginar como ela podia beijar outra mulher.

Ela sorriu. "Essa é a melhor parte," ela disse e então, segurando o meu queixo, virou o meu rosto e me beijou – nos lábios. Por muito tempo.

"Não foi tão ruim, foi?" ela perguntou.

Eu balancei a cabeça, em estado de choque moderado. Havia sido suave, amoroso, terno – e eu queria que ela me beijasse outra vez. Então, pela primeira vez em minha vida, ocorreu-me o pensamento de que o lesbianismo era uma opção real, embora ninguém jamais tivesse me perguntado se eu desejava ser hétero ou lésbica quando eu estava crescendo, nem se eu desejava amar homens ou mulheres – ou ambos.

Ela me beijou novamente e, então, Lisa surgiu ao lado da cama, perguntando o que estávamos fazendo.

"Eu estou beijando Kay," Sharon explicou, "porque ela disse que não conseguia imaginar como uma mulher podia beijar outra."

"Oh," disse Lisa, e desfez o laço de um dos meus tênis brancos sujos. Sharon tirou o outro e jogou-o num canto do quarto. Mesmo que eu viva até os cento e vinte e cinco anos de idade, jamais esquecerei as duas ou três horas seguintes naquele quarto com aquelas duas mulheres.

Contudo, dois meses depois eu estava na enfermaria psiquiátrica no hospital da base. Muitos fatores levaram àquela experiência mas a maioria estava relacionada ao fato de os nossos maridos serem pilotos de helicóptero numa unidade secreta de comando anti-terrorismo. Isso significava que eles ficavam fora sete meses por ano – saíam por seis semanas, voltavam para casa por três semanas, iam embora por quatro dias, voltavam por oito dias, e aí saíam outra vez. Não nos permitiam saber onde eles estavam, o que estavam fazendo ou quando voltariam. Sabíamos que nossos telefones estavam grampeados e que, com freqüência, nossos maridos iam a bares com outras mulheres, porque muitos deles retornavam com doenças venéreas. O índice de divórcios na unidade era de cerca de 75% – apenas um entre quatro casamentos sobrevivia a três anos de serviço.

Mas, o pior não era isso: os helicópteros caíam com uma regularidade alarmante – num período de dezoito meses, seis acidentes tiraram a vida de dezoito pilotos: dois se afogaram no mar, quatro morreram instantaneamente quando se chocaram no escuro contra uma montanha na Virgínia do Norte, outros quatro morreram queimados numa colisão de dois helicópteros. As mortes restantes foram atribuídas a problemas mecânicos. A maioria dos aviadores e muitas das esposas, incluindo eu mesma, abusavam do álcool para suportar a situação. Nós achávamos que, bebendo o suficiente, nossa raiva, tristeza e medo desapareceriam.

Um dia, após passar pelo guarda no portão, comecei a rir. Tudo parecia tão ridículo. De repente, tudo ficou insuportavelmente triste e eu comecei a chorar. Então, ri novamente, depois chorei. Olhando para aquela ocasião, quase uma década depois, posso ver que as emoções conflitantes eram as que eu havia reprimido com o álcool, na tentativa de lidar com uma situação desumana e intolerável. Mas naquela época, depois de três horas chorando, rindo e depois chorando novamente, achei que estava louca. Eu ou o resto do mundo. Quando uma amiga se ofereceu para me levar até o hospital, eu fui.

Sentei-me na sala-de-estar durante aquela primeira noite, finalmente sem nenhuma emoção, observando a luz das lâmpadas na rua penetrando pelas aberturas das venezianas das janelas. Uma enfermeira previamente autorizada a lidar com assuntos de segurança passou a noite inteira sentada a meu lado, tricotando algumas meias para o próximo neto: as poucas palavras que ela falou soaram fracas e baixas, como se tivessem que percorrer uma longa distância para me alcançar. Enquanto a noite passava, a distância entre eu e o resto do mundo aumentava; eu me sentia como uma pessoa sendo levada cada vez para mais longe da sua nave espacial, apenas esperando que o tanque de oxigênio ficasse vazio.

Eu havia mudado de lugar, sentando na cadeira ao lado da minha para observar o nascer do sol, quando outra enfermeira jogou lençóis brancos, limpos, no pé da cama e me disse para arrumá-la. Eu disse que não havia dormido na cama; ela repetiu a ordem. Depois que ela saiu, eu amarrotei os lençóis não usados e joguei-os no carrinho da lavanderia no corredor. Naquela noite, outra enfermeira disse que o médico me daria alta assim que eu demonstrasse qualquer sinal de emoção. Assim, quando o meu marido ligou mais tarde, esperei ele desligar e, fingindo estar zangada, mandei-o para o inferno, bati o telefone e sai do quarto batendo os pés.

Aparentemente, eles falaram com o meu marido enquanto eu estava internada. Antes de me dar alta na manhã seguinte, o médico disse que, embora eu não fosse louca, o meu marido, como a maioria dos pilotos que desejavam ser voluntários na unidade anti-terrorista, era um psicótico funcional e recomendou que eu o deixasse no meio da noite, por assim dizer. Eu devo ter parecido indecisa, porque ele me garantiu que conhecia o tipo. Ele escrevera um livro, disse, e fizera um estudo psicológico a respeito de homens que se apresentavam como voluntários para missões perigosas – homens como o meu marido.

Então, ele sorriu e recostou-se na cadeira. "Você sabia que o seu marido acha que você é lésbica?"

Eu ri, mas fiquei assustada. Em lugar de admitir a verdade e me arriscar a ser novamente internada, deixei o médico pensar o que quisesse. Naquele ponto, tudo o que eu sabia com certeza era que eu não queria, nem era mais capaz, de desempenhar o papel de esposa de militar. Quando meu marido partiu para outra missão, peguei meu filho e minhas roupas e voltei para casa, no Maine.

Durante os dois anos seguintes, tentei obter o divórcio, saí com alguns homens e fingi que não era lésbica porque não queria dar ao meu marido qualquer motivo para cumprir as ameaças de pedir a custódia de nosso filho. Quando finalmente iniciei uma relação com uma mulher, fingi para o mundo que ela era apenas uma amiga, provavelmente a principal razão para que o relacionamento terminasse. A próxima mulher com quem fiquei era forte e estava de bem consigo mesma, feliz com a sua vida.

Com o seu estímulo, tornei-me mais aberta e honesta e acredito que, por isso, hoje em dia o meu filho aceita a minha escolha de amar mulheres, a ponto de realmente não compreender o heterossexismo, colocando-o na mesma categoria do racismo e do sexismo.

Meus pais foram um problema totalmente diferente. Minha irmã contou-lhes a meu respeito antes que eu estivesse pronta para lidar com a sua reação, que eu suspeitava seria negativa. De fato foi. Quando cheguei na casa dos meus pais para discutir o assunto, minha mãe me ofereceu café como se eu fosse uma completa estranha, uma estranha cuja presença ela mal conseguisse tolerar. Ela tinha uma lista escrita no verso de um envelope e começou a lê-la, item por item. O primeiro era confirmar o que minha irmã dissera. Eu admiti que era lésbica. A seguir, ela disse que queria que eu soubesse que eles tinham descoberto um homem – um padre – que poderia curar a minha homossexualidade e que ela e meu pai estavam dispostos a pagar pelo tratamento. Eu recusei a oferta. Então, ela queria que eu mudasse de nome; queria que eu soubesse que apesar da idade, eles desejavam adotar o meu filho; e queria saber sobre a AIDS. Ela também queria deixar claro que as minhas amigas e amantes lésbicas não seriam benvindas em sua casa ou na casa de campo. Meu pai, que me abraçara e dissera que me amava quando eu chegara, ficou curiosamente silencioso.

Respirei fundo, disse que sentia muito por eles pensarem do jeito que pensavam e que eu não podia visitá-los a não ser que aceitassem o meu lesbianismo. Quando minha irmã casou e a minha companheira não foi convidada, eu não compareci ao casamento. Quando chegou o Natal e eles me convidaram para ir à sua casa, mas não a minha companheira, não fui. Como tivemos muito pouco contato no ano e meio seguinte, tive certeza de que perdera os meus pais para sempre. Agora, acho que a atitude que adotei foi desnecessariamente rígida: afinal, eu estava pedindo aos meus pais para aceitarem instantaneamente uma coisa a meu respeito que eu mesma levara *anos* para enfrentar.

Os quatro ou cinco anos seguintes foram difíceis. Os meus pais passaram a incluir a minha companheira em seus convites, mas como tudo, mesmo remotamente, relacionado ao lesbianismo era excluído das conversas, eu ainda me sentia uma estranha em sua casa. Parecia que a minha escolha de ser lésbica – embora fosse a escolha certa para mim – tinha me custado o relacionamento com os meus pais.

    Voltei minha atenção para o meu filho e para mim. Como eu não estava mais tentando me espremer dentro de um molde pré-existente, consegui despejar toda a minha energia na criação de uma maravilhosa vida nova: eu adoro lecionar e agora leciono numa universidade no Arizona; adoro escrever, e agora eu escrevo; adoro a vida ao ar livre, portanto eu pego a minha mochila e vou para os desfiladeiros rochosos de Utah e Arizona, mergulho nas fontes de águas termais nas montanhas Jemez do Novo México e ando de caiaque na costa do Maine. Quanto mais eu sigo o meu coração, mais eu amo a minha vida; estou mais forte, mais saudável e mais feliz do que jamais poderia ter sido como esposa de um militar. E, à medida que o tempo passa, acho que os meus pais podem ver que ser uma lésbica é a escolha certa para mim. Minha mãe endereçou a sua última carta para mim e para minha companheira – um sinal de que tudo vai dar certo.

Revelação
Ann D. Kwong

Conheci Ellen em uma aula de caratê na região sul de Chicago, em janeiro de 1986. Ela se formara na universidade no ano anterior e era faixa branca. Eu era cinco anos mais velha, faixa roxa, casada com um residente de ginecologia e obstetrícia e estava terminando meu doutorado. Depois da formatura, parei de tomar a pílula e voltei a fazer caratê, ansiando pela maternidade e por uma faixa marrom. Eu tinha que fazer algumas das aulas de caratê na escola principal na parte norte de Chicago e geralmente dava carona para Ellen e outras alunas; Ellen e eu logo nos tornamos amigas. Naquela época, Ellen não fazia apenas caratê, mas dedicava-se à faculdade de medicina e trabalhava como laboratorista.

O filme *Desert hearts* acabara de entrar nos cinemas e ela disse que eu devia assisti-lo. Eu fui. Com o meu marido, Jon. Depois, fui mais duas vezes. Sozinha. Perguntei a Ellen porque ela o recomendara e ela respondeu que estava em conflito por sentir-se atraída por uma mulher e queria saber o que eu pensava disso. Disse-lhe que achava perfeitamente normal as pessoas sentirem atração por outras do mesmo sexo, evitando todas as implicações que essa afirmação tinha para mim.

Durante aquele verão, Ellen e eu começamos a passar cada vez mais tempo juntas, algumas vezes saindo com Jon para uma caminhada ou um jantar. De vez em quando, nós três íamos até Horizons, o centro gay e lésbico de Chicago, onde Jon e eu esperávamos num restaurante mexicano na esquina enquanto, Ellen conversava com alguém a respeito de se assumir.

Ao longo de nossas conversas, comecei a perceber que estava ficando com ciúmes dessa mulher desconhecida por quem Ellen sentia atração. Jon disse que achava possível que ela estivesse interessada em mim! Eu não consegui acreditar nisso. Tinha certeza de que era uma outra pessoa e não sabia o que fazer com o meu ciúme. Ao mesmo tempo, não tinha certeza se desejava engravidar, mas não queria balançar meu casamento voltando a tomar anticoncepcionais.

Enquanto fazia os exames para obter a faixa marrom no caratê, percebi que me sentia muito cansada. Achei que estava com gripe, que durou por algumas semanas, acompanhada de náuseas e vômito. Jon pegou uma amostra da minha urina, dizendo que era para verificar a existência de uma infecção urinária. Eu não estava com gripe nenhuma. Estava grávida e muito assustada. Percebi que agora eu era responsável por um outro ser humano totalmente dependente de mim.

Senti que não poderia mais evitar questionar a minha vida e o relacionamento com o meu marido. Durante muito tempo, eu percebera algo de errado comigo e com o nosso casamento. Eu não queria que as dúvidas a meu respeito fossem transmitidas para o meu filho. Eu tinha nove meses para identificar e esclarecer os motivos das minhas dúvidas.

Enquanto isso, Ellen e eu continuávamos a passar tempo juntas, conversando, indo e vindo de nossos apartamentos, junto com a minha comitiva de três cães e um gato. Comecei a ficar nervosa e desconfortável por passar tanto tempo com Ellen e depois voltar para casa, para Jon.

Um final de semana, depois de Jon ter ido visitar alguns amigos durante uma semana, Ellen e eu tivemos uma conversa. Ela me disse que eu era a mulher por quem ela estava apaixonada havia quatro meses e que ela só estava confessando a sua atração para seguir o conselho de uma lésbica mais velha, que afirmara ser essa a maneira mais rápida de se superar uma atração impossível e irrealista por uma mulher casada.

Em vez de rejeitar Ellen, eu a beijei. Uma coisa levou à outra e nós passamos a semana inteira nos braços uma da outra. Eu flutuava, num estado de embriaguez – a euforia daquele novo relacionamento – e sentia as pernas bambas ao lembrar das noites que passávamos juntas. Também comecei a ter dores de cabeça provocadas pela tensão de pensar o que essa virada poderia significar para o meu relacionamento com Jon.

O inacreditável foi que, desde a primeira noite que passamos juntas, senti que aquela era a coisa certa para mim. Sim, eu estava assustada e a minha mente dizia que aquele era o caminho errado a tomar. Mas o meu corpo, o meu coração e a minha alma diziam tão claramente que era bom estar com Ellen que eu não pude desistir dela em troca das "coisas certas" que o resto do mundo atribui aos casamentos heterossexuais. Quando eu estava com ela, compreendia o que estivera errado e faltando. Eu era simplesmente uma pessoa gay tentando ser hétero.

Até aquele momento, eu atribuíra as tensões de nosso casamento às diferenças culturais e sociais relacionadas às demonstrações públicas e privadas de afeto. Jon era americano, filho de caucasianos, e eu era americana, filha de chineses. Eu achava que não gostava de beijar Jon porque meus pais, como muitos chineses tradicionais, nunca se beijavam nem demonstravam qualquer afeto em público ou em casa, na presença dos filhos. Mas eu queria beijar Ellen o tempo todo, em qualquer lugar e sempre que havia chance!

Uma semana depois, quando Jon voltou da viagem, contei-lhe imediatamente sobre Ellen. Eu não queria separar-me dele e também não queria deixar Ellen. Eu não queria magoar ninguém e sentia-me como se estivesse sendo forçada a escolher entre as metades direita e esquerda do meu corpo. Não conseguia. Desde o início, Jon me deu apoio e compreensão. Ele queria que eu ficasse com ele e também me estimulou a explorar o meu relacionamento com Ellen. Mais tarde, quando percebeu que a minha ligação com ela não ia desaparecer, ficou profundamente magoado e houve ocasiões em que me ameaçou e eu senti medo. Mas o que me manteve no limbo durante tanto tempo não foi o medo daquilo que Jon poderia fazer comigo se eu o deixasse. Não foi a vontade de deixá-lo e magoá-lo. Abandonar o casamento ia contra tudo o que eu tinha aprendido.

Fui criada numa família profundamente religiosa, num subúrbio de Chicago, sem televisão, aparelho de som e ouvindo a fala monótona de pregadores bíblicos no rádio. Como filha mais velha de imigrantes chineses após a Segunda Guerra, sofria o conflito entre a cultura americana à minha volta e as regras sociais e culturais do passado que cada grupo de imigrantes grava em pedra para seus filhos. Meus irmãos, irmãs e eu não tínhamos escolha no que se referia a sermos ótimos nos estudos. Desde o curso primário, sabíamos que devíamos ir para a universidade e nos tornarmos engenheiros ou médicos. Eu não podia ir à festas no curso secundário e só poderia sair com rapazes chineses quando tivesse a idade adequada para casar – trinta anos. Quando minhas amigas levavam os namorados para a minha casa, minha mãe colocava-os porta afora.

A primeira vez que levei Jon em casa para conhecer a família, certifiquei-me de que haveria muitos outros convidados para refrear a minha mãe. Quando começamos a morar juntos, dois anos antes de nos casarmos, minha mãe teve certeza de que eu iria para o inferno. Ela me pressionou para casar mas eu resisti. Desde quando posso me lembrar, eu nunca quis casar. Quando eu era jovem, colecionava selos, girinos e borboletas e dizia às pessoas que seria eremita e moraria nos Andes.

A única maneira para finalmente concordar com o casamento foi convencer a mim mesma de que ele era uma piada, um pedaço de papel que realmente não mudava nada. Jon e eu nos casamos em setembro de 1982 no tribunal do condado de Cook, pela juíza Lucia Thomas. Não houve testemunhas nem familiares presentes; não tínhamos sequer alianças. A juíza mal parou de ler o *Chicago Sun Times* para nos perguntar se realmente desejávamos ficar "juntos até que a morte os separe e toda aquela conversa". Eu encontrara uma adversária à altura – era difícil acreditar na maneira como ela estava entediada e era a juíza! Para encerrar a cerimônia, ela deu corda numa caixinha de música que tocou metade da Marcha Nupcial de Mendelssohn. Senti pena dos noivos excitados que estavam num grande grupo mexicano na sala de espera.

Achei que nada mudaria agora que estávamos casados, mas me enganei. Minha mãe ficou extasiada porque eu não estava mais vivendo em pecado e meu pai aliviado porque ela parara de se queixar. Pessoas totalmente estranhas e os professores em nossos departamentos na escola começaram a nos tratar como um casal.

Nos meses seguintes, atirei-me ao trabalho enquanto a minha barriga crescia. Tanto que, quando a bolsa d'água rompeu-se num domingo, uma semana antes da data prevista, eu estava trabalhando no laboratório. Jon passou a noite inteira comigo, mas Ellen não pode ir – ela não era um "membro da família". Senti muito a sua falta. Pela manhã, eu estava exausta do trabalho de parto. Quando Grace nasceu, pude segurá-la imediatamente em meus braços. Quando ela foi levada para ser pesada, começou a chorar mas, assim que chamei por ela, parou de chorar. Se eu parava de tranquilizá-la com a minha voz, ela recomeçava a chorar. Meu coração derreteu. Mais tarde naquele dia, todos vieram me visitar ao mesmo tempo: Jon, meus pais, meu irmão e minha irmã, Ellen, meu orientador no doutorado e o terapeuta que Jon e eu estávamos consultando. Não tentei explicar a ninguém o que todas aquelas pessoas diferentes significavam para mim e porque elas estavam lá.

Quando decidi me separar, foi como se estivesse atravessando uma ponte que levava a uma margem que eu não conseguia enxergar nitidamente. Nada havia me preparado para a jornada. Eu fora criada para pensar apenas no meu dever e responsabilidade perante a família e a sociedade. Os meus desejos e sentimentos pessoais deviam adaptar-se em benefício do meu relacionamento. Mas, ao decidir abandonar o casamento para poder ser feliz com Ellen e, se não com ela, então com outra mulher, atirei ao vento tudo aquilo que me tinham ensinado.

Alguns dias depois do meu divórcio, arrumei um emprego num laboratório em Nova York onde a maioria dos meus colegas eram homens da Coréia, Japão e China, casados com esposas que providenciavam tudo o que eles precisavam. Fiquei surpresa ao ver como alguns daqueles homens esperavam que as esposas e filhos arrumassem as malas e os acompanhassem de um lugar para outro. Geralmente, as esposas quase não falavam inglês e ficavam presas em seus apartamentos, incapazes de sair sem a companhia do marido. Os maridos passavam a maior parte do tempo em companhia de outros homens no laboratório, trabalhando, bebendo e fumando, enquanto as esposas e filhos os esperavam em casa. Era espantoso ver tanto sacrifício não ser reconhecido.

Encontrei uma babá e, um mês depois, meu ex-marido mudou para Nova York e começou um programa de bolsa de estudos para ficar perto de nossa filha, Grace. Eu não tinha certeza se Ellen iria morar comigo. Assim, quando ela pediu transferência para a Faculdade de Medicina de Nova York para cursar os dois últimos anos e ficarmos juntas, acreditei que isso seria o mais próximo que jamais chegaríamos do juiz de paz.

Nos últimos anos, nossas vidas assentaram. Jon e eu nos comprometemos a morar perto um do outro para que Grace tenha uma única escola e dois lares. Nossos horários são confiáveis, apesar de flexíveis. Dividimos a semana e o final de semana, temos a mesma babá, e Jon, Ellen e eu conversamos sobre o andamento das coisas. Uma das minhas lembranças favoritas é a de um concerto na véspera de Natal numa igreja gay e lésbica, a Metropolitan, no qual eu sentei na platéia com Jon e o meu irmão, enquanto Ellen e Grace cantavam no coro.

Apesar de nosso arranjo ser bastante amigável, ainda existem muitas tensões não resolvidas. Jon manteve relacionamentos com algumas mulheres. A maioria delas fica à vontade com Grace, Ellen e eu. Mas eu sempre me preocupo pensando que uma nova esposa possa tentar fazer a minha filha ficar contra mim e persuadir seu pai a pedir a custódia total. Ellen e eu também estamos considerando a possibilidade de ter outro filho e nos preocupamos sobre como isso poderia perturbar o equilíbrio de nosso relacionamento com Jon. Devido ao meu envolvimento com as Lésbicas Asiáticas da Costa Leste e à nossa presença na igreja Metropolitan, minha filha conhece muitos outros casais de gays e lésbicas e alguns dos seus filhos. Dessa forma, espero que esteja aprendendo a se orgulhar de quem somos e a perceber que a nossa família não está sozinha.

Uma história no Oeste
Sharon "Joh" Paloma

Durante toda a infância, fui chamada de moleca. Esse era um termo comum aplicado a qualquer menina que gostasse de subir em árvores, jogar futebol ou fazer aquilo que os adultos achavam que só os meninos deviam fazer. Tendo sido criada no Texas, é óbvio que essa moleca também era uma "caubóia", que é como eu me chamo agora.

Quase que o tempo todo eu usava calças jeans, chapéu de vaqueiro e botas. Minhas esporas tilintando, a espoleta dos meus revólveres estalando, eu era Roy Rogers vencendo os bandidos e ajudando os indefesos. Eu tinha um namorado na vizinhança que adorava usar velhos vestidos e fingir que era Dale Evans. Que espetáculo nós éramos! "Dale" fazia o jantar e cuidava da nossa boneca-bebê enquanto eu cavalgava ao pôr-do-sol. Os dias pareciam intermináveis em nosso mundo de faz-de-conta. Provavelmente, éramos o "casal" mais feliz do quarteirão.

Agora, as minhas velhas esporas estão penduradas na parede de meu escritório e algumas doces lembranças permanecem em minha mente, mas muitas memórias foram trancadas em algum lugar profundo onde eu escondo a minha vergonha e a minha dor.

Do lado de fora, talvez a minha vida parecesse normal. Entretanto, atrás da fachada estavam pais desestruturados criando filhos muito magoados. Meu pai era dolorosamente passivo e não tinha nenhum envolvimento em minha vida. Minha mãe era extremamente instável e amarga, fazendo com que o rancor tomasse conta de nossa família.

Desde o curso primário, minha mãe apontava para as "bichas" e fazia uma extensa descrição de como eles eram pervertidos e desprezíveis. Ela detestava homossexuais e usava palavras piores que os termos homofóbicos mais comuns que eu ouvia em outros lugares. Sendo criança, cheia de ternura e compaixão, eu não sabia como lidar com tanto ódio.

Aos quinze anos de idade, fiz um curso para supervisora num acampamento de verão. Harriet, minha supervisora-chefe, foi a primeira pessoa que me ajudou a vencer meu grande medo da água. Com sua ajuda e encorajamento diários, terminei as aulas e tornei-me salva-vidas qualificada. As cartas que escrevi para casa eram cheias de orgulho pela minha vitória na natação e de elogios para Harriet. Então, num domingo à noite, enquanto eu conversava com mamãe pelo telefone, ela disse saber que eu estava sexualmente envolvida com Harriet. Com raiva e vulgaridade, exigiu que eu voltasse para casa, dizendo que tão logo eu chegasse, ela me levaria ao médico para fazer exames que provariam que eu estava fazendo sexo com outra mulher. A conversa me arrasou, não somente porque eu ainda não tivera qualquer experiência sexual, mas também porque as acusações eram tão baixas.

Harriet encontrou-me soluçando e atirando minhas roupas na mala. Eu lhe contei a conversa com minha mãe. Ela ficou chocada e disse que iria até Fort Worth para falar com a minha mãe. Isso me aterrorizou, pois ninguém jamais enfrentara a minha mãe. Mais tarde, Harriet voltou dizendo, "Joh, eu conversei com a sua mãe e tudo está esclarecido. Ela disse que você pode ficar."

Apenas uma parte de mim sentiu-se aliviada. O restante estava passando por um colapso emocional. A minha mãe jamais pediu desculpas pelas acusações falsas ou pela crueldade que me infligira.

Aos dezessete anos, eu tinha plena consciência da minha atração por mulheres. Mas só quando entrei na Universidade Feminina do Texas, tive a minha primeira experiência sexual. Toni e eu tínhamos dezoito anos, ambas éramos calouras e virgens. Foi uma época divertida mas também muito assustadora. Eu me tornara aquilo que a minha mãe odiava. Vivia com uma constante sensação de perigo.

Durante as férias de primavera, Toni e eu ficamos afastadas por três semanas. Ela jurou que escreveria todos os dias. Quando voltei ao campus, encontrei minha caixa de correio abarrotada de cartas. Passei a maior parte do dia lendo as suas cartas, muito pessoais e carinhosas, e guardei-as em caixas de sapatos, escondendo-as no fundo do meu armário.

Uma noite, enquanto eu estava na aula, minha mãe trouxe algumas mudas de roupas para mim. Ela vasculhou o meu armário, descobrindo e confiscando as minhas cartas de amor. Naquela noite, irrompeu no meu quarto num estado violento e começou a bater no meu rosto, chamando-me pelos nomes mais vis. Não demorou muito para eu perceber que ela descobrira as cartas de Toni. Minha mãe continuou esbravejando, insistindo para que entrássemos em seu carro e encontrássemos as mulheres que Toni mencionara em suas cartas. Felizmente, Toni não estava no campus.

As horas seguintes foram aterrorizantes! Enquanto dirigia, minha mãe fazia perguntas e, sempre que eu respondia, batia no meu rosto com as costas da mão. Paramos na frente de diversos dormitórios e eu fingia que ia encontrar as minhas amigas gays. Na realidade, eu lhes deixava uma mensagem pedindo para ficaram longe, porque a minha mãe estava violenta. Não encontramos nenhuma lésbica. Quando ela me deixou no dormitório, meu rosto estava ensangüentado e inchado, e eu completamente traumatizada. Cambaleando, subi os dois lances de escada até o meu quarto, sem saber o que me esperava.

O dia seguinte marcou o início do meu confinamento. Minha mãe não perdeu tempo e consultou o reitor da universidade, usando as minhas cartas como evidência. Sentada na sala do reitor, com o rosto espancado e os nervos em frangalhos, ouvi que, se eu cooperasse e desse os nomes completos de todas as lésbicas que eu conhecia no campus, o meu castigo seria menor. Respondi que não podia fazer aquilo.

O reitor da universidade, a chefe do dormitório e a minha própria mãe ficaram furiosos e decidiram isolar-me de todas as pessoas do campus, bem como de todas as atividades. Eles esperavam que as restrições me forçassem a lhes fornecer os nomes. Por mais de três meses, tive permissão para freqüentar apenas as aulas regulares e trinta minutos para fazer cada refeição. O resto do tempo eu era obrigada a passar em meu quarto. A chefe do meu dormitório checava a toda hora para ter certeza de que eu estava lá. Eu precisava informá-la até mesmo quando ia tomar banho. Como a minha companheira de quarto deixara a universidade, fiquei completamente isolada. Eu não podia ir a lugar nenhum, conversar com ninguém e fazer absolutamente nada a não ser assistir as aulas. Ninguém no campus se atrevia a falar comigo com medo de ser arrastada para aquele pesadelo. As autoridades daquela escola puderam fazer tudo isso sem problemas. Ficaram só esperando para ver quanto tempo eu agüentaria.

Antes disso, todos os estudantes tinham feito preparativos para o maior acontecimento anual: as peças escolares. Cada classe escrevera uma peça original, que seria totalmente coreografada. Eu estava eufórica porque a peça que eu escrevera havia sido escolhida pela minha classe de calouros. Antes da descoberta das cartas, eu participara ativamente na direção da minha peça. Depois, não me deixaram participar de maneira alguma. Na noite da apresentação, o meu dormitório ficou virtualmente vazio. Sentada no parapeito da janela, eu podia ouvir os risos e os aplausos vindos do auditório. Eu não somente fora impedida de assistir a minha peça, como também não pude estar presente quando eles anunciaram que, pela primeira vez na história, a classe de calouros ganhara o segundo lugar. Quando o semestre terminou, fui repentinamente levada para casa. Durante toda a provação, eu permanecera calada. O meu silêncio protegeu as pessoas de quem eu gostava e foi um protesto contra a injustiça.

Durante o outono, minha mãe insistiu que eu freqüentasse a Universidade Cristã do Texas e morasse em casa. A intenção era que eu fosse obediente e, naturalmente, heterossexual. Uma vez que a sobrevivência exigia que eu levasse uma vida dupla, passei a sair com rapazes e ser gay às escondidas. Com freqüência, mentia a respeito de onde ia e escondia uma muda de roupas no apartamento de uma amiga gay. Eu saía de casa com a desculpa de que ia encontrar um dos meus amigos heterossexuais para jantar e ir a um show. Aí eu trocava de roupa e passava a noite num bar ou festa gay, muito feliz por ser uma sapatona. Os momentos infelizes eram os dos encontros heterossexuais, quando os homens iam me buscar em casa e saíam comigo. Era cansativo e degradante levar essa vida dupla mas necessário para a minha sobrevivência.

No ano seguinte, consegui escapar para a Universidade do Novo México. A irmã da minha mãe morava em Albuquerque e nós sempre fomos íntimas. Minha mãe e minha tia achavam que, se eu deixasse o Texas, poderia "endireitar" a minha vida. Foi em Albuquerque que mergulhei de cabeça na homossexualidade. Eu adorei a minha recém-descoberta liberdade e a distância da minha mãe. Contudo, enquanto freqüentava a universidade, minha mãe insistiu que eu tivesse sessões semanais com o psiquiatra local. A minha primeira visita determinou o assunto de todas as outras sessões. Ele começou dizendo: "Joh, sua mãe diz que você tem um problema com a homossexualidade." Eu disse que não tinha nenhum problema com a homossexualidade e recusei-me a discutir o assunto com ele. Então, perguntou: "Com o que você tem problemas?" Respondi: "Minha mãe!" A partir daí, minha mãe e o nosso relacionamento tornaram-se o foco das sessões. Quando o psiquiatra precisou lidar pessoalmente com a minha mãe e com as suas cartas iradas, ele começou a entender o meu "problema". Foi então que me deu um conselho: "A coisa mais segura a fazer é sair da cidade. Não deixe sua mãe saber para onde você vai." Ele acreditava que ela seria capaz de cumprir sua ameaça: "Eu lhe dei a vida e tenho o direito de tirá-la."

Durante os cinco anos seguintes, os meus pais não ouviram uma palavra sequer de mim. Minha mãe contratou um detetive particular para me encontrar mas eu sempre estava um passo à sua frente. Tornei-me nômade, não somente em minhas viagens mas também em meus relacionamentos com mulheres. Comecei um envolvimento de oito anos com as drogas, especialmente alucinógenos. Muitas pessoas me perguntavam: "Por que tantas drogas e mulheres?" Eu explicava que havia sido tão controlada e frustrada que não tinha recursos saudáveis para lidar com o mundo real. Na verdade, não sei bem o que me fez mergulhar naquele estilo de vida mas olho para trás, para aqueles anos, e lamento a perda de mim mesma e do potencial criativo da minha jovem vida.

Em 1971, eu pulei da frigideira para o fogo, sendo arrebatada pelo Movimento Jesus. Eu voei para os braços de Deus e dediquei-me à igreja. Quando eu estava na sexta série, um professor me perguntou: "Joh, você tem pai? Eu só ouço você falar de sua mãe." Eu respondi: "Sim, eu tenho um pai, mas a minha mãe é minha mãe, meu pai e meu deus." Minha mãe me possuía, me controlava e condicionava as minhas respostas à vida. Em 1971, transferi aquele poder para um Deus protestante, o único suficientemente grande para ocupar o lugar da minha mãe. Foi nessa época que também recomecei a me relacionar com a minha família e tentei uma reconciliação com a minha mãe.

A igreja, como a minha mãe, não hesitava em condenar os homossexuais. Eu não tinha defesas contra a palavra de Deus e acreditei que a homossexualidade era uma doença desprezível. Como o desejo do meu coração era agradar a Deus, não tive outra escolha senão tentar anular a minha alma lésbica. Agora percebo que a homossexualidade não é uma perversão ou uma doença, mas na época acreditava que, para ser recebida por Deus, devia "morrer para o meu antigo estilo de vida".

Durante esse triste período aconteceu uma coisa maravilhosa. Uma noite, enquanto eu esperava o início do culto na igreja, fiquei folheando um jornal cristão e vi um anúncio que me chamou a atenção: "Steve e Gypsy, A LUZ – um café cristão, Gold Beach, Oregon.

Fiquei encantada com o nome daquela mulher e disse, em voz alta: "Preciso conhecer Gypsy." Dois dias depois, fiz as malas e peguei a estrada. A viagem levou quatro dias, mas alguns minutos após chegar em Gold Beach, conheci pessoalmente a suave mulher de dezoito anos chamada Gypsy. Foi como se eu a conhecesse durante toda a minha vida. Imediatamente ficamos amigas e desde o início nossos dias foram cheios de risos.

Morei naquela pequena comunidade cristã apenas três meses. Então, o meu pé nômade começou a coçar e decidi voltar para Albuquerque. Em 11 de junho, dia do seu 19º aniversário, deixei Gypsy. Eu tinha vinte e sete anos. Não sei porque parti. Acho que era difícil me permitir ser feliz por qualquer período de tempo. Ao dizer adeus para Gypsy, a tristeza me invadiu. Entretanto, mesmo naquele momento, eu sabia que a nossa amizade era forte e que nós nos encontraríamos outra vez.

Cinco meses após voltar para Albuquerque, casei com um homem que eu conhecera sete semanas antes. Nós nos conhecêramos na igreja e a única coisa que tínhamos em comum era o passado *hippie*. Ele desejava desesperadamente casar; eu desejava desesperadamente ser "normal". Assim, marcamos a data e dissemos o "sim" na presença de nossos pais. Logo percebi que o sim era uma armadilha e que me colocara numa situação miserável. Mas as mesmas escrituras que afirmavam a abominação de Deus pelos homossexuais também diziam que Deus detestava o divórcio. Eu não tinha nenhum lugar para ir. Achei que tinha de continuar casada pelo resto da vida. Resignando-me a ser uma esposa cristã perfeita, fui acumulando tragédias. Meu marido também vinha de uma família desajustada e ocultávamos os problemas conjugais tanto dos nossos familiares como dos amigos da igreja. Todos achavam que éramos felizes no casamento. As pessoas me achavam um pouco melancólica e desanimada, mas diziam que todos os casais tinham seus altos e baixos.

Quando casei, a minha mãe mostrou-se cética, mas após cinco anos de casamento e três filhos, ela se convenceu de que eu era uma mulher "normal e saudável". A nossa relação ainda tinha muitos problemas e ela tentava controlar a mim e aos meus filhos. Mas a guerra sobre homossexualidade terminara e isso era um alívio. Eu não percebi o alto preço que pagara por reprimir tão intensamente quem eu era.

Meus filhos também pagaram um preço. Eles me consideravam uma vítima, sofredora e infeliz. Embora eu os amasse muito, não podia lhes dar as coisas que precisavam para ter uma infância saudável porque não tinha aquelas coisas dentro de mim para lhes dar.

Depois de alguns anos vivendo como heterossexual, com um marido que não conseguia amar e com o meu *self* lésbico enterrado sob a culpa, meu corpo finalmente reagiu de maneira violenta. O diagnóstico foi *lupus* sistêmico. Essa doença exigia que eu evitasse a luz do sol, a fadiga e o estresse. Enquanto a doença se espalhava pelo meu corpo, fiquei vendo se ela afetaria algum órgão vital. Em determinado ponto, fiquei tão doente que meu marido e eu conversamos sobre o meu funeral.

Embora essa tenha sido uma época muito difícil para mim, também foi uma época de retiro forçado. O *lupus* obrigou-me a abandonar o controle sobre a minha vida e a minha grande necessidade de ser a esposa perfeita. Como nos dias de universidade, fiquei confinada, mas dessa vez num confinamento criativo. Foi durante esses anos que comecei a recuperar o meu *self* perdido, a levantar lentamente a tampa do caixão e ver se ainda havia qualquer vida em minha alma lésbica.

Durante todo esse tempo, Gypsy e eu continuamos as melhores amigas. Quando ela ficou grávida do primeiro filho, ela e o marido mudaram para Albuquerque só para ficar perto de mim e contar com a minha presença durante o parto. Em 25 de novembro de 1973, ajudei no parto de Sarah Angelina. Seis meses depois, dei à luz ao meu primeiro filho, Joshua. Gypsy e eu compartilhamos a maternidade de uma maneira maravilhosa. Ficávamos sentadas durante horas, amamentando os nossos bebês, perdidas em conversas.

No ano seguinte, Gypsy e Steve voltaram para o Oregon. Entre nós, a separação sempre foi difícil. No decorrer dos anos, cruzamos o país para nos visitarmos. Em cada maravilhosa visita havia um triste adeus. Finalmente, decidimos que, depois de criar nossos filhos e enterrar nossos maridos, sentaríamos juntas em cadeiras de balanço em uma varanda e jamais diríamos adeus novamente. Esse era um futuro que ambas esperávamos, um sonho ao qual nos agarrávamos.

Em 1989, começaram a acontecer coisas surpreendentes como resultado direto da minha luta de quatro anos contra o *lupus* sistêmico. Durante aqueles anos de restrição e isolamento, comecei a compreender e a me curar dos antigos abusos que haviam me conduzido até ali. Após lutar por muito tempo pela saúde e equilíbrio emocional, emergi como uma pessoa inteira, ansiosa para continuar a vida que eu desejava e não mais a vida que os outros esperavam que eu vivesse.

A primeira notícia inacreditável daquele ano foi a de que o *lupus* sistêmico entrou em remissão e nenhum órgão importante fora afetado. Esse diagnóstico bom foi um catalisador para o resto das minhas principais decisões, uma das quais foi voltar à universidade e tornar-me terapeuta respiratória.

Tudo explodiu como um brilhante nascer-do-sol. Nada poderia me deter. Finalmente, depois de tanto tempo, consegui abandonar a pretensa heterossexualidade e abraçar o meu *self* lésbico, jurando nunca mais traí-lo. Em 1991 eu já estava divorciada, criando meus três filhos e trabalhando num hospital local como terapeuta respiratória.

Aqueles anos foram como montar num foguete, direto para a lua – tudo aconteceu muito depressa. Houve uma metamorfose. Eu assumi o controle da minha vida, aprendi a amar e a me nutrir. Eu me apaixonei pelo meu *self* lésbico pela primeira vez. Descobri que aquela parte de mim era linda, terna e compassiva. Era bom assumir.

Muitos chamam isso de "sair do armário". Para mim, não era "armário"; "masmorra" seria mais adequado. Eu emergi como uma lésbica assumida e totalmente visível, e Gypsy ficou sabendo de tudo.

A minha história não acaba aqui. À medida que comecei a explorar o meu *self* lésbico, percebi que, no meu coração, Gypsy era a minha amante e que o meu amor por ela ultrapassava de longe o de uma amiga. Quando reconheci esse fato abertamente, fiquei inundada de paixão por ela. Resisti a esses sentimentos durante semanas. Gypsy era a minha amiga "heterossexual". As perguntas me bombardeavam: Como eu poderia lhe contar que a amava e desejava compartilhar a minha vida com ela? Será que a minha declaração de amor destruiria a nossa amizade? A minha luta foi intensa. Finalmente, deixei a cautela e o bom-senso de lado e confiei apenas no meu coração intuitivo. Eu precisava contar a Gypsy sobre meus sentimentos.

No dia 2 de abril de 1991, com grande ansiedade, fiz um telefonema monumental. "Gypsy, quero que você sente, porque preciso lhe dizer uma coisa." O meu coração estava acelerado. "Querida, eu amo você. Eu sempre a amei! Quero passar o resto da minha vida ao seu lado." Tudo o que eu pude ouvir de Gypsy foi "Un'huh" e "Sim. Un-huh." Eu pensei: "Oh não, ela não sente a mesma coisa", mas continuei.

Quando terminei, ela disse: "Eu também amo você, Joh. Eu sempre a amei!" Alguns meses antes Gypsy percebera a profundidade do seu amor e o seu desejo de estar comigo. Ela decidira ficar calada, sabendo como era importante para mim a liberdade de seguir o meu coração, sem quaisquer influências externas. Para nossa alegria, o meu telefonema simplesmente confirmara aquilo que ambas já sabíamos.

Durante as semanas seguintes, passamos horas incontáveis no telefone. Trocamos cartas de amor e começamos a eliminar os obstáculos. Ela estava no Oregon, eu estava no Texas, e os quilômetros que nos separavam pareciam impossíveis de ser superados. Sentir a sua falta e desejá-la tornou-se insuportável. Eu telefonava e perguntava: "Você se encontraria comigo em Albuquerque e casaria comigo?" A sua resposta foi, "Sim, SIM!"

No dia 13 de maio, meu avião pousou em Albuquerque. Ela chegara na noite anterior e estava me esperando no aeroporto. Foi maravilhoso encontrá-la. O caminho para o quarto do hotel pareceu levar uma eternidade (20 anos, para ser exata) mas, quando chegamos lá, o resto do mundo desapareceu. Quatro dias depois, saímos do quarto à procura de comida. Enquanto nos deleitávamos com enchiladas e *sopapillas* na Cidade Velha, ouvimos um guitarrista flamengo cantando uma linda canção, "La Paloma". Paloma – a pomba – ficou conosco e tornou-se nosso sobrenome.

Agora, já se passaram três anos. Gypsy e a coubóia Joh são mulheres que balançam na varanda. Nossos ex-maridos? Desejamos que sejam felizes. Nossos filhos são unidos e estão crescendo num lar cheio de amor.

Você pode perguntar: "E a sua mãe?" Há três anos, eu lhe escrevi uma longa carta, na qual eu me assumi, contei-lhe sobre o meu relacionamento com Gypsy e tentei diminuir os seus temores. Ela me repudiou e deserdou. Há um ano e meio, passei quatro dias ao lado da sua cama no hospital. Deitada, próxima da morte, ainda não conseguia reconciliar-se comigo. Sua primeira pergunta, depois de não me ver por muitos anos e não querer nada comigo, foi: "O que você está fazendo aqui?" Eu respondi: "Eu tenho amor por você." Embora ela não conseguisse me aceitar, permitiu que eu lhe desse banho e a cada vinte minutos virasse o seu corpo torturado pela dor. Ela morreu uma semana depois. Espero que finalmente tenha encontrado a paz.

Não é mais difícil eu me permitir ser feliz. Gypsy e eu não precisamos mais dizer adeus. Estamos morando em Ashland, Oregon, felizes e florescendo!

Depois do acidente
Mardi Richmond

Não posso falar sobre meu casamento sem falar sobre ficar embriagada. Eu me apaixonei por Mikke em parte devido à nossa necessidade de ficarmos "doidos". Não houve um dia em minha vida de casada em que não desejasse ficar "doida" ou bêbada. Além disso, tanto Mikke quanto a bebida representavam as mesmas coisas em minha vida. Ambos estavam relacionados a crescimento, aprender a viver, encontrar conforto, escapar da dor e, algumas vezes, diversão. E ambos significavam silêncios. Não posso falar sobre o que aconteceu no meu casamento, sobre a desintegração e o ato de assumir o lesbianismo, sem mencionar o fato de ficar sóbria e quebrar silêncios.

A minha vida sempre teve silêncios; inconfessáveis segredos de família ocultos no sótão. Segredos como incesto, vício, abuso e suicídio. Enquanto crescia, descobri muitos outros diferentes segredos que eram só meus e que permaneceram trancados, não no sótão, mas no meu armário particular.

Na quinta série, Angela foi um desses segredos. Angela, que estava na minha classe, disse a todos os seus amigos que qualquer garota que tocasse outra garota era lésbica. Certa noite, numa festa do pijama, Angela estendeu o braço no escuro e segurou a minha mão. No dia seguinte eu escrevi "Eu amo Angela" numa vareta e prendi com barbante na minha bicicleta. Quando alguns meninos da vizinhança roubaram a vareta e leram o que estava escrito, ficaram muito quietos. Achei aquilo mais assustador do que se eles tivessem caçoado de mim.

Quando eu já estava na sexta série e me apaixonei seriamente por Melinda, sabia que seria melhor ter mais cuidado. Assim, quando percebi que não podia falar com ela sem gaguejar e ficar com o rosto vermelho, como os meninos quando se apaixonam, parei de falar. Mas não parei de falar apenas com ela – isso teria me denunciado. Eu parei de falar com todos. Quando um amigo se aproximava e falava alguma coisa para mim, eu simplesmente sorria. A minha professora, a sra. Pierce, tentou fazer-me falar, mas eu também apenas sorria para ela. Logo, todos estavam me chamando de "Sorridente" e eu não precisava ter medo de que alguém descobrisse o meu segredo. Uma das coisas que aprendi naquele ano foi que, quanto mais eu praticava, melhor guardava as coisas para mim mesma.

Na sétima série, descobri uma nova tática para manter o meu silêncio: ficar "doida". Maconha, bebidas, vinhos – eles funcionavam tão bem que logo os meus segredos estavam escondidos até de mim.

Quando conheci Mikke, no verão entre a oitava e a série seguinte, eu sabia que encontrara a alma gêmea. Mikke costumava passar com sua pequena Honda 125 pelas trilhas atrás da minha casa. Nós íamos para o bosque e fumávamos maconha. Algumas vezes, íamos para a sua casa e tomávamos as cervejas que sua mãe comprava e fingia não notar quando elas sumiam. Eu me apaixonei por Mikke, por um garoto que jogava pôquer para comprar cerveja e subia em árvores para ficar "doido" no lugar mais alto. Mais tarde, no curso secundário, íamos para as colinas em sua caminhonete, ficávamos "doidos" e fazíamos amor. Nós crescemos – passando de crianças a adolescentes, a amantes quase adultos – juntos.

Hoje, olhando para trás, posso ver que ele ficava "alto" pelas mesmas razões que eu: para fugir da dor, da confusão e dos próprios silêncios. Então, tudo o que eu via era um rapaz que gostava de jogar pesado, embebedar-se, fugir.

Aprendi a amar Mikke do jeito que os amigos de infância se amam. Algumas vezes, conversávamos durante horas mas nunca falávamos realmente sobre o que era difícil ou assustador. Vivíamos de acordo com a regra de nossas famílias: não falar.

O mais próximo que cheguei de lhe contar sobre os meus sentimentos por outras garotas foi no curso secundário. Mikke e eu estávamos atravessando um período difícil. Eu acabara de fazer um aborto. Tinha medo, muito medo de sexo. Eu não queria ficar grávida outra vez. Mikke também tinha medo. Em vez de falarmos sobre isso, experimentávamos novas drogas, procurando uma saída melhor.

Então, Jane veio para a nossa escola. Ela era filha de militar e estava sempre mudando de um lugar para o outro. Essa era a terceira escola que ela freqüentava naquele ano. Em lugar de sairmos juntos, Mikke e eu começamos a sair com ela. Depois das aulas, Jane e eu passávamos horas deitadas na minha cama, falando sem parar. Nós nem mesmo usávamos drogas. Não me lembro sobre o que conversávamos, mas me lembro dos seus olhos castanhos olhando fixamente nos meus e de uma tarde em que apenas nos abraçamos. Logo, os sentimentos que eu ocultara atrás das drogas vieram à superfície.

Eu deveria ter contado ao Mikke que estava apaixonada por Jane, mas ele contou primeiro. Na verdade, ele não me disse que estava apaixonado por ela, apenas que fizera amor com ela. Eu fiquei arrasada. Ciumenta. Furiosa. Eu me senti totalmente traída, não porque o meu namorado dormira com a minha amiga, mas porque a minha amiga não dormira comigo. O pior da história foi que Jane e eu nunca tivemos a chance de falar sobre isso. Uma semana depois, seu pai foi transferido e eu nunca mais a vi.

Mikke e eu nos unimos naquela dor. Eu sabia que não podia continuar amando Mikke e nutrindo aqueles sentimentos por Jane. Porém, ele estava lá, amoroso e terno. Jane se fora. A sua culpa e o meu amor perdido, nunca mencionados mas muito presentes, aproximaram-nos ainda mais.

O que eu não sabia então era que aquela parte de mim, que despertara com Jane, lentamente começara a morrer quando fiquei mais próxima de Mikke. Eu bebia mais cerveja, fumava mais maconha e tomava mais comprimidos, tentando eliminar aquela parte de mim mesma que eu mantinha no armário. É isso que acontece com os silêncios: eles levam à morte.

Quando estávamos com dezoito anos, Mikke foi para a universidade. Eu fiquei em casa para trabalhar e freqüentar a universidade local. Nós nos escrevíamos e conversávamos pelo telefone. Ele tinha um novo traficante para as drogas e me mandava alguma para vender. Eu estava saindo com um rapaz. Então, fui visitar Mikke na Universidade do Oregon.

Ele estava angustiado, sozinho e infeliz. Garoava sem parar no Oregon e ele afirmava que aquele tempo iria matá-lo. Eu também estava infeliz. O meu novo namorado acabara de dizer que queria fazer mais alguma coisa comigo, além de ficar "doido". Ele queria conversar sobre o que ele sentia, sobre o que eu sentia. Ele queria planejar o nosso futuro. Mikke e eu passamos a semana em seu dormitório, ficando "doidos" e transando. Então, decidimos casar.

Mudamos para Santa Cruz, Mikke pediu transferência da universidade e eu comecei a trabalhar. Primeiro, moramos juntos durante algum tempo, descobrimos que nossos hábitos eram compatíveis e que gostávamos de fazer as mesmas coisas. Os anos passaram rapidamente e logo decidimos oficializar a relação. O casamento veio em seguida.

Para Mikke, era bom estar casado. Por várias razões.

Eu estava bem naquela época – ficávamos "doidos", sem deixar passar um dia. Ainda assim, alguma coisa não ia bem totalmente certa. Talvez porque eu sentisse atração por mulheres. Mas, para ser honesta, eu também sentia atração por Mikke. Talvez porque nunca realmente conversássemos e aquilo que escondíamos continuava crescendo. Talvez porque eu estivesse ficando cansada de passar o tempo todo drogada. Eu queria mais. Eu queria sentir.

Tentei parar de usar drogas muitas vezes. Toda a minha vida me vinha em *flashes*. Eu queria morrer e pensava: talvez se eu parasse de ficar "doida", talvez então as coisas melhorassem. Comecei a me odiar por estar me destruindo, mas, por mais que tentasse, não conseguia parar. Pelo contrário, fazia aquilo que sabia fazer muito bem: bebia uma cerveja, fumava um baseado, fazia amor com Mikke, não sentia.

Eu não percebi o quanto estava desesperada para permanecer sóbria até depois do acidente. Estávamos casados há menos de um ano quando aconteceu, mas lembro muito bem.

Estava em pé olhando para uma pilha de metal. Meu carro, que já fora um Volkswagen, estava enfiado num poste ao lado da estrada. Um lado do teto estava prensado sobre o assento de plástico vermelho, os dois pára-lamas amassados e o resto do carro estava, bem, simplesmente irreconhecível. As minhas mãos começaram a tremer, as lágrimas saltando dos meus olhos.

"Meu Deus!," disse a policial ao meu lado. "Você poderia ter morrido."

Ela tinha razão. De algum modo, apesar do cinto de segurança, o meu corpo bateu contra a direção, atirando minha cabeça para a frente. O poste atravessou a janela do motorista e se chocou contra o encosto de cabeça do passageiro.

Olhava, sem acreditar, para aquela sepultura de metal, da qual escapei por pouco, imaginando como isso acontecera. O poste ficara no lugar onde a minha cabeça deveria estar. Eu sabia que estava cansada quando saíra para trabalhar naquela manhã e as estradas estavam escorregadias devido às primeiras chuvas da estação. Mas como uma abelha voando pela janela e batendo no meu rosto poderia quase causar uma morte?

Não teria ficado surpresa se isso tivesse acontecido há alguns dias, quando eu estivera drogada, fora de mim, quase todas as vezes em que dirigia. Mas há três dias não tomava nenhuma cerveja depois do trabalho nem fumava na hora de dormir. Durante três dias terríveis, de vinte e quatro horas cada um, eu não tomara nada. Também não dormia. Eu mal me alimentava. E as minhas mãos estavam começando a parar de tremer.

Os policiais foram realmente gentis comigo naquela manhã. Eles chamaram o meu marido e quando o telefone não o despertou do seu sono profundo, o primeiro policial a chegar no local enviou uma viatura até a casa para tirá-lo da cama. Ainda fico imaginando o que Mikke sentiu ao ser acordado com pancadas na porta, sair tropeçando da cama pela casa mal-iluminada e ver o rosto de um policial na janela da porta da frente. Fico pensando se ele ficou preocupado com a droga sobre a mesa ou com as bitucas no cinzeiro ou com os 25 pés de *sensemilla* crescendo sob luzes embaixo da casa. Imagino se os policiais teriam me tratado diferente se eu tivesse fumado o meu habitual baseado naquela manhã.

Quando Mikke finalmente chegou ao local do acidente, quase uma hora depois, e pulou do seu Toyota vermelho, suas palavras fizeram eco às dos policiais: "Santo Deus!" ele disse. "Não posso acreditar que você tenha sobrevivido!"

Eu não podia acreditar que as pessoas continuassem me dizendo aquilo.

Mikke me levou para casa, subindo a colina que eu descera horas antes. "Merda", pensei, "agora estou atrasada para o trabalho". Fui para a cozinha telefonar para o meu patrão e dizer que ia me atrasar. Ele disse para eu tirar o dia de folga. Concordei.

Quando voltei para a sala, Mikke e Tom estavam sentados no sofá. Tom acabara de enrolar um baseado da safra recém-colhida. Mikke acendeu um e passou-o para mim. Eu o devolvi.

"Eu estou tentando largar, lembra?" Eu disse, com raiva.

"Eu sei que você está tentando largar," ele disse, também com raiva. "Mas você quase morreu. A minha esposa quase morreu e eu preciso ficar "alto". Eu achei que você precisasse ficar 'chapada' também."

Eu realmente precisava, mas não queria. O que eu queria era contar ao Mikke como eu estava assustada, como sentira medo. Queria ouvi-lo dizer que estava contente por eu estar viva, por eu não ter morrido. Queria me aninhar em seus braços e chorar pela minha vida e pelo meu carro e por ser tão difícil não me embriagar quando estava tão triste. Mas eu não disse nada. Apenas me sentei no sofá e observei-os fumar o baseado.

Aquela noite, decidimos ir à feira do condado. As GoGo's estavam tocando e eu esperara a semana inteira para vê-las. Quando chegamos lá, guardei os lugares na arquibancada enquanto Mikke e Tom iam buscar cerveja. Eles voltaram com três copos.

"Nós trouxemos um copo a mais no caso de você mudar de idéia." Tom disse. "Se você não quiser eu tomarei as duas."

"Acho que não vou querer, Tom."

"Talvez apenas uns goles?" disse Mikke, segurando o seu copo.

Talvez apenas um gole, pensei. Então, recusei.

"Ah, vamos lá," ele disse, colocando o copo em meus lábios. Tomei um gole. Estava bom. Então, tomei outro.

"Ei, essa é minha," gritou Mikke, pegando o copo de volta. "A sua está bem ao seu lado." Apontou para um copo cheio de cerveja.

Peguei o copo e tomei outro gole. Então mais outro. Depois um grande gole. Logo, tomei o copo inteiro. O calor da cerveja subiu lentamente pela minha espinha.

"Viu, eu lhe disse, você só precisava ficar 'alta'," Mikke concluiu.

Eu me inclinei e apoiei os cotovelos na arquibancada atrás de mim, percebendo que não podia viver assim. Não queria viver assim.

Mas eu não podia não viver assim. Então, pensei como teria sido se a minha cabeça estivesse onde deveria estar quando o poste entrou pela janela do meu carro. Mikke está certo, pensei. A policial também. Eu deveria ter morrido naquele acidente.

Quanto mais eu desejava parar de me embebedar, mais eu desejava morrer quando tomava uma cerveja ou fumava um baseado. Depois do acidente, eu sabia que não poderia abandonar o vício enquanto estivesse com Mikke. E, que se eu continuasse daquele jeito, eu morreria. Possivelmente num acidente de carro, talvez devido às drogas, provavelmente porque eu não podia mais viver comigo.

Mas a mudança não aconteceu de repente. Eu não acordei na manhã seguinte e abandonei as drogas e o álcool e continuei a minha vida. Demorou um pouco para deixar Mikke. Demorou ainda mais para largar as drogas e o álcool.

O que eu realmente fiz foi parar de ficar "doida". Troquei as drogas por uma dieta de álcool. Fiz algumas amizades novas, mulheres, que não se drogavam. Essas foram as primeiras mulheres que conheci e das quais me aproximara depois de Jane. E sim, elas eram lésbicas.

Mas só depois de conhecer Mel as coisas realmente começaram a virar uma bola de neve. Ela trabalhava no mercado próximo do meu trabalho. Eu ia à loja todos os dias na hora do almoço, comprar o meu iogurte e bananas e depois sentava-me de frente para o mar, comendo e observando as ondas. Um dia, ela falou comigo sobre a camiseta que eu estava usando. "Apóie as mulheres nos negócios." "Onde posso comprar uma camiseta igual a essa?" perguntou.

Começamos a conversar naquele dia, flertando um pouco quando eu ia comprar o meu almoço. Também comecei a arranjar desculpas para ir até o mercado. Eu precisava de cerveja depois do trabalho. A comida do cachorro acabara. Finalmente, um dia, criei coragem e convidei-a para almoçar comigo. Ela sugeriu que jantássemos.

Mais tarde, durante o jantar, Mel perguntou se eu era feliz no casamento. Para mim, aquela era uma pergunta engraçada. Ninguém jamais me perguntara isso antes. Eu nunca havia me perguntado isso. De algum modo, a palavra "não" saiu antes mesmo de eu ter tido tempo de pensar. Eu não podia mais ficar calada. Mesmo assim, provavelmente eu não teria mencionado a minha paixão por

Mel para Mikke, se o meu coração não batesse mais rápido quando eu a via e se eu não gaguejasse e o meu rosto não ficasse vermelho sempre que conversávamos. Sempre que ela me tocava, apenas um leve toque da sua mão nas minhas costas ou um roçar dos nossos ombros, o meu corpo se agitava. Ondas de energia subiam pela minha espinha; o desejo preenchia cada polegada do meu corpo. Eu nunca sentira isso em todos os meus 22 anos de vida e eu queria continuar sentindo. Era como uma luz acendendo dentro de mim, uma nova percepção, uma nova esperança. Eu também sabia que se podia ter esse tipo de sentimentos por outra pessoa além de Mikke, alguma coisa não estava certa no nosso relacionamento. Mas, secretamente, esperava que se eu lhe contasse, poderia eliminar a força da minha paixão. E que talvez eu pudesse descobrir esses sentimentos com ele.

Mikke, porém, teve uma reação diferente. "Eu não posso competir com uma mulher", ele disse, quando tentei conversar com ele. Disse-me para ir embora e entendeu o que os meus sentimentos significavam. Quando saí da nossa casa, não tinha certeza se queria ir embora, mas, logo depois, sabia que estava onde eu precisava estar.

Nós nos divorciamos há dez anos, mas dez anos parecem muito mais do que uma década. Parece que foi há uma vida.

A minha vida não mudou imediatamente depois que deixei Mikke. Passei os seis primeiros meses lutando para viver sem drogas e sem álcool. Depois dos primeiros seis meses, finalmente livre das drogas e da bebida, experimentei uma solidão angustiada. Eu não tinha mais o meu namorado de infância. Não tinha mais a bebida ou as drogas para entorpecer o meu sofrimento. Nessa época, meu desejo de morrer era maior do que quando usava drogas.

Aprender a viver e a amar e a falar veio lentamente e com a prática. Os meus modelos vinham das mulheres que me cercavam. Eu observava aquelas mulheres lutando para viver com coragem, dignidade e força. Comecei a imitá-las até encontrar a minha própria força, escondida bem dentro de mim.

Os silêncios não têm mais muito espaço em minha vida. Eu abri a porta só um pouco quando disse a Mel que estava infeliz no casamento e quando contei a Mikke que tinha sentimentos por uma mulher. Depois que aquela porta abriu uma fresta, os segredos de família ocultos no sótão, bem como os meus, trancados num armário, pularam para fora. Atualmente, não posso tolerar o desconforto ou a dor de ter segredos. Felizmente, não preciso mais fazer isso.

Externamente, a minha vida atual não é tão diferente daquela que eu levava há dez anos como uma jovem esposa. Novamente, eu uso uma aliança e moro com a minha companheira numa pequena casa. Um Toyota ainda está estacionado na minha garagem e um cão ainda dorme ao lado da minha cama. Excetuando o fato de a minha companheira agora ser uma mulher, a minha vida parece ser a mesma.

Mas as diferenças são profundas, bem no fundo da minha alma. Hoje, tenho amigos, bem como uma amante. Desenvolvi minha auto-estima, o suficiente não apenas para permanecer sóbria mas para voltar a estudar, mudar de profissão, criar um menininho. Acordo todos os dias e sorrio para a mulher ao meu lado sem primeiro precisar acender um baseado. Descobri novas direções e novos sonhos; sonhos que eu nem mesma sabia existirem.

Recentemente, uma amiga me perguntou se eu achava que poderia assumir todas essas mudanças, todo o crescimento e honestidade e compartilhá-los com um homem. Pensei muito nessa pergunta. Senti atração por homens, mesmo depois de ter me identificado como uma lésbica. Algumas vezes, depois de sentir o peso do ódio – depois de um carro lotado de homens passar ao nosso lado e gritar, "O que vocês precisam é de uma boa trepada"; depois de terem me negado o reconhecimento como mãe porque eu não era a "verdadeira" mãe; depois que minha amante e eu não pudemos fazer um seguro porque não éramos legalmente casadas – eu gostaria de uma vida sem as tensões da discriminação.

Será que atualmente eu poderia manter todas as mudanças da minha vida se estivesse novamente com um homem? Será que hoje eu seria feliz com um homem? Será que ficaria longe das drogas e do álcool? Talvez. Provavelmente. Mas não posso deixar de me fazer uma outra pergunta: Por que eu desejaria isso? Depois de experimentar a alegria de amar uma mulher, de segurá-la em meus braços, de acariciar os seus seios, de sentir a sua força, amor e desejo mesclando-se aos meus, depois de ter vivido como uma mulher que ama uma mulher, não posso imaginar por que desejaria viver de outra maneira qualquer.

Uma família grande
Sharon Knox-Manley

Sou uma mulher de 46 anos de idade, casada há 27 anos. Tenho quatro filhos adultos, com 27, 25, 24 e 21 anos, e sete netos.

Tudo começou quando uma velha amiga, Nancy, voltou para a cidade natal, Biddeford, Maine, com a filha a tiracolo. Abandonara o marido e entrara novamente em minha vida com sua nova amante, Pam – uma lésbica assumida. Embora elas ainda não estivessem morando juntas, minha amiga a visitava nos finais de semana e feriados. Isso nos deu tempo, a Pam e a mim, para nos tornarmos amigas.

À medida que Nancy experimentava uma relação com uma lésbica de verdade, a novidade perdia a graça. Depois de alguns meses, Nancy e Pam terminaram o relacionamento, o que deixou Pam muito magoada e deprimida. Conhecendo sua sensibilidade, ofereci-lhe um ombro para chorar, alguém com quem conversar ou se corresponder. Meu marido, como a maioria dos homens, eu acho, insistia para que eu me aproximasse dela, explicando que desejava realizar a maior fantasia masculina: ver duas mulheres transando. Mal sabia ele que eu estava ficando apaixonada por Pam. Isso aconteceu de meados de janeiro até fevereiro de 1991.

No início de abril, a firma em que Pam trabalhava mudou para o norte do Maine e ela foi para lá. Com muito estímulo do meu querido marido, ofereci-me para ficar com ela uma semana, para ajudá-la a se instalar. Como eu desenvolvera uma atração irresistível por Pam, as minhas emoções eram confusas.

Chegou a hora – Pam passou em casa para me apanhar e viajamos com uma U-Haul cheia de móveis. A mudança foi cansativa, pois éramos duas mulheres carregando móveis para lá e para cá. Após dois dias, a casa finalmente ficou arrumada. Naquele sábado à noite, quando sentamos para apreciar o nosso trabalho, tomando algumas cervejas e conversando pela noite adentro, sentimo-nos muito próximas. Esse foi o começo daquilo que pensei ser um caso.

Naquela noite, fizemos amor pela primeira de muitas vezes. Durou a noite inteira e ficamos uma nos braços da outra até o nascer-do-sol. Eu estava admirada pelos sentimentos que nutria por aquela amante linda e gentil. Achando que tudo acontecera como uma forma de agradecimento a minha ajuda e apoio na mudança, eu estava grata pela experiência do amor lésbico e sabia que, provavelmente, tudo terminaria quando o meu marido viesse me buscar no fim de semana seguinte. Como eu temia voltar para casa. Queria que aquele novo amor ficasse comigo. O nosso amor foi maravilhoso durante toda a semana. Eu chorava quando ela estava no trabalho, sabendo que os meus dias ao seu lado iriam acabar.

Antes do meu marido chegar, Pam e eu dormimos juntas naquela que eu pensei ser a última vez. Não foi, pois com o nosso consentimento, meu marido finalmente pôde testemunhar "duas mulheres fazendo amor". Agora, olhando para trás, sei que acreditei que se o deixássemos observar, ele permitiria que continuássemos nos encontrando.

O que ele fez, por alguns meses. Pam viajava três horas toda sexta-feira para passar os finais de semana em nossa casa e três horas todo domingo, voltando para casa. Nessa época, tinha que admitir para mim mesma que estávamos apaixonadas. Na metade do mês de julho, meu marido e eu decidimos morar com Pam e aumentar a sua casa para nos acomodar. Isso soa estranho? Acredite, foi estranho. Durante um curto período, deu certo. Era tão estressante tentar manter a minha vida com Pam e saber que eu estava me afastando do meu marido, que concordamos que alguma coisa precisava mudar. Foi mais ou menos nessa época que eu percebi estar me tornando uma pessoa totalmente diferente, uma lésbica. Depois de comparecer à *Women's Week* (Semana das Mulheres) em Provincetown, Massachusetts, não me restavam dúvidas.

Novembro chegou. Antes dos feriados, decidi assumir. Pam e eu nos transferimos para um dos quartos da casa. Meu marido não estava mais observando as nossas relações sexuais e preparava-se para partir. Ele estava zangado, mas compreendeu. Houve brigas e desculpas – ele continuava me pedindo para ficar com ele quando eu superasse aquela fase. Acho que ele só percebeu que eu falava a sério quando assinei os papéis do divórcio.

Quanto a mim, precisei escrever muitas cartas. Primeiro, para minha irmã e meu irmão. Com imenso alívio, li a resposta da minha irmã. Sim, dizia, ela imaginara alguma coisa quando nos visitara no verão passado – Pam e eu éramos muito transparentes. Sim, ela gostava de Pam e sim, na verdade, ela queria a minha felicidade acima de tudo na vida. Um pouco mais lento para responder, meu irmão finalmente tornou-se o melhor amigo de Pam. Então, uma carta para os meus pais – e a temida resposta. Mas primeiro houve um telefonema para confirmar minha carta. Depois de engolir em seco e prender a respiração pelo que me pareceu uma eternidade, minha mãe disse o quanto ela e papai me amavam, quanto eles amavam Pam; que nunca, em 27 anos, eles me viram tão feliz quanto eu estivera nos últimos meses. Alguns dias depois, minha mãe mandou uma carta para ser lida sempre que eu tivesse qualquer dúvida. Eu lhe agradeci – lutando contra as lágrimas de alegria. Há muitos anos eu não me sentia tão próxima da minha família.

O meu casamento fora difícil, mas eu sempre dizia a mim mesma para mantê-lo pelos nossos filhos. Eles sempre acharam o nosso casamento ideal e eu sabia que ficariam surpresos quando soubessem que alguma coisa estava mudando. Escrevi quatro cartas para os meus filhos e depois de muita reflexão, decidi enviá-las pelo correio. Então, percebi que cometera um terrível engano, que precisava lhes contar pessoalmente. Assim, Pam e eu largamos tudo e fomos para a casa de meus filhos interceptar aquelas quatro cartas.

Acidentalmente, eu contara pelo telefone para uma de minhas filhas, que morava a algumas horas de viagem. Portanto, ela era a parada número um. Tentei explicar como não planejara que ela descobrisse daquela forma, que eu a amava muito, ao seu marido e, principalmente, os meus netos. Como eu ainda realmente era a sua mãe e uma avó e como nada mudaria isso. Com muito choro, percebemos que haveria momentos difíceis, mas, desde que pudéssemos conversar, haveria uma chance.

Minha filha mais velha morava longe, a quatro horas e meia de viagem. Quando chegamos lá, ela estava dormindo. Depois de acordá-la, comecei a explicar o meu amor por Pam, mas fui rapidamente silenciada pela sua gritaria e ameaça corporal a Pam. Antes de ir embora, eu disse que havia uma carta para ela, pedi que lesse com atenção e que manteríamos contato. Decidimos parar num motel, descansar um pouco e recuperar as minhas forças.

A manhã chegou. Interceptei a carta para o meu filho, peguei-a e decidi voltar quando ele retornasse do trabalho. Enquanto isso, fui visitar minha filha mais nova. Nunca esquecerei o olhar em seu rosto enquanto eu entrava em seu apartamento. Ela estava segurando o filho recém-nascido, com a minha carta na mão. Seus soluços vinham direto da alma. Quando tentei segurar o meu neto, ela se afastou. Falei muito, com firmeza e rapidez. Quando ela começou a se acalmar, deixou que eu segurasse o meu neto. Nós sentamos e conversamos um pouco mais. Fomos embora nos sentindo bem e ela pareceu confiante de que o seu pai e a sua mãe ainda eram os seus pais, morando em lugares separados, mas sempre prontos a ajudá-la. Em 18 de julho de 1992, ela casou em nossa casa e Pam foi sua dama de honra. Esse foi um ponto culminante em nossas vidas.

Agora, voltemos ao meu filho. Como ele ainda estava morando conosco quando meu marido e eu mudamos para a casa de Pam e, por acaso, ouvira algumas das nossas discussões e conversas, tenho certeza de que ele sabia que alguma coisa estava acontecendo. Conversei com ele tranqüilamente. Ele ouviu as novidades e disse que não era algo que se desejasse ouvir dos seus pais mas que ele compreendia. Deixei-lhe a carta para que ele pudesse lê-la caso precisasse de mais respostas. Ele casou em 28 de junho de 1992. O pai foi seu padrinho; Pam e eu comparecemos, sorrindo orgulhosamente durante o casamento.

No final de julho de 1992, eu me divorciei, rompendo todos os laços do casamento. Pam e eu precisávamos confirmar nosso compromisso. Assim, trocamos alianças e começamos a considerar a idéia de termos um bebê. Ambas sabíamos que haveria dias difíceis pela frente, mas, se continuássemos conversando e sendo abertas uma com a outra e com nossas famílias, a vida continuaria sendo boa para nós. A família de Pam aceitou-me completamente. Eles nos visitam com freqüência e eu sou incluída em todas as reuniões familiares. É uma sensação boa.

Há dias em que ainda choro por todos aqueles que magoei ou confundi – meu marido, meus filhos, meus netos e, especialmente, minha sogra e meu sogro. Nós nos encontramos no casamento do meu filho e embora meu sogro estivesse um tanto frio, minha sogra, com lágrimas nos olhos, deu-me um abraço sincero. Aquele também era um começo.

O tempo passou, tranqüilamente. Todos os meus filhos aceitaram Pam totalmente; ela é parte da família e muito respeitada. Pam e eu casamos no "The Wedding" durante a Marcha em Washington, de 25 de abril de 1993. Nós temos uma cabana com vista para a floresta; participamos ativamente de diversos projetos em nossa pequena cidade e como suas lésbicas-símbolo, fazemos a nossa parte para transformar nosso bairro em nosso lar. Pedi livros sobre lesbianismo na pequena livraria local e eles anotaram os meus pedidos sem pestanejar – até mesmo concordaram em colocar o *Community Pride Reporter* do Maine ao lado de outros pequenos boletins informativos mensais para que todos pudessem ler. Ainda não temos o nosso bebê e assim, estamos felizes sendo avós das "nossas" crianças. Eu sou Vovó e Pam é Vovó Woo-Woo. Nossa vida é cheia de amor e felicidade – e de um profundo sentimento de família, amigos e comunidade.

Paixão por ser eu mesma
Joanne Warobick

O nosso casamento foi formal, dentro da tradição greco-ortodoxa da família do noivo. Por não ser grega, eu era acusada de todo escândalo do movimento feminista quando lançava meus olhares "demoníacos" nas grandes reuniões familiares. E, do modo como as coisas aconteceram, estes provavelmente seriam lembrados como os meus menores "pecados". Por mais anticonvencional que fosse a nossa tentativa de um casamento misto e por mais que Steve garantisse que o casamento só dizia respeito a nós dois, quando concordamos em casar na igreja os planos escaparam de nosso controle.

Acho que percebi pela primeira vez que alguma coisa não estava certa no dia em que minha mãe foi comigo comprar o vestido do casamento. Era o inverno de 1982. Nós estávamos no ônibus, indo para a Loja de Departamentos Dey, no centro de Siracusa. Eu fiz minha mãe escolher o vestido. Então, voltando para casa, comecei a soluçar incontrolavelmente. Minha mãe sentou-se ao meu lado, balançando a cabeça e resmungando: "Isso não é bom. Isso não é bom".

Quando o grande dia chegou, fiz o que pude para torná-lo especial. Isso incluiu oferecer um almoço com champanhe só para as mulheres, do meio-dia até às 15 horas. Nas fotografias, minhas amigas mostram os maiores sorrisos e, na maior parte do tempo, estão apoiadas umas nas outras. Infelizmente, o champanhe não conseguiu diminuir a minha ansiedade.

A cerimônia foi às 17 horas. Fui para casa a tempo de tomar um banho e colocar o vestido branco. Eu ainda estava em casa quando chegou o tradicional buquê. Em minha opinião, aquele era o compromisso final. Eu tinha um amplo jardim florido e sugeri fazermos o buquê com flores que eu plantara. A minha futura sogra ficou horrorizada com a idéia. No último minuto, enquanto todas estavam ocupadas arrumando o cabelo e se maquiando, senti vontade de correr para o meu jardim. Chovia torrencialmente. Arranquei ramalhetes de miosótis e tentei enfiá-los por cima do buquê da floricultura. O resultado foi terrível. Havia lama e ervas daninhas em toda a frente do meu vestido quando entrei na igreja.

O dia inteiro eu me esforçara para encontrar um modo de me sentir autêntica, sentir paixão pelo que eu estava fazendo. O evento era pura tradição. Por mais que eu dissesse a mim mesma: "É assim que toda noiva se sente", eu também ouvia a resposta exaltada de dentro de mim, "Isso não é para você e você sabe". Era um conflito que se tornaria bastante familiar no decorrer da minha vida de casada. Era um conflito que, por fim, consumiria todo o meu tempo e energia, enquanto eu envolvia Steve em longas discussões a respeito de como eu me sentia "diferente". E, por mais que o seu lado artístico e anticonvencional quisesse entender, ele assumira o compromisso implícito e inalterável de fazer o que era esperado. As aparências deviam ser mantidas a todo custo e essa era a verdadeira natureza do seu compromisso comigo.

Para mim, possivelmente, o cúmulo da irrealidade no dia do casamento foi o momento em que toda a congregação se voltou para esperar a noiva. Lá estava eu, ao lado do meu pai. Até aquele momento, ele não participara de absolutamente nada. Quando eu sussurrei que não ia usar o véu, ele não perguntou por quê; apenas ajudou-me a tirá-lo do rosto. Com o meu buquê natural numa das mãos e com a outra apoiada no braço do patriarca, comecei a caminhar. À nossa frente havia um mar de rostos chocados e reprovadores. Sem saber, eu cuspira mais uma vez no antigo "feitiço" da tradição. Ao entrar sem o véu sobre o rosto, eu estava publicamente anunciando a minha indecência. Em outras palavras, a minha virgindade estava tão enlameada quanto o buquê que eu arrancara às pressas do jardim.

Durante os dois anos seguintes, passei muito tempo sentindome deslocada e sozinha. Por mais que eu soubesse que estava zangada e insatisfeita, dizia a mim mesma que o problema era a minha atitude. Eu tentava acreditar que, na hora certa, eu entenderia o meu papel de mulher casada. Contudo, era como se eu estivesse perdendo alguma coisa que ainda não havia sido inventada. Estava envolvida com minhas próprias viagens, meus sonhos e amizades, enquanto Steve ocupava o seu tempo no trabalho e nos planos de reforma da casa. Eu conhecia outros casais que estavam planejando o seu futuro e iniciando suas famílias. A liberdade da qual eu me orgulhava em nosso relacionamento era, na verdade, uma total ausência de intimidade.

Numa sexta-feira à noite, quando estávamos casados há dois anos e meio, fomos jantar num restaurante tranqüilo com os pais de Steve. A conversa girou em torno de nossos planos para as férias e eu falei excitadamente sobre a minha intenção de passar um mês em Santa Cruz, Califórnia, com uma amiga que morava lá. O meu sogro propôs um brinde: "Aos filhos. E que essas sejam as últimas férias que vocês passam separados. E que o meu filho utilize bem a sua bola de boliche e prenda sua esposa nela."

Eu fiquei enjoada e horrorizada. Em minha mente surgiu a imagem de uma lembrança da infância, quando minha mãe passou o dia livrando-se da coleção de bolas de boliche do meu pai. Ele insistira em guardar velhas bolas de boliche, alinhando-as ao lado de suas camas. Nesse dia, segui a minha mãe, espantada, enquanto ela levava as bolas até o pântano, jogando-as lá dentro, uma por uma. Eu não havia entendido a profundidade do silêncio e da raiva de minha mãe, até aquele momento no restaurante. Felizmente, o silêncio foi quebrado por Steve, que disse: "Papai, eu não iria querer uma esposa que eu precisasse prender."

Na manhã seguinte, após uma noite de pesadelos, acordei e comecei a escrever em meu diário: "É isso aí. Lá vamos nós. Depois de dois anos esperando a minha oportunidade, estou pronta para partir." Ao meio-dia, consegui a atenção do meu marido. Ele compreendeu que eu precisava ir embora, mesmo sendo apenas uma tentativa de separação. Mas, como sempre, queria saber se eu continuaria com os planos que tínhamos para aquela noite. Pensei no assunto e estava tão energizada pela minha decisão, que concordei em desempenhar o papel de esposa "mais uma noite".

Naquela noite, iríamos a uma festa-surpresa para Melanie, esposa do melhor amigo de Steve. O plano era nos encontrarmos em sua casa antes que ela voltasse do trabalho. Todos chegaram na hora, lotando a cozinha no fundo da casa. Ou havíamos subestimado o número de pessoas ou superestimado o tamanho da cozinha, pois mal havia espaço para respirar. Ou talvez eu estivesse prendendo a respiração porque estava em pé, no escuro, ao lado da irmã de Melanie, Erin. Nós esperamos e esperamos pela chegada de Melanie. Ela estava atrasada mais de uma hora. Enquanto isso, tive a chance de conhecer sua famosa irmã lésbica e, devo dizer, não me importei nem um pouco de esperar.

Ouvira o lado da história contado por Melanie durante tanto tempo que, francamente, já me cansara de ficar imaginando como o fato de Erin ter escolhido amar mulheres e ter hasteado uma bandeira roxa no sótão do apartamento quando tinha dezesseis anos podia ter provocado a ruína de toda a família. Erin e eu já nos encontráramos, algumas semanas antes do meu casamento. Gostei dela imediatamente e fiquei triste quando tive de ir embora naquele dia. Tive a forte sensação de que, indo embora, eu estava perdendo alguma coisa. Todos os sábados, naquele primeiro verão do meu casamento, eu dirigia até a sua casa para vê-la lavando e encerando o seu abominável carro esporte preto importado, mas nunca tive coragem de parar. Eu acelerava e me sentia confusa com minha súbita timidez. Lembrava-me disso enquanto a admirava numa camisa de seda cinza e gravata fina de couro vermelho. Silenciosamente, jurei que seria corajosa. Então, comecei a aproveitar a oportunidade de ficar ao seu lado, conversando e rindo no escuro, na cozinha apinhada. Quando as luzes acenderam e todos gritaram "SURPRESA!" eu já sabia que o aniversário de Melanie seria a menor das surpresas daquela noite.

De repente, eu estava determinada a não deixar Erin partir novamente sem ter planos de encontrá-la. Quando ela perguntou se gostaria de me sentar, encontramos um lugar tranqüilo na escada próximo à entrada da casa. Nós sentamos tão perto uma da outra que nossas coxas se tocaram. Não me afastei. Subitamente, sua mãe parecia muito interessada em conversar comigo a respeito de Steve. Ela nos observara a noite toda. Continuei fingindo que não conseguia ouvir nenhuma palavra do que ela dizia por causa da música. E então, Steve apareceu para saber onde eu estivera. Erin sussurrou no meu ouvido, "Acho que você gostaria de conhecer algumas das minhas amigas um dia desses. Nós poderíamos sair para dançar."

"Vamos lá." respondi.

"Agora? Esta noite?"

"Sim," eu sussurrei de volta e então gritei para Steve que estávamos indo embora. Ele disse que iria conosco. Olhei nos seus olhos e respondi: "Você não pode ir. É só para mulheres."

Morei em Siracusa a minha vida inteira, mas depois de deixar a festa naquela noite com Erin, a cidade nunca mais foi a mesma. Havia bares do lado norte que eu sempre achei que fossem armazéns vazios; entradas surgiam e portas abriam porque Erin sabia onde bater. Era como se houvesse um mundo invisível dentro do antigo.

Naquela noite, fomos diretamente para o The Laurel Tree, um bar para mulheres num bairro industrial. Dentro, vi mulheres dançando e conversando e bebendo e comecei a me sentir extremamente poderosa. De repente, não importava mais se eu imaginara tudo em minha mente. Eu estava muito feliz de estar lá. Erin e eu sentamos bem perto uma da outra e conversamos durante muito, muito tempo. Ela montou no banco onde estávamos sentadas e me encarou. Será que eu estava sentindo os seus braços em volta de mim ou estava desejando isso? Olhei discretamente ao redor para ver o que as outras mulheres estavam fazendo. Acreditava plenamente que estava prestes a inventar alguma coisa nova. Fiquei em silêncio e Erin puxou-me para perto dela. Então, virei o rosto para ela e pensei comigo mesma: *se você a beijar, tudo vai mudar.*

Senti-me perdida no tempo e extremamente consciente das batidas do meu coração. Naquela fração de segundo, tive certeza de que me atreveria a correr o risco. Ocorreu-me também o estranho pensamento de que mais da metade da população mundial era feminina e que eu perdera 27 anos sentindo falta do amor das mulheres. Minha boca encontrou a sua, macia e firme. Eu desejava ardentemente a sua suavidade. Naquele momento, o resto do mundo desapareceu. Não havia mais certo ou errado, apenas a minha cabeça descansando em seu peito. Mais tarde, dançamos uma música lenta e eu me senti como se estivesse flutuando. Quando as luzes acenderam no bar, lembrei-me de repente de que havíamos esquecido de voltar para a festa. Deixamos o bar e voltamos apressadamente.

Eram quase três horas da manhã quando entrei na casa. A festa ainda estava agitada. A irmã de Erin, minha velha "amiga", atravessou a sala e berrou: "Ela levou você para aquele bar GAY??" Todos ficaram em silêncio. Ouvi a porta da frente bater atrás de mim enquanto Erin saía. Agora era comigo, pensei. Olhei para cada uma das pessoas e disse: "Sim."

Considerando tudo o que senti naquela primeira noite que ficamos juntas, o resto parecia um sonho no contexto da vida que eu conhecera. O dia seguinte foi angustiante, enquanto eu tentava agir como se nada houvesse mudado. Telefonei para a casa de Erin e sua mãe disse, que havia saído com Chris. Fiquei desesperada, acreditando que a noite anterior não havia significado nada para ela. Provavelmente, Erin era do tipo que passa cada sábado com alguma nova namorada. Percebi que sabia muito pouco a seu respeito.

Quando saí do trabalho no dia seguinte, eu me convencera de que Erin iria ser uma nova amiga e nada mais. Decidi convidá-la para ir à minha casa, como faria com qualquer amiga. E certifiquei-me de que Steve não estaria lá.

A mãe de Erin atendeu ao telefone novamente. Dessa vez, ela perguntou quem estava falando. Quando respondi "Joanne", sua voz assumiu o mesmo tom incriminador que eu ouvira na voz de Melanie na outra noite. Havia também incredulidade em sua maneira de perguntar, "a Joanne do Steve?"

Engoli em seco e perguntei novamente por Erin. Dessa vez, chamou Erin, dizendo que alguém queria lhe falar. Combinamos de nos encontrar no dia seguinte, após o trabalho.

Abri a porta com um pano de pratos na mão e comecei a tremer quando a vi. Ela segurava um lindo buquê de flores, que me entregou. O aroma de frésia era estonteante em pleno inverno, as cores exóticas. Enquanto eu imaginava se seria adequado aceitá-las, vi o sorriso convidativo da mulher que as oferecia para mim. Minha reação foi entrar rapidamente na cozinha, puxar uma grande cadeira de balanço para o vão da porta e dizer: "Você pode me olhar. Eu preciso lavar os pratos."

Achei que estava sendo casual e escondendo bem os meus verdadeiros sentimentos. Então, comecei a quebrar copos. Por algum motivo, eu não conseguia segurá-los. Comecei a rir nervosamente e sorri sem graça para ela. Ela já estava no meio da cozinha, vindo em minha direção. Sorriu e me abraçou, sussurrando: "Você não me convidou para vir vê-la quebrando copos, convidou?"

Minhas mãos ainda estavam mergulhadas na água morna ensaboada quando ela começou a me beijar. Aquilo foi o fim da lavagem de pratos. Olhei pela janela e vi minha vizinha de noventa anos, Maude, lavando os seus pratos e nos olhando. Saímos de casa à procura de um pouco de privacidade e acabamos em outro bar. Passamos as horas seguintes agarrando-nos num canto escuro.

Quando Steve viu as flores no dia seguinte, perguntou de quem eram. Eu lhe disse que Erin as trouxera para mim e senti meu coração palpitando. Ele riu e disse jocosamente: "É melhor eu tomar cuidado. Talvez eu encontre um pouco de concorrência."

Detestei a autoconfiança em sua risada e, atrevidamente, disse que não estava achando graça. Ele saiu furioso da sala.

Essa foi apenas a primeira das confrontações dos meses seguintes. Esses foram os tempos mais felizes, mais difíceis e mais sexuais da minha vida. Três semanas depois de conhecer Erin, encontrei um lugar só para mim. Ironicamente, o único lugar que eu podia pagar era um minúsculo estúdio em cima de uma mercearia grega.

Nunca estivera tão sozinha e passando por tais mudanças. Alguns meses depois, encontrei um exemplar do clássico *Lesbian/Woman*, de Del Martin e Phyllis Lyon, num sebo. Estava numa posição vulnerável, não querendo que Erin soubesse como eu me sentia perdida, embora também estivesse tentando compreender a nova vida que escolhera para mim. Assim, carreguei o livro numa sacola de papel até o parque perto da mercearia e li-o numa tarde. Então, no caminho para casa, joguei-o fora.

Erin e eu mudamos para a Costa Oeste depois daquele primeiro verão. Sendo uma contadora de histórias, sinto-me tentada a parar por aqui, quando estou enfatizando a alegria e o romance. Contudo, como em qualquer história real, há muitas intrigas entrelaçadas na trama que revelam um quadro mais negro daquela época. Elas revelam as complexidades de terminar um relacionamento em traição e iniciar outro sem examinar a minha perda. Subitamente, encontrava-me dividida entre preservar um estilo de vida confortável que confirmava tudo o que eu sabia a meu respeito e precisar abandonar tudo para descobrir quem eu poderia me tornar.

Apesar do vazio que eu sentia quando casada, Steve e eu também compartilhamos muita ternura e todas as responsabilidades de ter um lar. Nós tínhamos uma grande família e o apoio da comunidade de amigos, vizinhos e colegas. Foi preciso muita coragem para eu me arriscar a perder tudo aquilo por algo desconhecido. Agora, depois de analisar tudo isso durante anos, sou capaz de reconhecer a minha tristeza ao ir embora e o meu sofrimento por ter rompido meu compromisso com Steve.

Carregando esses fardos para a minha nova vida com Erin, fiquei chocada e desapontada ao descobrir o ponto fraco sexista da nossa paixão mútua. Na época, eu brincava a respeito dessa virada irônica do destino, chamando-a de "lésbica chauvinista", pois, com Erin, sob certos aspectos, eu assumi ainda mais os papéis de esposa tradicional. Steve e eu dividíamos todas as tarefas, como cozinhar, limpar e lavar. E, de repente, eu estava fazendo todas essas tarefas para Erin! Racionalmente, chegamos à conclusão de que ela não era boa nisso e acho que eu concordei acreditando que devia haver algum componente radical naquilo tudo, apenas em virtude do meu lesbianismo.

Steve e eu nunca levantamos a voz enquanto estivemos juntos; Erin e eu brigávamos com freqüência, gritando, batendo portas e sustentando silêncios mal-humorados. Nada era simples. Foram necessários muitos anos para que eu percebesse como o meu relacionamento com Erin foi profundamente afetado pelo isolamento e falta de apoio dos outros. Os meus sonhos mais loucos acabaram incluindo muito mais do que apenas a paixão pela minha nova amante. Eu precisei aprender, muitas vezes da maneira mais difícil, que eu estava no início de uma descoberta mais profunda: uma paixão por ser totalmente eu mesma.

Um novo casamento
Zandra Johnson-Rolón

Meu nome é Zandra Zoila Rolón e nasci no dia 2 de junho de 1956 numa pequena cidade chamada Brownsville, no extremo sul do Texas. Eu era a primogênita de uma série de primogênitos, tanto do lado materno quanto paterno, e herdei as expectativas de muitas pessoas.

Meus pais eram muito bonitos e pertenciam à classe média em sua comunidade latina. Eles foram bastante limitados por sua cultura no que se refere ao que podiam ser ou fazer. Na maioria das famílias latinas, havia uma série de coisas que devíamos seguir, simplesmente porque todos haviam feito as coisas daquela maneira. Isso estava relacionado principalmente à raça e cultura. Os meus avós foram discriminados e rejeitados devido à sua raça, portanto, quanto mais nos "adaptássemos" e não "causássemos problemas", melhor para todos. Foi isso o que a minha mãe aprendeu e tentou me ensinar.

A doutrinação começava cedo. Meus pais eram fotógrafos e, assim, a aparência era muito importante. Desde pequena eu me vestia para ser atraente para o sexo oposto e aprendi bem a arte de ser uma boa garota sulina. Eu recebia todas as indicações de que o meu futuro dependia de minha postura e beleza. Era como se o fato de não ser atraente pudesse de algum modo me arruinar. Eu participei de muitos concursos de beleza. Muitos!!!! E, apesar de ter me tornado médica, estou convencida de que minha mãe ainda está um pouco desapontada por eu não ter sido atriz ou modelo.

Sendo latina numa família rica em liderança matriarcal, eu via as mulheres ao meu redor fazendo de tudo, desde criar famílias até administrar negócios e consertar tudo o que estivesse quebrado. Isso deu-me uma grande oportunidade de ser um moleque. Eu tinha permissão para aprender a construir coisas, bem como administrar uma casa. A educação após o segundo grau não era desencorajada, mas também não era estimulada. Diziam que eu precisava aproveitar ao máximo aquilo que Deus me dera – isto é, a minha aparência e a minha personalidade. Descobrir que a aparência só nos leva até determinado ponto foi um rude despertar.

Casei-me aos 21 anos de idade com um homem muito forte e vistoso de Wilmington, Delaware, de uma família com expectativas próprias para o filho e a nova esposa. Aquele foi um casamento entre raças e credos. Larry era branco e judeu. Ele também insistia em que "as coisas fossem certas". Nós precisávamos ter as roupas certas, os carros mais novos e empregos magníficos. Precisávamos ser vistos nos lugares certos com as pessoas certas. Agora, olho para trás e percebo que todo o nosso relacionamento baseava-se na maneira como éramos vistos pelos amigos e familiares.

Por mais destrutivo que esse relacionamento tenha se tornado para mim, ele também me deu espaço para a autodescoberta. Foi durante o meu casamento com Larry que comecei a prestar atenção às minhas próprias necessidades e a desenvolver as minhas forças como mulher. O mundo passava por importantes mudanças sociais, aprendendo novas expressões como liberação feminina, poder negro e direitos civis. Eu estava passando pelas minhas próprias "mudanças sociais". Entrei na universidade e os meus "registros" de infância foram desafiados na sala de aula. Com o tempo, tornei-me suficientemente corajosa para considerar estilos de vida alternativos e a política que os cercava. Meus novos valores e perspectivas políticas tornaram-se uma grande ameaça para Larry, para o meu casamento e logo, para o resto da minha família. Entretanto, enquanto esses relacionamentos ficavam mais abalados, era amparada por mulheres, encontrando conforto em sua amizade e, mais tarde, em seu amor.

As mulheres estavam me ensinando a importância de pensar e de assumir uma posição na vida, bem como a importância da união. Eu estava descobrindo a minha beleza interior através dos seus olhos e não através dos olhos do mundo que eu já chamara de lar. De repente, comecei a descobrir que nem os homens nem a sociedade gostavam de mulheres que tinham opinião. Eu fui rotulada de "zangada e agressiva" e uma ameaça à estrutura da família. De repente, diziam que eu queria muito da vida, que eu era muito exigente, muito curiosa e muito contestadora.

O divórcio foi traumatizante e doloroso e, ao mesmo tempo, muito libertador. Eles me fizeram achar que o fim do casamento era minha culpa. Principalmente a família de Larry, mas na minha família também havia desapontamento misturado com um implícito "bem que eu avisei". Eu realmente lamentei a perda desse relacionamento, pois esforçara-me para ele dar certo. Agora, acho que estava mais apaixonada pelo conceito de casamento do que pelo homem com quem casei. O meu conceito de casamento era o de uma união harmoniosa em que duas pessoas se respeitam, se apóiam e se amam. Com freqüência, as pessoas me diziam que essa imagem era a de um conto de fadas e não da realidade, que as minhas expectativas eram muito elevadas e que eu precisava ser grata por ter um "bom homem". Mas aprendi que ser a pessoa certa era mais importante do que ter a pessoa certa.

Depois de diversos relacionamentos – alguns com homens, mas muito com mulheres – conheci Deborah e me assumi. Realmente foi uma vingança! Eu me assumi aberta e orgulhosamente! Considero Deborah minha esposa, uma mulher com quem estou casada há quase treze anos. Foi com esse relacionamento que comecei a valorizar e a compreender como um casamento deve ser. Quando conheci a minha verdadeira companheira, jamais poderia ter imaginado o nível de intimidade e segurança que eu sentiria. Lembro-me de que um dia minha mãe perguntou se eu encontrara a minha irmã gêmea em Deborah. Naquela época, eu acreditava que sim. Mas, depois de alguns anos, percebi que eu encontrara a minha cara-metade – aquela que se igualava a mim na intensidade e paixão pela vida. Essa combinação, percebo, é o segredo de um relacionamento bem-sucedido.

Há muitas coisas num casamento hetero que eu perdi, coisas que os casais hetero consideram garantidas, como demonstrar afeto em público. Eu não gosto de ter de observar o ambiente antes de beijar a minha companheira. Geralmente, isso não me impede de beijá-la, mas há um momento de hesitação que antes não acontecia. Normalmente, eu demonstro o meu afeto na frente das pessoas.

Acho que isso tem alguma coisa a ver com a minha criação latina, ocultar os meus sentimentos nunca fez parte da minha vida.

Também perdi a aceitação que tinha por parte de minha família quando eu estava com um membro do sexo oposto, quer o relacionamento fosse bom ou não. Minha mãe me encorajava a fazer tudo o que eu pudesse para salvar o meu casamento com Larry, mesmo sabendo que era abusivo. Os problemas nos meus relacionamentos com mulheres eram considerados sinais positivos – a minha mãe esperava que, talvez, apenas talvez, se eu terminasse com uma das mulheres com quem estava saindo, eu "recobraria o juízo". Desde que eu me assumi, não encontrei nenhum apoio em minha família nas horas de necessidade.

Um outro aspecto difícil de estar com mulheres é o fato de Deborah e eu termos comemorado treze aniversários desde o início do nosso relacionamento e somente nos dois últimos anos termos sido accitas por nossa família. Nós tivemos duas cerimônias formais de compromisso; o pai de Deborah e o meu tio gay compareceram à primeira delas, e meu irmão e irmã, com suas famílias, vieram para a segunda. Note bem, Deborah e eu somos de famílias muito grandes e convidamos a todos. Nós recebemos cartões de aniversário de minha irmã e da minha sobrinha. Além desses poucos familiares, ninguém mais veio e nem mesmo mandou um cartão de parabéns. Deborah e eu, por outro lado, jamais deixamos de comparecer aos casamentos em nossas famílias. A ausência de parentes em nossas cerimônias teria sido considerada rude e desrespeitosa se fôssemos um casal hetero. Minha família veio do Texas até Wilmington, Delaware, para comparecer ao meu casamento com um homem do qual nem mesmo gostavam.

De uma maneira mais positiva, o fato de termos passado pelas cerimônias de compromisso validou e fortaleceu o nosso relacionamento e mostrou às nossas famílias que nosso compromisso é mais importante do que a sua aceitação. Tanto Deborah quanto eu, em diferentes momentos, tivemos de abandonar nossas famílias de origem para criar a nossa. Para mim, sempre foi muito difícil e solitário, porque eu amo a minha família. Entretanto, precisei desafiar as suas antigas maneiras de pensar e exigir o nível de respeito que o meu relacionamento merece.

Deborah, que nunca foi casada com um homem, acredita que, para as lésbicas que já foram casadas e conhecem os privilégios da vida heterossexual, é mais difícil trocar essas liberdades por uma vida de lutas e desrespeito. E, embora eu tenha trocado alguns dos privilégios por uma vida de protestos e manifestações, no qual precisamos brigar por direitos básicos, esse também é um estilo de vida em que nos tornamos professoras de respeito humano e dignidade. Com freqüência, eu digo que viver como uma lésbica totalmente assumida não é para os submissos. É preciso muita coragem todos os dias para viver com dignidade. Contudo, depois de todas as assembléias e reuniões, reunimos nossa coragem e vamos para casa, para as companheiras, amantes e esposas que nos amam, nos apóiam e nos estimulam a realizar o nosso trabalho no dia seguinte. Apesar disso tudo, o meu único arrependimento é o de não ter me assumido mais cedo!

Vida selvagem
Deborah Abbott

"A única coisa que se igualava à paixão que eu sentia interiormente quando escrevia, era beijar uma mulher."
Natalie Goldberg

Nunca esquecerei o olhar da minha mãe quando Christian, meu marido novo em folha, deu marcha à ré em nosso Fiat verde-ervilha à saída de casa, no final da nossa recepção de casamento. Não foi exatamente um olhar assustado – ela estava sorrindo e acenando debilmente. Contudo, alguma coisa no modo como a sua boca permanecia aberta, sugeria que interiormente ela estava tendo uma vaga, porém forte premonição, do tipo que minha Baba Nellie, da velha pátria, costumava ter o tempo todo.

Christian continuou dando marcha à ré na íngreme garagem e eu continuei acenando. O mesmo fez minha melhor amiga, Rachel, sentada atrás de mim no banco de trás. Estávamos indo para Esalen, um centro de retiro durante o dia e um lugar "quente" à noite. Christian e eu convidamos a todos para tomar um último drinque; no final, Rachel foi a única que nos acompanhou. Enquanto minha mãe desaparecia de vista e eu deixava minha mão cair no colo, tive a sensação – talvez a minha própria premonição indefinida – de que o seu olhar tinha algo a ver com o fato de Rachel estar nos acompanhando em nossa lua-de-mel de uma só noite.

Para mim, era a coisa mais natural do mundo, era o melhor de dois mundos: ter o meu atraente marido ao meu lado e a minha melhor amiga atrás de mim, soltando minha trança e penteando meus longos cabelos.

Enquanto Christian dirigia pela costa sinuosa e Rachel alisava os meus cabelos emaranhados, considerei uma outra possibilidade. A de que eu interpretara mal o olhar de minha mãe; que realmente ele fora uma mistura meio disfarçada de alívio e surpresa. Surpresa por eu ter casado. Não por eu jamais ter demonstrado muito interesse por rapazes, mas porque os rapazes nunca se interessaram em sair comigo.

Eu não servia para namorar nem era uma candidata natural ao casamento. Apesar de bonita – a Sears escolhera a minha foto de formatura para seus anúncios – e de poder me olhar no espelho e reconhecer a minha própria beleza: grandes olhos cor de avelã, rosto iugoslavo angular, longos cabelos ondulados, seios grandes e uma "bela aparência". Mesmo assim, sempre houve o problema da minha perna. Embora fosse apenas uma "perna ruim", uma era o suficiente. Eu tivera pólio aos dois anos de idade. Usava um aparelho. E mancava.

Cresci em Monterey com uma irmã, numa pequena casa numa rua sem saída, alinhada a uma dúzia de outras casas iguais – todas cheias de meninas. Larry, o irmão de Susie, não contava, porque ele era mais velho e estava sempre dentro de casa tocando piano. E os pais realmente também não contavam; o meu era um ursinho de pelúcia aconchegante que me balançava nos joelhos e contava piadas sem graça, assim como o meu avô, e trabalhava muitas horas extras subindo em postes para a companhia telefônica – especialmente durante tempestades. Era com minha mãe que precisávamos brigar. Ela era forte e inteligente e geralmente zangada, repetindo constantemente que "não fora feita para casar e ter filhos". Ela amava o meu pai, apesar de não saber demonstrar e estar sempre repreendendo-o a respeito disso ou daquilo. Balançava a cabeça e confidenciava "Homens – eles são apenas um bando de bebês crescidos. É como se eu tivesse três filhos."

Eu brincava com meninas e construía cabanas de madeira e esconderijos no bosque com as minhas amigas. Jogava bola de gude e pulava corda com meninas. E brincava de *cowboy* – brandindo revólveres de espoleta e gritando "Andem, vamos lá" para rebanhos imaginários. E, de vez em quando, brincávamos com bonecas. Os únicos meninos que eu conhecia moravam do outro lado da estrada.

Um deles fez uma coisa "suja" com a minha amiga Sadie e ela chorou quando eu perguntei. Outro menino, que queria entrar no nosso clube, estava disposto a fechar os olhos e comer o nosso "biscoito" de iniciação – que era feito de lama e tinha uma minhoca gorda no meio. Rimos dele quando ele abriu os olhos, cuspindo a pasta pegajosa; mesmo que ele tivesse engolido, nós não o deixaríamos fazer parte do clube.

Até conhecer Hilary na aula de francês da oitava série, eu tivera muitas amigas mas nunca uma melhor amiga. Hilary e eu nos demos bem imediatamente. Ambas éramos espertas. Nós caçoávamos do nosso professor, Monsieur Lacon, praticamente na sua cara. Ele tentou nos pegar, chamando-nos para conjugar verbos, mas nós sempre sabíamos a resposta, o que o deixava extremamente frustrado. Hilary e eu passávamos juntas todo o tempo livre. Nós trocávamos poemas e pequenos presentes. Quando fui para o Hospital Shriner submeter-me a cirurgias na perna, Hilary escreveu-me todos os dias, durante meses.

Quando voltei para casa, ela estava apaixonada por um menino muito bonito, muito tímido, chamado William. Eles tinham um relacionamento romântico que incluía caminhadas na praia, mãos dadas e um ou dois beijos. Assim que Hilary começou a namorar, comecei um caso amoroso clandestino com o seu irmão mais velho. Era excitante porque era escondido – eu nunca contei para Hilary.

Hilary e William terminaram o namoro alguns meses depois; eu me aproximei dele e em duas semanas estávamos nos agarrando no chão do meu quarto.

No outono seguinte, fui para a universidade em Santa Cruz, bem perto de minha casa em Monterey. O irmão de Hilary já estava na UCSC; Hilary e eu o visitamos uma vez. Ninguém da minha família freqüentara uma universidade, portanto, o fato de conhecer uma pessoa lá tornou a transição um pouco menos assustadora para mim.

Apesar de William continuar sendo o meu namorado oficial durante os três primeiros anos na UCSC, não nos encontrávamos com freqüência. Eu sentia muita falta de Hilary. Nós nos escrevíamos, telefonávamos uma para a outra, nos visitávamos. Sempre que ela ia para Santa Cruz, dormíamos na minha cama de solteiro e tomávamos banho juntas pela manhã. Lembro-me de uma companheira de quarto olhando-nos escandalizada quando Hilary e eu saímos juntas do banheiro. Apesar dessas intimidades, nunca me ocorreu ter sexo com ela; eu não me lembro de ter me sentido excitada. Os meus dois primeiros amantes foram o irmão e o ex-namorado de Hilary; talvez essa fosse a maneira mais fácil de demonstrar os meus desejos.

Certo inverno, Hilary começou a aproximar-se de outras mulheres. Fiquei com ciúmes e secretamente furiosa. Durante todo o mês de dezembro, observei-a tricotando um complicado chapéu de lã para sua nova amiga. Na véspera de Natal, na casa de minha família, abri o seu presente para mim: um conjunto de canecas. Peguei o carro de minha mãe e dirigi imprudentemente pela cidade, deixei as canecas na porta da frente da casa de Hilary e voltei para casa soluçando.

Na verdade, Hilary e eu não nos afastamos, nós rompemos – embora nunca tivéssemos definido dessa maneira. Eu me sentia terrivelmente magoada e rejeitada. Hilary começou a namorar o filho de um médico e, dolorosamente, eu percebi que os meus pais não eram cultos ou educados, que os únicos livros em casa eram bonitos volumes do *Condensed Reader's Digest*. E que eu era uma descendente de camponeses iugoslavos: ossos grandes, mãos fortes e inteligente, mas sempre denunciando a minha falta de classe. A minha mãe sempre chamara os pais de Hilary de esnobes, meu pai os apelidara de empolados; embora eu tivesse defendido Hilary e sua família, até mesmo tomando o seu partido, no final acabei me sentindo tão humilhada quanto os meus pais.

Alguns meses depois de ter deixado de ver Hilary, saí do quarto para estudantes e mudei-me para um pequeno chalé a alguns quarteirões da praia. Um dia, olhei pela janela e vi uma jovem mulher acenando e sorrindo para mim. Acabei descobrindo que ela era minha vizinha, também estudante da universidade. Como acontecera com Hilary, Rachel e eu criamos uma ligação intensa, imediata. Nós começamos a passar as noites juntas, revezando-nos na tarefa de preparar o jantar. Naquela primeira primavera, ambas deixamos cestas de flores na porta da outra; quando eu voltava para casa, geralmente encontrava cartões e buquês.

Rachel formou-se em junho e voltou para Los Angeles. Rapidamente, ela conheceu um homem, casou e logo depois descobriu que ele bebia e jogava compulsivamente. Percebendo o terrível erro que cometera, ela o abandonou e voltou para Santa Cruz. Nós encontramos um apartamento e fomos morar juntas. Eu terminara o namoro com William; Rachel estava livre e namorando diversos homens, incluindo três Richards ao mesmo tempo. Quase sempre eu ficava em casa à noite, sentindo falta da sua companhia e atendendo aos seus telefonemas. Comecei a ficar muito indignada com todos os homens que entravam e saiam do nosso pequeno apartamento. Uma noite, um dos Richards telefonou: "Diga a ela que o Dick telefonou." disse, com tanta confiança que eu percebi que Rachel não contara a ele sobre os outros. Eu respondi, com sarcasmo em minha voz: "Bem, qual Dick está falando?"*

Christian, um dos amigos de Rachel, veio visitá-la um final de semana. Rachel entrou apressadamente com um homem, deu-lhe um abraço e logo depois desapareceu no quarto com o novo machão. Eu fiquei distraindo Christian. Ele era bonito, de uma maneira suave, com modos mais femininos do que masculinos. Era divertido e me cortejou tocando blues com seu violão. Quando o fim de semana acabou, Christian estava fora do sofá e dentro da minha cama. Eu não estava mais sozinha em meu quarto ouvindo Rachel sendo excitada por algum novo homem. Eu tinha o meu.

Logo antes de me formar com especialização em biologia e com segunda opção em escrita criativa, mudei para São Francisco para ficar com Christian. Depois de alguns meses, engravidei. Apesar de não ter sido uma gravidez planejada – pelo menos não conscientemente – ter um bebê era o passo seguinte que me parecia muito mais claro do que obter um doutorado. Tudo em minha família e em minha formação cultural me preparara para ser mãe; nada me preparara para ser médica ou escritora.

Christian e eu decidimos casar para agradar nossos pais, que estavam mortificados por eu estar grávida e solteira. Casamos numa das capelas da missão em Monterey. Quando o padre veio conversar conosco sobre a cerimônia, ele mostrou a sala ao lado, onde eram realizados os casamentos forçados. Atrás dele, acariciei a minha barriga já volumosa, olhei para Christian e pisquei. Nós casamos no altar; Christian dedilhou o seu violão e cantou "Se eu fosse um car-

---

* N. T. *Dick* também quer dizer pênis em inglês.

pinteiro e você uma dama, você casaria comigo mesmo assim, você me aceitaria?"

Recusei-me a usar vestido branco e véu ou ser conduzida ao altar pelo meu pai. Entrei na igreja com os meus pais; Christian caminhou ao meu lado com sua mãe. Eu escrevi os votos, omitindo qualquer referência a "marido e mulher", ou "servir e obedecer". Em mais de um trecho, enfatizei o "apenas enquanto cuidarmos um do outro e nos apoiarmos", – "até que a morte nos separe" fazia eu me sentir instantaneamente claustrofóbica. No edital de casamento havia uma nota destacada informando que, de modo algum, eu estava me tornando a sra. Christian Moore. Eu era, e sempre seria, a srtª Deborah Abbott.

Matthew nasceu alguns meses depois do casamento. Rachel estava em nossa casa em São Francisco, abraçando-me durante as longas horas do trabalho de parto. Nós continuamos em contato através de cartas e telefonemas. Mas eu ainda sentia tanto a sua falta que convenci Christian a mudar para Santa Cruz alguns meses depois do nascimento de Matthew.

Quando ainda estávamos nos instalando em Santa Cruz, Rachel foi a uma reunião da sua escola, conheceu um homem, casou com ele e voltou para Los Angeles. Eu fiquei arrasada, embora não conseguisse admitir, para Rachel ou para mim mesma. Ela era nitidamente tão importante para mim quanto o meu marido, apesar de nunca termos reconhecido isso; nós não tínhamos ligações, nenhum idioma ou tradição para validar a nossa relação especial. Embora interiormente eu lamentasse a minha perda e estivesse zangada por ser abandonada, externamente eu apoiava o casamento de Rachel, apesar de ter concluído, depois de conhecer o seu marido, que ele era um idiota arrogante.

Rachel ficou grávida logo depois do casamento e, em pouco tempo, percebeu que esse marido era o erro número 2. Ele estava muito envolvido num programa de percepção extra-sensorial, afirmando que se tornaria melhor marido e pai. Uma hora depois do nascimento do filho, ele partiu para um retiro de fim de semana.

Quando Matthew tinha seis meses, eu estava quase enlouquecendo como mãe em tempo integral. Trabalhava desde os doze anos de idade e detestava depender de Christian, cujo salário como funcionário da biblioteca era modesto e cuja paixão por violões de aço consumia o pouco dinheiro extra que tínhamos. O meu desejo era por mulheres; eu estava solitária. Sem Rachel, passava os dias com o meu filho e as noites com Christian. Não havia nada de errado na companhia de Christian – nós éramos suficientemente camaradas – mas faltava alguma coisa. Eu nunca tinha disposição para ficar acordada conversando com ele; sempre que Rachel nos visitava, geralmente esperávamos o sol nascer e, com os olhos vermelhos, porém satisfeitas com a riqueza e o riso de nossas conversas, finalmente dormíamos.

Em janeiro de 1978, sentei no chão do escritório do Coletivo de Saúde das Mulheres de Santa Cruz, com Matthew em meu seio, para uma reunião de orientação. Eu fora uma feminista ativa durante toda a minha vida – na minha família o homem da casa era a minha mãe e a mãe de meu pai, Inez, que eu visitava quase todos os fins de semana, era uma mulher grande, indomável. Delas, eu herdara a crença fundamental de que eu era poderosa, que não devia me submeter a maus-tratos, e que era um pouco superior aos homens. Mesmo assim, eu estava relativamente alheia ao movimento feminista. Na cooperativa, me politizei rapidamente e logo chamava a mim mesma de feminista socialista. Em alguns meses, deixei para trás uma série de empregos como secretária em consultórios médicos – médicos do sexo masculino, naturalmente – e fui trabalhar na cooperativa de atendimento médico para mulheres onde, aos 23, editava um boletim informativo nacional, dava aulas de controle natural da natalidade, ajudava em exames médicos e treinava voluntárias para atendimento telefônico. Eu também estava consciente, pela primeira vez em minha vida, de que estava fazendo amizade com lésbicas.

A única lésbica que eu conhecia era a minha tia Mary, que morava em São Francisco. Quando passei aqueles longos meses no Hospital Shriner, recuperando-me de diversas cirurgias ortopédicas, Mary fora a minha mais fiel visitante. Quando eu era pequena, lembro-me de ter ficado curiosa a seu respeito: ela sempre usava calças compridas com um grande e barulhento molho de chaves preso no cinto; falava muitos palavrões e o mais evidente era que não tinha marido. Ela era diferente das minhas outras tias, que estavam sempre falando de receitas e filhos. E havia a sempre presente Jean, sua "colega de quarto".

Anos depois, mesmo após ter ficado um breve período com ela, nunca pensei que eu poderia ser lésbica. Uma noite, Mary convidou-me para um passeio pelos bares gays de São Francisco. Eles eram enfumaçados e escuros, as mulheres tinham tatuagens, cabelos esticados para trás e cigarros pendurados na boca; inclinadas sobre mesas de sinuca, elas me olhavam de alto a baixo de maneira tão descarada que eu fiquei assustada.

Entretanto, menos de um ano depois eu estava na cama com a minha melhor amiga. Rachel viera de Los Angeles passar o fim de semana conosco; Christian estava fora da cidade, numa apresentação musical. Era fim de tarde. Eu estava esparramada na cama fazendo Matthew dormir. Rachel estava ao meu lado. Enquanto o quarto era invadido por uma suave luz dourada, conversávamos baixinho. Matthew finalmente adormeceu. Levei-o para o berço, voltei para a cama e encontrei Rachel chorando sem fazer barulho. Abracei-a e, num momento de ternura, comecei a beijar seus cabelos, sua testa, seu rosto. Com as lágrimas ainda caindo, ela me ofereceu os lábios e eu também os beijei. Ela me beijou de volta, dessa vez, apaixonadamente. E então, de repente, estávamos tirando a roupa e fazendo amor.

Não estava preparada para aquele momento; jamais poderia tê-lo previsto. Eu estava espantada por termos cruzado aquela linha de intimidade, que, sem saber, há anos estávamos a ponto de cruzar. Eu também estava totalmente dominada pela poderosa excitação despertada pela nossa relação sexual. Geralmente, ficava satisfeita em meu relacionamento sexual com Christian e outros amantes do sexo masculino antes dele, mas, com Rachel, fiquei assombrada com a profundidade da minha reação. Durante dias, depois que ela voltou para Los Angeles, eu me trancava no banheiro, simplesmente me tocava e atingia o orgasmo. A lembrança da sua pele suave, dos seios exuberantes, dos odores excitantes do sexo e dos interiores úmidos, me deixavam louca, desejando mais. A nossa relação sexual parecia um sonho ou um acaso vindo de lugar algum, que nunca mais aconteceria. Não sabia que poderia repeti-lo. Durante dias, pensando que aquela seria a minha única experiência sexual com uma mulher, senti-me terrivelmente arrependida por não ter sido suficientemente corajosa para saborear a umidade que eu tocara. Eu chorava pela possibilidade perdida, enquanto vagava pela casa num estupor de excitação e espanto – desconcertada com a consciência de ter feito amor com uma mulher e de que aquela fora a experiência erótica mais incrível da minha vida.

Posteriormente, Rachel e eu escrevemos longas cartas e conversamos pelo telefone durante horas, analisando o que acabara de acontecer entre nós. Nós rimos quando eu disse que fazer amor com ela era como ter desejado a suavidade de um sorvete cremoso numa terra de picolés, só para descobrir que a sorveteria estava logo ali, dobrando a esquina!

Percebi que durante toda a minha vida eu amara garotas, amara mulheres, e que simplesmente nunca me ocorrera pensar nelas como amantes. Entregara o meu *eu* sexual para os homens, depois o recuperei e voltei para a minha comunidade de mulheres. Ter caído nos braços de Rachel foi uma revelação, extremamente pessoal e profunda, que sacudiu o meu corpo e a minha psique com a força de mundos colidindo.

Rachel e eu fizemos amor mais algumas vezes e, então, decidimos parar. Nós éramos casadas, tínhamos filhos, morávamos longe uma da outra e não éramos capazes – emocional ou economicamente – de fazer qualquer grande mudança em nossas vidas. Tínhamos medo de que um relacionamento amoroso – que em nossa experiência com os homens mostrara ser arriscado – ameaçasse a nossa amizade de dez anos, a qual havíamos cultivado tão cuidadosamente e com a qual contávamos. E havia outros temores que não podíamos mencionar.

Detestei esconder de Christian o meu envolvimento sexual com Rachel, apesar de termos um "casamento aberto" e de ele ter mantido um caso amoroso. Acabei lhe contando sobre Rachel uma noite quando ele estava pensando em convidá-la para um *ménage à trois*. O fato de nós duas o termos excluído da sua fantasia, de ter sido enganado – eu já fizera amor com Rachel – deixou-o furioso. Para ele, foi arrasador eu ter escolhido uma *mulher* para amante. Em sua cabeça, eu não apenas o abandonara como meu parceiro sexual exclusivo, mas também desprezara o seu sexo. Apesar das incontáveis sessões de terapia conjugal, Christian não conseguiu eliminar os sentimentos de rejeição e traição.

Nós nos separamos dois longos anos depois. Enquanto isso, fiquei grávida e tivemos outro filho. Christian também tivera uma série de casos amorosos. Quando ele contou que uma das suas amantes estava grávida, finalmente expulsei-o de casa. Embora eu estivesse tremendamente aliviada por me livrar do casamento, sentia-me angustiada por ter "destruído a família".

Mas, desde o início, Christian e eu cuidamos das crianças igualmente. Enquanto eu amamentava os bebês à noite, ele trocava as fraldas. Quando nos separamos, elaboramos um plano para cuidar deles: metade da semana com os meninos, metade sem. Apesar das muitas adaptações estressantes para os nossos filhos, que, de repente, tinham duas casas, também houve muitos benefícios pois as tensões e as brigas acabaram. Christian e eu mantínhamos contato diário, principalmente pelo telefone, discutindo tudo, desde a melhor escola até o paradeiro do sapato marrom que sumira. Algumas semanas depois da nossa separação, ficou claro para mim que o nosso relacionamento como um casal terminara, mas o nosso relacionamento como pais não terminara de modo algum e, na verdade, seria uma ligação para o resto da vida.

Uma das coisas que fiz naquela primeira semana após a separação foi pedir um pequeno empréstimo para comprar uma máquina de escrever elétrica. Menti em minha solicitação dizendo que o empréstimo era para comprar um carro usado; eu tinha medo de que não aprovassem uma máquina de escrever. Essa foi uma atitude corajosa da minha parte . Nos sete anos em que Christian e eu vivemos juntos, ele havia comprado incontáveis violões e uma enorme coleção de discos de blues. Eu nunca tivera uma máquina de escrever, que era uma ferramenta para a minha profissão, tanto quanto os instrumentos musicais eram para a dele. Embora o tempo para escrever *fosse* escasso, com o meu trabalho e dois meninos pequenos, mesmo quando eu tinha tempo, não escrevi nada naqueles anos todos, a não ser alguns poemas.

Mesmo agora, quinze anos depois, é difícil compreender ou expressar esse silêncio criativo. Desde o início, eu resistira à idéia de me tornar "a esposa de Christian" e corrigia os parentes quando eles tentavam me chamar assim. Durante anos fui criticada pelos membros da família por "fazer Christian executar tarefas femininas", embora ele tivesse se comprometido a colaborar. Durante o meu casamento, mantive e desenvolvi muitas amizades com mulheres; na verdade, esses eram os meus relacionamentos mais importantes. O meu feminismo encontrara raízes profundas em meu trabalho na cooperativa de saúde. E, mesmo assim... de algum modo insidioso, eu renunciara à minha vida criativa. Comprar aquela máquina de escrever foi o primeiro passo para recuperar um pouco do que eu havia perdido.

Nos anos seguintes, fui a lugares aos quais jamais teria ido se continuasse casada. Ser mãe de meio período foi libertador e, algumas vezes, senti culpa por admitir que tinha o melhor dos dois mundos: tempo com os meus filhos – que eu esperava ansiosamente e aproveitava muito; tempo longe deles e de suas muitas exigências – tempo para mim.

Nos dias em que eu estava sem as crianças, sentia-me feliz. Eu não precisava ser responsável por ninguém pela primeira vez em anos. Era maravilhoso simplesmente estar em minha casa, zanzar pela cozinha preparando comidas de que eu gostava – para as quais os meninos teriam torcido o nariz – arrumar as coisas e saber que elas continuariam arrumadas nos próximos dias, conversar com uma amiga pelo telefone e saber que não haveria interrupções. Anos depois do divórcio, ainda gosto de ficar sozinha em minha casa e até a tarefa mais rotineira me enche de prazer.

Durante algum tempo, depois de nos divorciarmos, considerei a idéia de que eu poderia ser bi. Comparecia a locais freqüentados por heterossexuais e rapidamente percebi que, por mais frustrada que eu tivesse ficado com Christian, ele era um homem excepcional. Ele era essencialmente bom, intrinsecamente honesto, considerava-se feminista como eu e tinha um ego masculino pouco desenvolvido. Conheci homens no cenário de encontros heterossexuais que não viam nada de errado em falar sobre si mesmos a noite toda, que mal compreendiam os meus problemas quando eu chegava a mencioná-los e, principalmente, queriam fazer sexo comigo. Nunca dormi com nenhum deles e depois de algumas semanas, encerrei o capítulo no livro da bissexualidade.

Apesar de ter compreendido que os homens estavam fora de questão para mim, não tinha idéia de como namorar mulheres. O meu primeiro relacionamento lésbico verdadeiro aconteceu quando uma amiga me apresentou Natalie. Ela era doce e muito tímida; eu tomei todas as iniciativas e ela correspondeu ansiosamente. O que eu mais lembro dos anos que ficamos juntas é de como combinávamos em tudo. Ela cuidava de mim como nenhum outro homem cuidou – sopa na cama quando eu estava doente, bilhetes amorosos pelo correio, longas horas ouvindo e sendo ouvida, relações sexuais que pareciam durar para sempre e que correspondiam exatamente às minhas necessidades.

O que não deu certo em meu relacionamento com Natalie, e com muitas das outras mulheres que viriam depois, foi tentar juntar minhas amantes com meus filhos. Natalie tinha um temperamento muito separatista e para ela os homens eram porcos – categoricamente. Para ela, meus filhos eram apenas "homens pequenos", opressores em treinamento. Sempre que ela estava perto dos meninos, qualquer comportamento deles, que mal poderia ser interpretado como agressivo, tornava-se uma prova da sua iminente condição de estupradores. Eu não quisera criar família com Natalie e os meninos – meus filhos já tinham uma família com Christian e comigo – embora não tivesse planejado manter os meus dois mundos absolutamente divididos. Lutava contra a animosidade da minha amante, sentindo-me protetora dos meus filhos. Eu sabia que a forma como Natalie reagia a eles era algumas vezes destrutiva e mantinha-os afastados o máximo possível. Apesar do meu compromisso com uma educação não-sexista, eu reconhecia que, de vez em quando, o comportamento deles *era* agressivo e, intimamente me preocupava pensando em como aquela agressividade se manifestaria quando eles crescessem. Mas com Natalie não havia maneira de expressar as minhas preocupações e obter qualquer apoio construtivo. O que me espantou, me deixou zangada e, finalmente, me fez rir com a ironia daquilo tudo, foi o fato de Natalie, logo após terminarmos, ter se envolvido com ... um homem!

Um dos presentes do meu primeiro relacionamento lésbico foi o desenvolvimento da minha autoconfiança e das habilidades para terminar o meu bacharelado e fazer pós-graduação. Eu estava trabalhando em tempo integral na cooperativa e num programa de nutrição infantil, mal ganhando o suficiente para pagar o aluguel e alimentar meus filhos. Em meu casamento, eu dedicara a maior parte do tempo e atenção para Christian e as crianças. Em meu relacionamento lésbico, eu também recebia atenção. A energia que recebia foi suficiente para me fazer ultrapassar uma barreira que parecia extraordinariamente grande. Apesar de nunca ter questionado a minha capacidade intelectual, a minha família não foi capaz de me oferecer as ferramentas de que eu precisava para progredir.

Conheci Kate, minha outra amante, enquanto ela me entrevistava para um artigo que estava escrevendo para um jornal local. Eu era uma entre muitas mulheres com deficiência, cujas histórias de vida ela estava reunindo. Quando ela chegou em minha casa eu acabara de voltar da natação – outra parte de mim que recuperara depois do divórcio – e ainda estava pingando. Kate crescera na água, adorava remar e velejar; depois da entrevista, ela me levou até a baía. Logo, estávamos envolvidas.

Com Kate, o meu mundo físico ampliou-se enormemente. Essa foi uma abertura profunda para mim, uma vez que, havia anos, eu quase esquecera de meu corpo, tentando ocultar a minha deficiência o melhor possível, obedecendo às pressões comuns à minha volta. Além de remar, Kate ensinou-me a acampar e a andar em bicicleta para duas pessoas; na maior parte do tempo saíamos, explorando alguma coisa. Kate também conseguiu, graças à sua sensibilidade e à própria vulnerabilidade, tocar e ajudar a curar algumas das feridas mais profundas da minha infância. Alguma coisa, guardada havia muito tempo, foi revelada; eu estava plena de paixão e impetuosidade. Escrevi muitos poemas, fiz amor com Kate de maneiras que me libertaram e fortaleceram.

No fim, o mau humor de Kate tornou-se traumatizante para mim. Quando criança, eu fora castigada com o "tratamento do silêncio" e abandonada em hospitais com bastante freqüência; não conseguia lidar com as idas e vindas irregulares de Kate. Quando ela partiu pela última vez, fiquei inconsolável, acreditando que todas as portas que ela me abrira tinham se fechado atrás dela.

Mas, finalmente, encontrei novas companheiras para andar de bicicleta, parceiras para acampar. Aprendi a andar de caiaque e comecei a treinar para ser guia em rios, como Kate me encorajara a fazer. Assumi a minha identidade de atleta. E, depois que o meu coração se recuperou, pude valorizar os presentes que Kate deixara. Eram presentes enormes; depois de abertos, eu me descobri dentro deles: como Natalie, Kate devolveu partes de mim, tesouros havia muito enterrados.

O meu relacionamento seguinte foi com Val. Nós tínhamos pouca coisa em comum, além de sermos corredoras de rio para a mesma empresa, escorpianas e adorarmos sexo. O nosso relacionamento foi puramente sexual. No começo, eu passava horas preparando uma refeição antes de Val chegar. Ela olhava a travessa borbulhando no forno, a mesa que eu arrumara tão cuidadosamente, me olhava nos olhos e dizia "Não foi para isso que eu vim. Eu vim por você." E me arrastava para o quarto pelo resto do fim de semana. O que Val me ajudou a entender é que eu não precisava *fazer* nada, não precisava cuidar dela de maneira alguma para conseguir o que queria. E com Val, tudo o que eu desejava era sexo.

O sexo melhorava cada vez mais nas minhas relações com mulheres, inacreditavelmente excitantes. Com os homens, sempre houvera a suposição tácita de que a relação sexual era a "coisa verdadeira", de que qualquer coisa antes dela eram preliminares, uma tarefa aborrecida – como aquecer o motor numa manhã fria para o carro não afogar – para me deixar suficientemente molhada ou disposta a ser penetrada. Com um amante do sexo masculino eu raramente ficava por baixo, mas, mesmo ficando por cima, sentia aquela terrível pressão para agradá-lo, tentando atingir o orgasmo antes *dele*, o que geralmente acontecia rápido demais.

Com mulheres, foi absolutamente surpreendente ser penetrada por uma mão que me preenche, durante o tempo que eu quiser, sendo oralmente estimulada ao mesmo tempo. E também proporcionar tudo isso para minha amante. Com amantes lésbicas, nunca há um começo definido nem um ponto final para o sexo. Os orgasmos nem sempre acontecem – embora, inegavelmente, a lembrança deles tenha me levado a dirigir durante horas na chuva, no meio da noite, para conseguir mais um. A forma como as mulheres provocam, as nuanças de sua sedução são complexas e infinitamente mais refinadas do que qualquer coisa que eu já experimentei com amantes do sexo masculino – capazes de me fazer atingir o orgasmo antes mesmo de tirar a roupa. Com amantes femininas, a ternura posterior – mesmo em encontros casuais – quase sempre estava lá e, assim, independente da impetuosidade da relação sexual, eu sempre me senti fazendo amor. Eu adorei todas as posições, as possibilidades, a ausência de papéis determinados. Como diz Rita Mae Brown: "Depois que você conhece as mulheres, os homens tornam-se aborrecidos. Não estou tentando humilhá-los, quero dizer, algumas vezes eu gosto deles como pessoas, mas sexualmente eles são sem graça".

Quinze anos depois de me assumir, estou profundamente satisfeita com a minha vida homossexual: metade do tempo com os meus filhos, que, até agora, parecem estar agüentando bem as tempestades da adolescência; a outra metade comigo mesma, de todas as maneiras que escolhi para mim.

Durante o ano que passou, eu fiquei solteira. Para mim, ainda é misterioso marcar encontros. Sei que, devido à minha deficiência, não pude praticar na adolescência; sinto-me desajeitada e ignorante a respeito de como deve ser um encontro. Por mais que eu seja corajosa sob muitos aspectos – sinto-me muito à vontade lendo as minhas histórias eróticas para um auditório cheio de mulheres – sou tímida no que se refere a propostas sexuais. Eu também estou consciente de que apesar de as lésbicas estarem na vanguarda da análise dos "ismos", ainda há uma lacuna entre as nossas teorias e práticas. É doloroso saber e afirmar publicamente que para muitas lésbicas, devido à minha perna, meu aparelho e meu andar claudicante, eu simplesmente não sirvo para algo mais – posso ser a melhor amiga, mas não uma candidata ao romance – o que não é nada diferente da minha experiência com os rapazes na escola.

Mesmo assim, estou muito satisfeita com a minha própria boa companhia. "Prefiro ser um espírito livre e remar a minha própria canoa," como afirmou Louisa May Alcott. E eu *estou* remando o meu caiaque e o meu bote pelos rios, sempre que tenho oportunidade. Adoro cuidar das plantas da minha casa, coçar a barriga macia do meu gato, alimentar os pássaros; sentar com uma amiga na mesa da cozinha, enrolar-me nos lençóis com uma pilha de livros, uma xícara de café, um poema no qual estou trabalhando. Por mais que eu goste de ter um relacionamento íntimo, por mais que eu sinta falta de sexo e braços amorosos, estou um pouco cansada de "problemas" e compromissos. Tendo me adaptado às necessidades dos meus filhos durante os últimos 17 anos, não tenho muita vontade de continuar fazendo isso, por enquanto.

Rachel ainda é a minha melhor amiga; acabamos de comemorar 23 anos do nosso amor e de presença mútua em nossas vidas. Nossos filhos são amigos. Em meu aniversário de quarenta anos, convidei 40 amigas para a minha festa. Foi muito estimulante olhar ao redor da sala e perceber que, independentemente dos desafios que possam vir, eu criei uma ampla rede de mulheres que são a minha família e que sempre me darão o seu apoio.

Para mim, também está claro que poucas dessas coisas teriam

sido possíveis se eu continuasse casada. Em meu casamento, cresci *apesar* do meu relacionamento com Christian; efetivamente em todos os meus relacionamentos lésbicos, cresci *graças* às mulheres que me amaram e que eu amei.

Sou tremendamente grata por Rachel e eu termos ido para a cama naquele dia de verão. Embora eu pudesse continuar como sendo heterossexual com alguma satisfação naquela época, jamais teria experimentado a vida da forma tão envolvente e coerente que levo hoje. Em geral, a vida como mulher hetero era mais confortável, mais previsível e, certamente, mais aceitável para a minha família e para as outras pessoas. Mas, viver como lésbica é incomparavelmente mais rico, mais complexo e edificante. Talvez por eu ter crescido com uma deficiência permanente, visível, sabendo que eu nunca me encaixaria, eu tenha lidado com mais facilidade do que muitas mulheres com as conseqüências de me assumir como lésbica. Quando contei pela primeira vez para a minha mãe que eu era homossexual, ela exclamou: "Mas isso não é normal!" E eu respondi: "Ter pólio também não é normal, mamãe, e você me ensinou que não havia problema, que a atitude das pessoas é que eram o problema." Ela não teve resposta.

Da mesma maneira que eu me aceitei como mulher portadora de deficiência, fiquei feliz com a minha sensibilidade de camponesa iugoslava, tornei-me orgulhosa de ser lésbica anteriormente casada. Quer eu esteja ou não vivendo uma relação homossexual, quer eu tenha ou não um ex-marido em meu passado, sou um membro vitalício da comunidade lésbica. As lésbicas ex-casadas são uma parte integrante de uma surpreendente cultura de lésbicas, com uma paixão interior que não pode, afinal de contas, ser domesticada.

Eu ainda acredito em casamento
Esther O'Donald

Acredito sinceramente nos conceitos de monogamia e casamento e na criação de unidades familiares tradicionais e não-tradicionais, sejam heterossexuais ou gays. A minha interpretação é a de que, nessa combinação, desenvolve-se um sistema de apoio mútuo perpétuo, em que os membros brincam, amam, trabalham e vivem para o benefício da família. O meu casamento não tinha nada disso.

A história do porquê, como e com quem eu me casei começou quando eu tinha cinco anos. "Há uma menininha nova na vizinhança para você brincar", explicou minha mãe. "E um irmão dois anos mais velho do que você. Ele pode ser o seu namorado e cuidar de você quando for para a escola." A lição foi repetida durante toda a minha infância: eu precisava ter um homem para me proteger ou não sobreviveria.

Minha mãe também acreditava nisso; na verdade, ela vivia procurando o par perfeito para mim. No jardim de infância, um Roger tremendamente tímido tornou-se o "Hot Rod" porque minha mãe assistira ao filme *Rebelde sem causa*. Na primeira série, Sir John acompanhava Lady Esther até a escola, escoltado e arranjado por mamãe. Ela até mesmo lhe ensinou o seu papel, encorajando-o a me dar pequenos presentes e colher flores no caminho.

Quando cheguei à segunda série, tive de aprender a lição: os homens eram importantes, poderosos e essenciais à minha sobrevivência, porque eles proporcionavam as coisas essenciais à vida. Tudo aquilo que fosse humanamente possível deveria ser feito para impedi-los de nos abandonar. Nenhum preço era alto demais. Não é natural eu sempre querer ser o pai quando brincávamos de casinha? Ou que eu tivesse arrumado um GRANDE problema quando tentei beijar a minha melhor amiga, Barbara, antes de sair para "trabalhar"?

Minha mãe teve três filhos, todos ilegítimos, todos resultado da ignorância do controle de natalidade e da sua busca por um homem, para obter proteção e afirmação. Era o único jeito que ela conhecia.

Houve gerações de abuso e vício, de incesto e estupro para as mulheres em nossa família. "Não faça nada que cause problemas!" era o seu modo de viver. E então, aconteceu comigo. O conselho da minha mãe depois que eu fui estuprada duas vezes, aos nove anos de idade, por um dos seus namorados, foi: "Se acontecer novamente, vá ao banheiro e faça xixi o mais rápido que puder." Minha avó defendeu a minha causa, chamou as autoridades e preencheu declarações – mas não sem me informar, muito claramente, que eu arruinara a vida de minha mãe permitindo que tal coisa acontecesse.

Permitindo que acontecesse! Foram necessários quase trinta anos para que eu entendesse o dano provocado por aquela culpa.

A família não me deu apoio. Minha mãe se afastou, incapaz de lidar com o que acontecera e eu passei a maior parte da adolescência morando sozinha ou com minha irmã casada, até acabar num lar adotivo aos quinze anos de idade. O bastardo que me estuprou passou seis meses em "prisão domiciliar".

Como adolescente, eu ansiava por cercas, limites e regras, por um mundo onde tudo fosse preto e branco e não os intermináveis tons de cinza que eu sempre experimentava em meus lares caóticos. Não admira que eu tivesse me submetido à vontade dos meus pais adotivos tornando-me mórmon como eles. Agora, havia cercas em todo lugar e uma nova cerca surgia sempre que eu caminhava muito perto do limite entre o comportamento aceitável e aquilo que eu sentia em meu coração.

A segurança da Igreja Mórmon ofereceu-me um casulo no qual me esconder. Pela primeira vez em minha vida, me sentia adaptada, com um círculo pronto de amigos. A ordem patriarcal da igreja reforçava tudo o que já me haviam ensinado – Homem/Amo, Mulher/Escrava. Esse é um conceito suficientemente simples (até mesmo uma mulher pode entendê-lo). Em 1969, as garotas ainda iam para a faculdade conseguir diplomas pouco importantes e a

Universidade Jovem de Brigham (BYU) era carinhosamente chamada de B-Y-Woo (Universidade do Namoro) por aquelas que procuravam um parceiro importantíssimo. De acordo com a opinião popular, a vida não começava até você casar, e eu estava determinada a ser a primeira da minha turma a ter uma vida.

    Casei apenas oito meses depois de acabar o segundo grau, por todos os motivos habituais: para sair de um lar infeliz, usar um vestido caro e ser o centro das atenções...e porque era o esperado. Quando o meu marido, Mark, voltou de uma missão para a igreja, disseram-lhe que ele deveria casar em seis meses. Quando nos conhecemos, já havia passado três meses e o tempo estava correndo. Em nosso segundo encontro, a conversa girou em torno do casamento: "Bem, quando vamos casar?", ele perguntou. "Eu não me importo, qualquer data depois do Natal," respondi.

    Casamos um dia antes do prazo terminar, no Templo de Los Angeles, com todo o blablablá mórmon adequado, para "todo o sempre". A eternidade é um tempo terrivelmente longo para um casamento que, desde o início, foi rotulado de "platônico" por seus participantes. A perspectiva de passar a eternidade casada com o meu marido tornava-se cada vez mais assustadora, como um monstro de histórias infantis surgindo de um armário escuro. Foram necessários quase dezesseis anos para eu ter coragem suficiente de abrir a porta e deixar o bicho-papão sair.

    Ao entrar para a Igreja Mórmon, desisti da necessidade de pensar por mim mesma e descobri um marido que estava mais do que disposto a me dizer o que achava das minhas opiniões. Se alguém perguntasse o que eu pensava sobre determinada questão política, mesmo algo tão claro quanto Watergate, eu ficava totalmente desconcertada e era incapaz de responder.

    Durante os primeiros dez anos de casamento, fui a perfeita esposa mórmon. Eu enlatava, congelava, fazia conservas e desidratava tudo o que não se mexesse mais rápido do que eu. Minha casa talvez nem sempre estivesse imaculada, mas a despensa estava sempre cheia e sempre havia pelo menos um suprimento suficiente para dois anos, de trigo, mel, leite em pó, feijão e arroz na garagem. Nós tínhamos tudo o que uma família mórmon modelo deveria ter, com exceção de filhos. Todas as minhas roupas, a maioria das camisas do meu marido e cada migalha de nossas provisões eram feitas em casa.

Eu ensinava na Escola Dominical e regia o coro, atendendo até seis "chamados" da igreja ao mesmo tempo. Ah, sim, e trabalhava em tempo integral.

Inocentemente, eu criara laços mais afetuosos com as minhas amigas do que jamais tivera com o meu marido, e meu sono era cheio de lindos sonhos nos quais eu as libertava dos homens com quem estavam casadas, levando-as para uma colônia de mulheres deslumbrantes, competentes e felizes. Contudo, em meus sonhos, ninguém jamais veio me libertar. Eu libertava as mulheres e verificava se elas estavam bem acomodadas, mas sempre voltava para casa para preparar o jantar. Eu não sabia o que os sonhos significavam, mas eles voltavam sempre que eu me sentia especialmente ligada a alguém.

Só quando Sonia Johnson defendeu a Emenda dos Direitos Iguais e foi excomungada da igreja, foi que pensei seriamente numa questão política de qualquer espécie. A igreja informou que todos os membros deveriam votar contra a Emenda e que, aquele que discordasse publicamente, não somente estaria correndo o risco de cair em desgraça na igreja, mas com o "próprio Deus." Ah, eu discordava, mas silenciosamente, questionando pela primeira vez cada ordem da igreja e cada instrução dada por meu marido.

Para manter as aparências ou talvez para abrandar um maremoto de oposição dos membros, a igreja começou a dar aulas para treinamento de liderança para as mulheres. Pediram-me para dar aulas em nossa congregação e, sem nenhum livro para ajudar as professoras, comecei a escrever o meu próprio material. A oportunidade de pesquisar tanta história proporcionou-me um orgulho que eu jamais tivera; o simples ato de preparar minhas aulas me fez pensar em coisas que eu jamais me atrevera a considerar.

Enquanto os meus horizontes se ampliavam, comecei a vislumbrar aquilo que a vida poderia ser – mas não na igreja como ela era e, certamente, não em meu casamento. Escondi os meus novos sentimentos pelas mulheres em meu feminismo silenciosamente se desenvolvendo, ainda sem identificá-los direito e esperando algum dia ter coragem suficiente para viver a minha própria vida – seja qual fosse. Todas as noites, rezava para o meu marido morrer para poder me livrar do casamento. Ainda não conseguia nem mesmo pensar em divórcio.

É importante notar que o meu marido não era um monstro, nem fisicamente abusivo. Ele apenas não era alguém com quem você gostaria de passar a sua vida, quanto mais a eternidade. Na verdade, ele até me auxiliava nas tarefas domésticas e, de vez em quando, gostava de preparar refeições. Ele se orgulhava muito de que a *sua* mulher soubesse cozinhar e costurar como uma mestra. Qualquer elogio às minhas habilidades era rapidamente transformado num tapinha em suas costas, aumentando o seu status entre os colegas. Ele oferecia os meus serviços regulares para qualquer coisa, desde fazer cartazes de última hora para eventos, até preparar um jantar mexicano para 250 pessoas, sem a ajuda de ninguém. Geralmente, eu não ouvia uma palavra de agradecimento ou valorização pelo meu trabalho, apenas um comentário descuidado do tipo "fulano e ciclano gostaram de tal e tal", que normalmente era dito quando ele precisava de mim para realizar outro projeto.

Sempre que íamos à igreja, Mark me deixava sentada em meu lugar e, ia conversar com outras pessoas. Lembro-me de um jantar para levantar fundos para a igreja, que custou US$ 50 por casal, no qual passei a noite inteira sentada sozinha. Ele pegou seu prato e ficou com os amigos até a hora de voltarmos para casa. Quando eu o confrontei, dizendo que eu me sentira uma tola sentada sozinha, ele disse que eu deveria ter lhe pedido para ficar se era importante para mim.

Provavelmente você está se perguntando por que eu não peguei o meu prato e fiz o mesmo, por que eu me permitia agir como vítima. A resposta mais fácil é que eu ainda não me encontrara. Eu era tão dolorosamente tímida, como resultado da minha infância e por ter sido dominada durante tantos anos por esse homem, que, honestamente, não achava que tinha algo a oferecer numa conversa. Na verdade, foram necessários mais de três anos de aulas de liderança para eu conseguir integrar em minha própria vida aquilo que ensinava. Foi preciso um ataque frontal total ao meu feminismo para eu perceber que estava vivendo uma vida horrorosa.

Em 1984, mudamos para Montana em busca de trabalho e Mark uniu-se a um grupo de homens que decidiu que a sua missão era defender o vale de ataques, embora não estivéssemos correndo nenhum perigo em particular. Antes de Mark se envolver com o grupo, esses vigilantes tentaram, sem sucesso, assassinar um juiz local por ele ser muito liberal. Mais recentemente, um membro do grupo fizera contato com as Nações Arianas do norte de Idaho e todos estavam planejando uma viagem no fim de semana para se alistar.

Mark esvaziou a nossa conta corrente para financiar a viagem. Quando perguntei por que ele sacara todo o nosso dinheiro, sua resposta foi que ele precisava do dinheiro, pois um dos irmãos não podia pagar a viagem. Não foi bom lembrá-lo de que ele estava desempregado e que nós também precisávamos do dinheiro.

Um dia, cerca de duas semanas depois da viagem, ao voltar do trabalho, encontrei Mark sentado em nossa varanda, sorrindo de orelha a orelha, ansioso para mostrar como ele redecorara o gabinete. O que vi fez o meu sangue gelar. Em uma das paredes estava pendurada a bandeira dos confederados[*]. A parede oposta tinha uma estante com literatura para distribuição, broches e outras parafernálias das Nações Arianas, que ele juntara em Idaho. "Não é demais?" ele perguntou. Eu não consegui responder. Então, ele abriu o armário. Arrumara todas as suas armas e munição para exibi-las "em toda a sua beleza" às pessoas que convidaria para conhecer o seu santuário. Mais tarde, soube que ele fizera arranjos para que alguns dos seus amigos de Idaho viessem nos visitar.

Definitivamente, estava na hora de ir embora, mas eu achava que não podia apenas fazer as malas e abandonar o casamento. Eu ainda precisava fazer um auto-exame e aparar algumas arestas. Enquanto o tempo passava, Mark percebeu as mudanças e até mesmo comentou que não sabia se ainda gostava de mim. Eu não me importava.

O meu lugar seguro, naquilo que se tornara um campo inimigo, era dentro da minha mente e eu me refugiava em pensamentos, para me reorganizar. Comecei a ler tudo aquilo em que podia pôr as mãos: jornais, publicações feministas, livros de auto-ajuda. As minhas opiniões cresciam dentro de mim e, aos poucos, elas foram reveladas, uma a uma, até o som da minha própria voz não me assustar mais.

Uma manhã, enquanto tomava banho, finalmente enxerguei tudo com clareza. Mark estivera desempregado por mais de um ano

---

[*] N. T. A bandeira da Confederação representava os exércitos do sul dos Estados Unidos na Guerra Civil, que eram a favor da escravidão dos negros.

e eu havia pago todas as nossas contas com o meu magro salário. Se eu podia sustentar a nós dois, certamente também poderia me sustentar. Ao anoitecer, eu tinha uma Caixa Postal (número 1492, minha viagem para o território inexplorado) e alugara uma casa cujo proprietário estava disposto a esperar até o dia do pagamento para receber o aluguel.

Seis meses depois do dia em que Mark se juntou às Nações Arianas, eu estava instalada em minha própria casa e os papéis do divórcio estavam correndo. Suas últimas palavras para mim, quando ele saiu do Estado, foram: "Você vai morrer aqui. Você não vai agüentar passar um inverno em Montana sem um homem." Eu agüentei por dois anos (facilmente) e teria permanecido lá para sempre se não precisasse voltar para a Califórnia, em parte porque a minha mãe estava morrendo, e em parte porque eu sentia uma urgência em estar entre as pessoas que pensavam e sentiam como eu. Só muitos anos depois da morte de minha mãe, percebi como poderia facilmente ter encontrado essas pessoas em Montana.

Mais ou menos um ano depois do divórcio, alguém me perguntou o que eu realmente gostaria de fazer para viver se pudesse escolher. Eu respondi que gostaria de defender as questões relacionadas às mulheres em Washington, D.C. A minha resposta não somente surpreendeu a pessoa que a fez, como também me deixou chocada. Aquela era a primeira indicação de que eu estava pronta a dar o próximo passo, que eu era suficientemente forte para lutar pelo que acreditava.

Mesmo assim, precisei de quase cinco anos depois do divórcio para criar coragem e me assumir. Eu costumava brincar, afirmando que na minha próxima vida só amaria mulheres. Aos quarenta anos, decidi que estava na hora de começar a minha próxima vida.

Embora tivesse me identificado como lésbica apenas durante um período de tempo relativamente curto, não restam dúvidas de que a minha escolha é a certa. Há algo de fortalecedor em se optar por uma vida que resiste à tradição e comprometer-se com a luta resultante disso. É quase como se precisasse de um tipo de cerimônia formal para as lésbicas quando elas se assumem pela primeira vez, quando todas nos reuniríamos, comemoraríamos e daríamos nossas bênçãos para a nova guerreira, dando-lhe coragem para enfrentar o que vem pela frente.

Quando eu me tornei lésbica, trouxe comigo uma enorme carga de valores tradicionais, muitos dos quais podem parecer um pouco deslocados se comparados àquilo que você geralmente encontra na comunidade gay. O meu objetivo de levar uma vida simples, com cercas brancas e tudo o mais, soa como sempre soou, com uma única importante exceção – agora eu sei que quero compartilhar o resto dos meus dias com uma mulher maravilhosa, capaz, forte e amorosa. Nenhum homem poderia desempenhar o papel que eu estou procurando. Num mundo onde as parceiras parecem ir e vir num piscar de olhos, eu me considero verdadeiramente sortuda por ter encontrado uma mulher que compartilha os meus valores, sonhos e senso de compromisso. Quatro meses depois do nosso primeiro encontro, decidimos que gostaríamos de comemorar a nossa união com votos e uma cerimônia.

Enquanto preparávamos o nosso casamento homossexual, percebi que acredito verdadeiramente num compromisso para a vida inteira, no qual possa me sentir plenamente feliz e satisfeita. Francamente, fui chamada de ingênua por algumas de minhas amigas lésbicas, incluindo uma mulher que se vangloriava de ter sido "casada" 27 vezes.

Entretanto, nós enfrentamos alguns desafios interessantes enquanto planejávamos o casamento – problemas que não são enfrentados por casais organizando cerimônias heterossexuais. O nosso objetivo era um casamento muito tradicional, que incorporasse o melhor dos costumes heterossexuais, eliminando qualquer coisa que pudesse ser interpretada como servil. Precisávamos encontrar uma igreja (queríamos uma capela tradicional) e um padre disposto a nos casar sem impor limites rígidos. Uma igreja estava disposta a realizar a cerimônia desde que não usássemos as palavras casamento e matrimônio, mas nós consideramos aquela atitude negativa muito asfixiante. Outras igrejas empalideceram ante a idéia. Após muita procura, finalmente encontramos a igreja e o padre perfeitos ,mas estávamos bem conscientes do quanto o processo seria mais fácil se fôssemos um casal "normal".

Quando fomos ao banco local abrir uma conta corrente conjunta, a cena foi bastante cômica. A representante das contas novas achava que, por sermos duas mulheres abrindo uma conta conjunta, com certeza estávamos abrindo um negócio. Evidentemente, a idéia de um negócio lhe permitia entender melhor por que tínhamos o mesmo endereço e telefone. Em determinado momento, o gerente da agência aproximou-se para observar a transação, com algum interesse. Durante a conversa, ela perguntava repetidamente a respeito do negócio. Finalmente, frustradas, dissemos que ainda não sabíamos que tipo de negócio ia ser e saímos do banco.

Foi difícil não poder demonstrar a nossa alegria publicamente enquanto planejávamos o casamento. Se fossemos um casal hetero, teríamos sido capazes de manifestar alegremente as nossas intenções em qualquer loja da cidade. Ao contrário, comprar alianças e fazer convites tornou-se um ato de suprema diplomacia, e a nossa empolgação permaneceu oculta em olhares furtivos e toques fraternos.

É difícil ser lésbica assumida – ser um casal de lésbicas que pretende casar criou uma série de controvérsias em nossas vidas. Parecia que todo mundo tinha suas próprias idéias a respeito de casamento. Os amigos hetero perguntavam porque nos incomodávamos tanto, uma vez que não era legal. Para muitas amigas lésbicas, o termo "casado" apenas significava "morar juntas até que não desse mais certo", e esse cenário não correspondia à intensidade do compromisso que tínhamos com a nossa união.

Não é fácil comparar a minha vida agora com os anos de casamento heterossexual. Simplesmente não há comparação. Talvez seja suficiente dizer que antes, a minha vida era de mentiras porque não era seguro dizer a verdade a respeito de coisa alguma. Eu vivia com o medo constante de deixar o meu marido zangado. Fazia malabarismos com o dinheiro, pois nunca havia o suficiente e, jamais lhe disse que não podíamos arcar com as suas extravagâncias. Agora, minha amante e eu conversamos francamente a respeito das nossas finanças e não somente é muito confortável como tão, tão certo, fazer planos juntas. Naturalmente, nunca há dinheiro suficiente, mas ambas sabemos a quantas andamos.

O meu antigo eu preocupava-se constantemente com o que as outras pessoas pensavam e nunca teve confiança para manter suas decisões nas raras ocasiões em que tomou alguma. Agora, digo o que penso o tempo todo, em casa e no trabalho – e até mesmo já fui acusada de ser radical e teimosa. Que mudança!

Embora a minha família tenha lidado bem com o meu lesbianismo, muitos amigos não. As minhas antigas amigas dizem que estou passando por uma fase e esperam que eu recobre o juízo brevemente. A minha companheira e eu voltamos para criar raízes em Montana, onde erroneamente, pensei que os amigos que deixara para trás me aceitariam e nos dariam as boas-vindas. Mas para cada amigo perdido, muitos outros surgiram. A comunidade gay, lésbica e bissexual em Montana não está apenas viva e passando bem, como é muito grande.

Houve muitas perguntas interessantes enquanto os amigos me viam cada vez mais feliz e segura. Uma mulher aproximou-se de mim numa reunião e disse: "Eu não sei o que está diferente em sua vida para deixá-la tão feliz, mas farei qualquer coisa para me juntar a você." Expliquei que, para começar, ela devia deixar o marido e encontrar uma amante forte e bonita. Ela quase engasgou com o almoço antes de perceber que rir seria uma boa resposta. Nós ainda somos boas amigas.

Até mesmo me perguntaram por que eu arriscaria a minha "posição na comunidade por uma vida de hedonismo". Ninguém pode compreender como esse "risco" é sem sentido, a não ser que tenham realizado essa mudança. Agora a minha vida é honesta e equilibrada. Qualquer ingrediente que faltava em meu relacionamento com o meu marido, tenho em abundância em meu casamento lésbico.

A primeira vez em que a abracei
com Elteaser "Tina" J. Buttry

Essa entrevista foi realizada por Ellen no verão de 1994, depois de Tina ter ouvido a companheira, Gale Edeawo, falar deste livro e decidir contribuir. Foi difícil, porém recompensador, desenterrar essas velhas lembrança, pois, pela primeira vez, ela juntou as peças do quebra-cabeça da sua vida.

Ellen: Como foi sua infância?

Tina: Minha primeira lembrança é de uma refrescante noite sulista. Mais ou menos seis meninos e uma menina – eu – sentados nos degraus da minha varanda. Passei a maior parte da minha pré-adolescência com esse grupo. Eu era a líder. Nunca houve nenhum voto verbal, era um acordo que todos compartilhavam. Não fui eu quem decidiu, era a maneira escolhida por eles para me homenagear. Eles eram meus amigos.

Como eu não tinha permissão para me afastar de casa depois de escurecer, sentávamos nos degraus em frente à minha casa. Antes da guerra, o nosso bairro fora uma parte aristocrática dos brancos de Savannah. As casas eram amplas, com lindas estruturas de madeira, que foram divididas para acomodar duas famílias. Algumas ruas eram asfaltadas, outras eram cobertas de terra e jogávamos futebol ali.

Durante muitos anos, esses meninos foram os meus melhores amigos e confidentes. Mas quando cheguei à adolescência as coisas ficaram difíceis. Eu não ligava para os tabus relacionados às interações sociais com meninos. As mulheres em minha comunidade sabiam como eu era ligada aos meus amigos e começaram a dizer coisas como: "Os meninos não vão gostar de você quando você crescer." e "Deixe os meninos vencerem de vez em quando." Eu tinha permissão para perambular pelo bairro. Eu era segura, independente e adorava me divertir.

Nunca soube o que transpirou nas conversas entre a minha mãe e essas outras mulheres, mas logo me impuseram muitas restrições. Obviamente, eu deixava aquelas mulheres nervosas com minha liberdade. Suas palavras me deixavam confusa. Por que elas estavam dizendo aquelas coisas? Como elas diziam que eu era diferente e que devia me comportar de outra maneira, juntei-me ao grupo de meninas para fazer crochê. Mas quando começava um jogo de futebol, os meninos vinham e me chamavam e eu ia. Quanto mais desculpas eu arranjava para não ficar com o grupo de crochê, mais confusa e envergonhada eu ficava; eu me sentia dividida; podia ouvir as palavras das mulheres e o desejo do meu coração me atraindo para direções opostas. As mulheres e as meninas não gostavam do meu verdadeiro eu. Comecei a me odiar e sofri durante toda a adolescência. Finalmente, não me convidavam mais para ficar com as meninas. Alguma coisa estava muito errada e devia estar relacionada a quem eu era.

Ellen: Portanto, houve muita pressão para você se adaptar?

Tina: Savannah era uma cidade com uma estrutura social rigidamente definida – um legado dos dias anteriores à Guerra Civil. Os negros em minha cidade aceitavam os antiquados códigos sociais de vestimentas e conduta. As pessoas que se desviavam dessa estrutura eram severamente castigadas. Elas eram exiladas e, com isso, perdiam os vínculos com toda a comunidade negra, incluindo a expulsão de organizações sociais ou profissionais, perda da carreira e até mesmo dos amigos e da família.

Assim, a cultura gay em Savannah era muito discreta. As mulheres e homens que escolhiam esse estilo de vida, geralmente saíam com pessoas do sexo oposto e até mesmo casavam para evitar suspeitas.

Ellen: Como você foi apresentada às lésbicas?

Tina: Eu estava morando com minha madrinha, Casey, mais ou menos na época em que entrei na universidade. Depois de algum tempo, comecei a somar dois e dois. Compreendi todo o comportamento incomum em nossa casa, como as vezes em que Angela chegava no meio da noite e dormia na cama de Casey, a proximidade física que Cynthia e Casey partilhavam e a vez em que fui com Casey comprar uma lingerie especial, só para Barbara usar quando chegasse à noite. Tudo fazia sentido.

Depois de conhecer os seus segredos, fui convidada para as festas. Nunca houve nenhuma explicação para aquele estilo de vida. Eu aprendi com o tempo. Quando íamos a festas, nós nos arrumávamos. Não havia dúvidas quanto ao sexo que representávamos. Eu tinha muito cuidado para me apresentar como sapatona, porque ser sapatona me dava poder, ou assim eu pensava. A regra era: as sapatonas estão no comando.

Certa vez, fui a uma festa e lá estava a minha professora da terceira série, que também fora minha chefe nas bandeirantes. Convidei-a para dançar e senti-me no céu. Acho que eu estava comovida por finalmente poder tocar aquela mulher. Mas não me considerava lésbica. Ia às festas porque Casey ia. Eu ficava muito à vontade com aquelas mulheres e gostava da intimidade e das conversas. Contudo, não sentia atração por nenhuma delas nem necessidade de afirmar o meu status. Elas diziam: "Você é lésbica e nem sabe disso." Estavam certas, mas aquilo que elas reconheciam, eu não reconhecia. O rótulo que elas me deram não me transformou em lésbica.

Fazer parte daquele grupo me permitiu conhecer outras lésbicas da minha idade, jovens mulheres no final da adolescência, entrando na casa dos vinte. Havia naturalidade no fato de estarmos juntas; o fato de sermos diferentes nunca era discutido. Por volta do meu segundo ano de universidade, Rena, uma jovem muito agressiva, de pele cor-de-azeitona e com uma marca de nascença acima do lábio realçando a sua beleza, aproximou-se de mim. Ela tinha dezessete anos; eu tinha dezenove. Começamos a sair e eu me apaixonei por ela. Pela primeira vez, senti atração sexual por uma mulher.

Rena era atraente e divertida. Quando eu passava a noite em sua casa, ela me atacava ardentemente, com os pais no quarto ao lado! Eu sempre me sentia culpada, principalmente porque sua mãe era boa para mim e me tratava bem. Um domingo, estávamos jantando com seus pais e com um membro da igreja da sua mãe. A conversa mudou de rumo e acabou nas "pessoas esquisitas". A mulher disse: "Eu posso reconhecê-las em qualquer lugar." Rena colocou a mão em meu colo e começou a esfregar a minha coxa. "Em qualquer lugar?" Rena disse, numa voz indagadora. "Eu posso reconhecê-las a quilômetros." a mulher reafirmou. Rena virou para mim e disse: "Cara, ela deve ser boa." A mulher ecoou: "Com certeza." Mais tarde, Rena e eu repetimos seus comentários e rimos muito.

Apesar de sairmos regularmente, ambas tínhamos namorados. Quando Rena anunciou que estava pensando em dormir com o seu, eu disse que não poderia fazer parte da sua vida. Ela foi inflexível e eu também. Nós nos separamos depois de quase dois anos. Continuamos a nos encontrar em festas e sempre permanecemos amigas.

Ellen: O que aconteceu depois disso?

Tina: Meses depois, um amigo comum me apresentou R.L e, finalmente, ele me convidou para sair. Esse foi o início de algo grande. Ele me conquistou com o seu encanto infantil e sua habilidade para falar do medo que sentira no Vietnã. Ele era uma pessoa afetuosa, gentil e emocionalmente equilibrada, sem altos e baixos. Não houve nenhuma grande transição, de amar Rena a amar R.L. Eu amei os dois, cada um em seu próprio tempo.

Logo depois da minha formatura na universidade, R.L. me pediu em casamento. Essa proposta veio no final de uma viagem que eu fizera a Nova York. Eu estava visitando algumas amigas lésbicas que se mudaram de Savannah e estavam tentando me convencer a ir com elas. Nossa conversa girou em torno da comunidade hetero, punitiva de Savannah, e de sua liberdade recém-descoberta: morar juntas, criar os filhos em liberdade, longe dos críticos olhos curiosos. Elas realmente pareciam ter mais liberdade, mas eu ainda não era suficientemente forte ou corajosa para tentar viver nos dois mundos. Eu ainda desejava uma família, o que, na minha cabeça, incluía filhos e um pai.

Ellen: Como foi sua vida de casada?

Tina: Tudo ia bem. Eu dava aulas e R.L. trabalhava na indústria aeroespacial. Então, uma noite, ele recebeu um telefonema de um homem que freqüentou a minha universidade. Disseram: "Sua mulher gosta de mulheres e eu achei que você devia saber". A pessoa continuou: "Eu só estou cumprindo com o meu dever" e, então, desligou. R.L. parecia confuso e desligou o telefone muito devagar. Ele repetiu a conversa. "Há alguma verdade nisso?" Falei muito sinceramente a respeito do meu relacionamento com Rena, afirmando que abandonara aquele estilo de vida pelo medo de me expor, que o amava e queria fazer parte de uma família.

Percebi o choque que aquilo devia ter sido para ele e sugeri que pensasse no assunto. Disse-lhe que se fosse demais para ele aceitar, poderíamos nos separar ou até mesmo nos divorciar. Eu também disse que aquilo não poderia ser usado em nosso casamento como meio de manipulação. Ele insistiu em que eu ficasse, mas os três dias seguintes foram um inferno e eu achei que fosse enlouquecer. Muitas perguntas terríveis passavam pela minha mente. Ficava imaginando o que dizer aos meus pais. Será que eu perderia o emprego se a notícia chegasse à diretoria da escola? Será que continuaríamos nos amando ou, ainda, será que ele ainda me amaria?

Dei a R.L. o poder de decidir o nosso destino. Depois de alguns dias de reflexão profunda, ele voltou com o que me pareceu um veredicto. Disse que estava tranqüilo com relação à minha história e que isso não afetaria o nosso amor.

Apesar de Rena aparecer em meus sonhos, a partir daquele momento, eu literalmente jamais olhei para outra mulher. Como eu achava que R.L. estava sempre me vigiando para ver a minha reação a outras mulheres, criei o hábito de olhar na direção oposta quando via uma mulher atraente. Eu não queria que ele ficasse inseguro de maneira alguma. Sentindo que eu lhe devia alguma coisa pela dor que provocara, secretamente, jurei nunca mencionar o nome de Rena na frente dele. Com o passar dos anos, tivemos dois lindos filhos, Kenera e Rob, mudamos para Vale de São Fernando e experimentamos os altos, baixos e calmarias da vida de casado. Em determinado ponto, ficamos muito envolvidos em nossos papéis – eu fazia as coisas práticas na família, levando as crianças a todo lugar, R.L. tinha a sua carreira de programador em computação e eu me tornei a dona-de-casa isolada, deprimida, o que finalmente me fez procurar a terapia. Mas o nosso amor pelas crianças nos manteve juntos, como uma família. Depois de algum tempo de terapia e com uma autoconsciência renovada, eu disse à minha terapeuta, que conhecia o meu passado, que eu achava que era lésbica. "Eu sei" foi a sua resposta. Fiquei chocada e zangada. Senti-me traída. Fiquei imaginando quem mais sabia e não falara.

O meu eu natural estava surgindo novamente. Que dilema – eu não podia contar ao meu marido. Senti a dor de tentar me esconder outra vez. O entorpecimento e a depressão não viriam tão facilmente quanto no passado. Lembrei-me do compromisso que tinha com essa família e jurei que o honraria. A questão era: Como continuar casada e permanecer viva e fiel a mim mesma?

Ellen: Como você lidou com a situação?

Tina: Cerca de um ano depois da minha auto-revelação, R.L. recebeu o diagnóstico de câncer no pulmão e nos ossos. O mundo que eu conhecia mudou imediatamente. Durante seis meses, não conseguimos aceitar a notícia. Eu estava zangada com os médicos, por não terem descoberto o excesso de cálcio em seu sangue durante os exames físicos de rotina; zangada com R.L., por ficar doente; zangada com os militares, por terem borrifado agente laranja nele. Eu tinha medo de cuidar de um homem muito doente.

Compartilhamos muitos momentos afetuosos, muitas horas de choro. Não havia espaço para compreender o que estava acontecendo com ele e conosco. O câncer, um convidado indesejável, destruiu o seu corpo. Mas R.L. conservou a lucidez. Ele não lutou contra a morte, fluindo como sempre fez, com graça e dignidade. Nós vivemos cada dia plenamente e permitimos que os amigos e familiares participassem. Houve muitos momentos memoráveis durante aqueles seis meses, mas o mais carinhoso foi quando nossos amigos de 22 anos, John e Jeanette, tornaram financeiramente possível para R.L., Rob e eu voarmos até a Flórida para a formatura de Kenera. Eles foram conosco para ajudar a cuidar de R.L. Durante a cerimônia, o presidente da universidade pediu que todos os pais dos formandos ficassem em pé. R.L. agarrou os braços da sua cadeira de rodas e, com as pernas e os braços tremendo, levantou e ficou quase em pé. Lágrimas de orgulho caíam – nossas e dele. O seu maior desejo era ver a filha formada.

Depois de voltarmos a L.A., R.L. perdeu todo o interesse nas coisas cotidianas. Ele faleceu tranqüilamente, seis meses após o diagnóstico. Os serviços funerários foram realizados em Los Angeles e em Savannah. Nós ficamos juntos por 24 anos. O período de luto foi quase insuportável, mas eu continuei, numa espécie de nevoeiro.

Quase um ano depois, recomecei as discussões sobre os meus sentimentos lésbicos com uma amiga e com a minha terapeuta. A solidão me impelira para fora de casa, à procura da comunidade lésbica. Um dia, descobri as livrarias feministas. Aproximei-me de uma funcionária que me deu uma revista, *The Lesbian News*. Ela me olhou nos olhos e entregou-a para mim, dizendo: "Essa é a Bíblia Lésbica. Ela a levará aonde você deseja ir e lhe dirá aquilo que você precisa saber. Leia." A próxima parada foram os bares, onde eu entrei esperando compreender melhor o que era aquela vida. Conheci algumas pessoas e me diverti muito. Eu queria conhecer lésbicas negras e, onde eu morava, isso era quase impossível.

Não sei o que eu imaginava, mas não havia ninguém esperando por mim, para me abraçar e dizer "bem-vinda". Desesperada, fui a um grupo lésbico de debates, a 30 quilômetros, numa noite chuvosa, orientando-me pelas instruções que me deram pelo telefone. Eu estava tão confusa quando entrei naquela sala, que nem mesmo vi a mulher que me convidara para a reunião. Parecia ser o destino que dizia aquelas lindas palavras de Lord Byron: "O amor na vida de um homem é uma coisa à parte. Para a mulher, é toda a existência." Aquelas palavras, pronunciadas em voz alta, devolveram-me a consciência.

Eu dissera a algumas amigas que me casaria com o primeiro amante que lesse poesia para mim. Eu não esperava que fosse uma mulher. Olhei em volta da sala para dar um rosto àquela voz poética e meus olhos caíram naquela mulher negra. Corri para ela no intervalo e me apresentei. Trocamos nomes e números de telefone. Eu nunca ficara tão feliz ao ver uma mulher negra em toda a minha vida. Manifestei o desejo participar da comunidade lésbica negra. Sua resposta foi: "Você encontrou a irmã certa."

Ellen: Você saiu com ela?

Tina: Sim, ela me convidou para ir a uma leitura de poesias. Dessa vez, sentada ao seu lado, experimentei uma sensação maravilhosa. Quando nos encontramos novamente, flertamos a noite inteira. Nunca falamos sobre isso, mas sentimos que nos pertencíamos, como duas almas do passado. Durante um retiro de fim de semana de lésbicas negras, compartilhamos a nossa atração mútua.

Nosso romance era cheio de vida, paixão e medo. Eu perdera um amor. Não queria ganhar outro e então perdê-lo também. Lutei contra essa união durante meses. Finalmente, as palavras "É melhor ter amado e perdido, do que jamais ter amado" tornaram-se verdadeiras. Eu escolhi amar e ser amada. Com o tempo, aprendi a berrar. Agora, estou contribuindo para aquela mesma comunidade que eu desejara encontrar esperando por mim, ao iniciar a jornada para me assumir há muitos anos. Sou conselheira voluntária na comunidade lésbica e gay, tentando crescer e a ajudar outras pessoas a crescerem. Quando lembro a primeira vez em que abracei Gale, lembro a mim mesma do meu compromisso: ser eu mesma. Finalmente, eu cheguei...o círculo fechou.

Adeus, marido
Robin Finley

Minha jornada foi como um passeio de bumerangue cheio de obstáculos. Eu me assumi no início da década de 1970, caminhei pela nave central da igreja no final da década de 1980 e arrastei um processo de divórcio na década de 1990. Houve momentos verdadeiramente felizes e dias arrasadoramente difíceis em cada uma dessas fases. Eu troquei de pele pela última vez e agora sinto que estou pronta para viver a vida para a qual nasci.

Passei a juventude no Texas, onde as menininhas aprendiam a girar a batuta, embora eu preferisse pegar uma arma de brinquedo e representar os últimos dias do forte Álamo. De algum modo, percebia que não estaria ao lado das minhas colegas na parada da vida, mas nunca imaginei o quanto éramos diferentes. Minha escolha foi estudar. Como excelente aluna, podia me dedicar aos estudos e manter a vida social a uma distância segura. Eu não me interessava por relacionamentos e considerava a escola uma obrigação de longo prazo. O meu principal objetivo era agradar meus pais, que me consideravam a maior fonte de satisfação da vida deles. Comemorei a minha formatura do segundo grau viajando com minha mãe pelo país, num Plymouth Duster novinho em folha.

No segundo ano da universidade passei pela inesquecível experiência de me apaixonar loucamente por uma mulher, que demonstrou dedicação ao me presentear com seu querido livro de infância, *O ursinho Puff*. Fiquei chocada ao perceber que era lésbica, mas fui em frente, dominada por aquela emoção positiva, até o Canadá, onde me transferi para uma nova universidade. Esse foi o primeiro de oito anos escondendo a realidade dos meus pais, raramente me referindo às pessoas importantes em minha vida com intimidade, geralmente sendo vaga a respeito de qualquer coisa e, dessa forma, deixando intactos os sonhos dos meus pais.

Minha mãe era uma homofóbica militante. Ela percebia a minha devoção a determinadas "amigas" e, por sua vez, desenvolvia uma antipatia cega por todas elas. Finalmente, apoiada pela força de um relacionamento de três anos e pela enorme pressão exercida pelo mundo gay para que eu me assumisse, admiti a verdade aos meus pais. Tudo aconteceu inocentemente, durante uma visita de fim de semana. Minha mãe estava manifestando a sua repulsa pelo mundo homossexual, enfatizando principalmente as suas atividades sexuais. Ela fez uma pergunta que pretendia ser retórica: "Como elas podem fazer isso?" Instintivamente, eu respondi, "por amor." Aquela foi a confirmação de que ela precisava. "Meu Deus! Você é uma delas!" Ela quase ficou histérica durante um ano inteiro. Eu ia visitar os meus pais todos os finais de semana, tentando inutilmente consolá-los. Os soluços da minha mãe eram violentos. Os retratos de família foram rasgados em pedacinhos e atirados no lago atrás de casa. Meu pai permanecia em silêncio arrasado.

Mesmo assim, eu sentia força em minha decisão de defender o meu relacionamento. Estava com uma pessoa por quem me apaixonara antes de nos conhecermos. Ela era uma fotógrafa talentosa. Vira uma coleção dos seus grandes retratos de mulheres e eles eram tão sensíveis que senti uma atração instantânea pela artista. Nós nos conhecemos e nos apaixonamos perdidamente. Ela me apresentou a cidade de Nova York, e a nossa vida era cheia de excitação e cultura.

Nos meses seguintes ao confronto inicial com meus pais, esse relacionamento seguro começou a desmoronar, pois minha amante sentia-se responsável pela parte que desempenhara no colapso da minha família. Logo depois, em férias com amigas, eu a vi nos braços de uma velha conhecida. Soube que elas tinham um caso há mais de um ano.

A partir daí, continuei a minha vida sozinha, a não ser pela adoção de um cão, para substituir aquele que eu deixara com minha amante. Esforcei-me para reconstruir alguma coisa com os meus pais – um desafio mais fácil, uma vez que eu estava novamente solteira e, portanto, não fazia parte daquele grupo.

Como de costume, procurei refúgio no meio acadêmico, onde os estudos facilmente substituíam a realidade. Transformei cada hora disponível em minha vida em cursos para obtenção de créditos e consegui um diploma em tempo recorde. Subitamente, durante um descuidado momento de lazer, enquanto passeava com meu cão no parque, conheci o homem mais encantador do mundo. Iniciamos uma amizade afetuosa, chorando pelas mulheres que nos magoaram (as nossas ex-namoradas nos deixaram por outras mulheres). Inacreditavelmente, dez anos depois do meu primeiro relacionamento com uma mulher, apaixonei-me por um homem.

Juntos, criamos uma vida de muita atividade e colaboração. Nós até mesmo saíamos de férias com os meus pais. Com o tempo, minha mãe parou de perguntar se tudo estava "realmente no lugar".

A vida oferecia um impulso inédito. A abertura e a liberdade descobertas no mundo heterossexual eram surpreendentes. De repente, eu podia contar a todos no trabalho o que ele e eu havíamos feito no fim de semana. Ele e eu íamos visitar nossas famílias em fins de semana alternados. Ele e eu compramos uma casa juntos. Ele e eu podíamos nos encontrar para tomar um drinque em lugares bem iluminados que pareciam leves como o ar, comparados à atmosfera anônima e enfumaçada da maioria dos bares gays. Ele e eu tínhamos uma vida que todos apoiavam abertamente – mesmo as minhas amigas lésbicas que estavam um tanto aturdidas, mas dispostas a perdoar qualquer coisa pela minha felicidade. Eu até me permitia usar bonés de beisebol enquanto dirigia o seu conversível, sem me considerar uma sapatona muito declarada. A sua família me recebeu calorosamente – especialmente logo após a terrível experiência com aquela mulher antes de mim. Sua irmã se tornou a irmã que eu nunca tive.

Eu era conhecida no trabalho como a única da equipe que era feliz no casamento, mesmo não sendo casada ainda. Com freqüência, eu pensava nele como um em um bilhão – o único homem em quem eu poderia confiar, alegremente compartilhando a minha vida sem nenhuma saudade dos anos que passei com mulheres. Geralmente, após me conhecerem há algum tempo, as pessoas pareciam surpresas ao conhecer o meu marido – ocasionalmente me confidenciando que esperavam um tipo nórdico, alto, atlético. Ao contrário, elas eram apresentadas a um homem gentil, de cabelos encaracolados, de aparência franzina, que tranqüilamente cortou os cabelos um dia depois que um funcionário distraído de uma loja se aproximou de nós e perguntou: "Posso ajudar as senhoras?"

As pessoas adoravam nos visitar, com freqüência comentando o bom astral da nossa casa. Ele enchia a casa com música e plantas verdes. Eu a enchia com humor e a última peça de arte mecânica feita por mim. Nossos cães se davam bem. Era tudo muito tranqüilo.

Então, depois de três bem-aventurados anos, cometemos o santo matrimônio. Esse foi o ponto de mutação em nossas vidas. Antes, nós compartilhávamos o maior idealismo a respeito de nosso relacionamento e discutíamos cada pequena decisão em detalhes. Com o casamento, as suposições tornaram-se a regra e o sexismo ruidoso ergueu a cabeça: se eu trabalhava até tarde, era viciada em trabalho. Se ele trabalhava até tarde, estava apenas atendendo às exigências do seu trabalho. Para ele, tornou-se muito cansativo passar três dias nos finais de semana com a minha família, embora fôssemos até uma universidade próxima quase todo o fim de semana visitar seu irmão. Ele recebeu a notícia da maior promoção em minha carreira com o comentário: "Bem, agora eu não vou mais ver você." Eu estava ficando cada vez mais confinada à sala cheia de esposas sem estímulo em reuniões para casais.

A cerca do nosso quintal se tornou o símbolo da discórdia doméstica. Em nosso primeiro ano na casa, quando o meu horário de trabalho era mais flexível do que o dele, comecei a construir uma linda cerca de madeira em volta do quintal para manter os cães dentro de casa. À medida que meu projeto crescia, exigindo que eu colocasse concreto e comprasse madeira sob medida, percebi que, de algum modo, eu constrangia o meu marido realizando o trabalho de "homens". As pessoas que visitavam o quintal automaticamente o cumprimentavam por sua habilidade. Eu terminei metade da cerca e decidi esperar para fazer o resto até podermos terminar o projeto juntos. De algum modo, ele nunca fez parte das nossas prioridades e eu comecei a ficar cada vez mais ressentida, pois precisava cuidar dos cães sempre que eles estavam lá fora ou chapinhar na água para desemaranhar a corda usada para impedir que o meu cachorro explorasse a vizinhança.

Certa vez, ocorreu-me o pensamento de que eu sentia o que uma criança com um tumor cerebral terminal devia sentir ao visitar a Disneyworld. Coisas maravilhosas estavam à minha frente mas eram experimentadas com uma alegria superficial, transitória, pois eu percebia que estava morrendo lentamente e que as decisões estavam, cada vez mais, sendo tomadas pelas pessoas que sabiam mais do que eu. A pior parte era que eu não reconhecia esses problemas crescentes. Em algum lugar do caminho, eu me afastara do relacionamento, do estilo de vida. Coloquei de lado os meus sentimentos porque desejava tanto pertencer àquele mundo. Concentrei toda a minha energia para equilibrar os pratos da vida heterossexual. O meu único refúgio eram os projetos de jardinagem – uma forma feminina aceitável de trabalho manual.

Inacreditavelmente, durante aqueles anos, comecei a ter fortes *flashbacks* da minha infância, quando sofri abuso sexual nas mãos de um parente que morou com minha família. Até mesmo o toque mais suave do meu marido podia despertar inesperadamente um fantasma do passado, fazendo-me enrijecer e chorar. Ele fora abençoado com uma infância idílica e não estava preparado para lidar com a minha crescente complexidade. A tensão entre nós começou a ficar cada vez mais ácida, destruindo os nossos vínculos e, finalmente, desmoralizando o meu marido, a ponto de ele chegar à conclusão de que era a última vítima do meu abuso. Certo dia, num gesto de reconciliação, ele pagou uma empresa para terminar o projeto da cerca. Na semana seguinte, chamou o meu pai para dizer que queria se separar de mim.

Reconhecendo a seriedade da minha situação, procurei ajuda profissional e tive a sorte de escolher uma terapeuta talentosa para a qual minhas primeiras palavras foram: "Estou aqui para salvar o meu casamento." O ritmo das minhas sessões semanais foi tragicamente interrompido por um telefonema – minha mãe fora hospitalizada com câncer pancreático. Passei três semanas e meia ao seu lado, observando-a morrer com surpreendente rapidez. Tendo desesperadamente desejado ser uma avó, suas primeiras palavras, quando entrei em seu quarto no hospital foram: "Se você tiver um bebê agora, eu mato você!"

Sua morte atingiu o âmago da minha alma. Com freqüência, ela dizia que me amava muito e sabia que era o meu fardo. Talvez o mesmo pudesse ser dito do amor de sua filha por ela. Como uma artista à frente do seu tempo, capaz de energizar qualquer coisa que tocasse, eu a admirava. Ela levantava às cinco horas da manhã para criar peças que estavam terminadas quando todo mundo estava começando a acordar. Sua juventude implícita e sua aparência admirável geralmente faziam as pessoas pensarem que éramos irmãs. Contudo, bem no fundo, ela sofria da profunda infelicidade que sempre afeta as pessoas muito inteligentes, muito exigentes, muito visionárias para a sua época. A morte acidental instantânea teria sido melhor para ela do que as semanas em que ficou deitada pensando em tudo o que havia sido – e não seria – a sua vida.

Durante o período em que a minha mãe esteve doente, meu marido telefonava à noite para discutirmos os "nossos problemas". Ele fazia pressão para procurarmos aconselhamento matrimonial. A minha cabeça estava cheia e, assim, eu me recusava, sugerindo que ele buscasse aconselhamento individual. Em vez disso, achando que eu era a causa dos nossos problemas, ele procurou apoio na sua família. Quando minha mãe morreu, eles o protegiam tanto, que nem mesmo enviaram um cartão de pêsames, a não ser algumas semanas depois, quando isso se tornou um problema entre nós. No mês seguinte ao funeral, a família fechou o cerco, carregando-o para umas férias. Quando ele voltou, ficou com amigos durante algumas semanas e depois pediu para eu sair de casa. Eu concordei. Foi fácil. A vida era interminável e vazia.

Estava perdida em minha dor. Peguei meu cachorro e um monte de coisas e me mudei para a casa de minha melhor amiga, uma lésbica. As sessões de terapia continuaram e foram complementadas por uma sessão semanal em grupo com outras mulheres maltratadas e confusas.

Minha sogra passou um dia comigo em campo neutro. "Quando vocês começaram a ter problemas sexuais?" "Oh, querida, por favor, dê-lhe o divórcio. Ele está tãããããooo infeliz. Deixe-o livre." Ela passou a maior parte do dia falando do seu primeiro divórcio e da profunda depressão que sentiu no atual casamento, até poder "adquirir perspectiva". Ela prometeu que sempre seríamos boas amigas e até mesmo demonstrou interesse em exibir as minhas esculturas no museu da sua cidade. Depois disso, nunca mais ouvi falar dela.

Meu marido pediu à irmã para visitá-lo e embrulhar os meus pertences, guardando-os no sótão de nossa casa. Uma das caixas estava rotulada, "Robin: coisas atuais" e continha três livros de poesia de mulheres, uma velha carta de minha mãe e um cartão de Natal da minha primeira amante. A "irmã que eu nunca tive" é outra personagem do meu mundo de casada com quem nunca mais tive contato.

A gravidade terrestre deve ter triplicado naqueles meses, porque tudo o que eu fazia exigia um esforço inacreditável. Demiti-me do emprego, que me pressionava demais, e passei muitas horas no banheiro da minha amiga, chorando – uma irônica ilha de solidão numa casa lésbica.

Concordei com um divórcio incontestável, apesar de o meu marido ter pedido para eu dar entrada no processo. A ladainha continuou, com freqüência autenticada pela confirmação de um amigo comum: Queixa por Divórcio Absoluto, Acordo de Separação Voluntária, Ordem de Consentimento, Acordo para Estabelecimento de Propriedade, Julgamento de Divórcio... os advogados se encarregaram de destruir o nosso relacionamento de oito anos.

Inicialmente, eu disse que não queria nada além do que levara comigo para o relacionamento – para espanto da minha advogada e de todos à minha volta. A advogada dele, irmã de outro amigo comum, aceitou o seu caso com a habitual atitude vingativa, apesar da natureza cooperativa do nosso divórcio. De algum modo, aquela mulher rude e vigorosa conseguiu mexer comigo e eu acordei. Decidi que queria voltar para a minha casa. Percebi que ela era a coisa mais parecida com um centro espiritual. Quando confirmei essa necessidade ao meu marido, sua resposta foi: "Posso ver que você está se sentindo melhor agora." Naquele momento, decidi que não iria mais sujeitar os meus sentimentos ou necessidades por um sentimento de culpa que me fazia achar que estava pagando as minhas dívidas por ser diferente!

O retorno foi dificultado por muitos obstáculos legais. A recessão econômica eliminou qualquer eqüidade relacionada à nossa casa e, não havia nenhuma fórmula definida na compra da parte dele. Dei ao meu marido bens que valiam três vezes o valor da casa para ter o direito de mantê-la e ainda tive de pagar milhões em taxas, apenas para poder renovar a hipoteca. Inicialmente, o banco que fizera o empréstimo negou a solicitação devido à insignificância dos meus rendimentos de artista (embora na época da compra o meu salário fosse maior do que o do meu futuro marido e o meu sólido crédito e histórico profissional tivessem sido a força que nos permitiu obter a aprovação da hipoteca). Para acalmar os temores do advogado do banco, pedi a uma amiga para juntar-se a mim e, atualmente sou dona apenas de metade da casa.

Ao me aventurar com entusiasmo no casamento, achei que demonstraria a intensidade do meu compromisso assumindo o sobrenome do meu marido. Ele também foi incluído nos meus cartões de crédito. Mais tarde, ao tentar recuperar o meu nome de solteira, diversas empresas dos meus cartões de crédito exigiram que eu fechasse as antigas contas conjuntas e solicitasse outros cartões. As solicitações subseqüentes – de alguém que sempre pagou integralmente os débitos mensais – foram rejeitadas por insuficiência de referências!

Um ano depois, compareci à minha última sessão de terapia. Resumi a minha experiência para o grupo, agradecendo a todos pela verdadeira barganha: algumas pessoas procuram a terapia para resolver problemas de mães dominadoras; outras procuram ajuda porque não conseguem deixar os pais; outras para confrontar orientação sexual/identidade sexual; algumas precisam de ajuda para lidar com as pressões no trabalho; muitas precisam de aconselhamento relacionado ao divórcio; outras procuram a terapia devido a perdas; e por último – mas não menos importante – para solucionar conseqüências de abusos. Eu processei tudo isso por uma modesta quantia semanal! Deixei a terapia compreendendo profundamente como a sexualidade pode ser diluída quando é exposta à pressão atmosférica da nossa sociedade.

Atualmente, quase quatro anos depois do divórcio, obtenho muita força da comunidade gay. A família que eu escolhi é muito unida. Nós marchamos em Washington; ficamos emocionadas no Estádio Yankee com 35000 espectadores nas cerimônias de encerramento dos Jogos Gays; e passamos férias em Provincetown, onde até os heterossexuais esquecem-se de arregalar os olhos ante as demonstrações diárias de afeto entre casais de todos os tipos.

Hoje, sinto uma urgência pessoal de lembrar a minha comunidade da ameaça à nossa existência, vinda de forças radicais que se alimentam de nossa tendência para negar quem somos, como eu fiz com a minha família, meus amigos, e – pior de tudo – comigo mesma. Aprendi que preciso me aceitar para poder ultrapassar as minhas barreiras emocionais e ser abençoada com a recompensa de relacionamentos mais íntimos com outras pessoas. Isso não significa que a jornada da vida lésbica para a vida de casada e de volta ao homossexualismo seja agora um vôo suave. Correntes invisíveis ocasionalmente ainda me fazem dar mergulhos que, algumas vezes deixam marcas em mim e nas pessoas que me amam, mas juntas estamos sempre aprendendo novas maneiras de conhecer os ventos.

A mulher dos seus sonhos
Terry Hamilton

Sou a mais velha de seis irmãos e freqüentei a escola primária católica na década de 1950. Nos primeiros seis anos, meus colegas de classe, como eu, eram todos afro-americanos. O meu bairro ficava no lado oeste de Chicago e era segregado. A minha rua era formada de fileiras de edifícios de dois andares, bem conservados. Todos se conheciam. Os pais educavam seus filhos e os dos vizinhos também. Era como morar numa pequena vila dentro da cidade.

Meu pai era um republicano, líder do distrito e presidente do clube. Tinha três empregos: guarda de segurança, mecânico na estrada de ferro e porteiro da prefeitura de Chicago. Minha mãe trabalhava nos correios. Ela era democrata, juíza eleitoral e consultora legal informal. Quando as pessoas do bairro recebiam cartas de advogados, formulários da universidade para contribuição financeira ou papéis do seguro, elas os levavam para a minha mãe. Ela lia, explicava e aconselhava sobre o que deveria ser feito. Também ia com eles ao tribunal para explicar o que estava acontecendo. Ela não cobrava a maioria desses serviços, mas as pessoas estavam sempre mandando presentes, alimentos ou roupas para a nossa casa ou comprando qualquer rifa, doces ou biscoitos que ela vendesse para levantar fundos para a escola católica.

Aí nós mudamos para outro bairro e eu fui para outra escola católica. Era uma escola integrada. Os meus colegas eram imigrantes da classe operária vindos da Itália, Porto Rico, Polônia, Checoslováquia, Rússia, China, Jamaica, Irlanda e México. A minha escola secundária era integrada com os mesmos imigrantes da classe operária e eu tinha muitos amigos brancos e negros.

Quando minhas irmãs eram adolescentes, elas eram loucas por rapazes. Eu não tinha nenhum daqueles sentimentos que elas descreviam. Gostava da companhia de homens e rapazes porque eles falavam sobre coisas interessantes: política, religião, filosofia, planos e sonhos para deixar sua marca no mundo. Na verdade, uma das minhas lembranças mais queridas é a de ter marchado com o doutor Martin Luther King pelos direitos de moradia quando eu tinha dezesseis anos.

Mas as garotas pareciam preocupadas *apenas* com rapazes – como aquele era bonito, quem estava saindo com quem, quem estava apaixonado e coisas assim; elas falavam interminavelmente sobre cabelos, maquiagem e moda. Nada disso me interessava. Mas se uma garota atlética, máscula, entrasse na sala, subitamente eu ficava animada. Quem é ela? Eu queria saber. Sentia tudo o que as minhas irmãs afirmavam sentir ao ver um rapaz atraente. Eu ficava ruborizada, sentia as pernas bambas, sorria e dizia coisas bobas, ficava desajeitada e deixava cair coisas ou tropeçava nos próprios pés.

Minhas irmãs fofocavam o tempo todo. Pessoalmente, eu não entendia por que. Eu ficava tremendamente entediada com as idas e vindas dos meus vizinhos, colegas e parentes. (Anos mais tarde, quando finalmente encontrei uma comunidade lésbica, percebi como gostava de saber todos os detalhes do fim do relacionamento de fulana; quem fora encontrada na cama com quem quando a namorada voltara mais cedo das férias; como fulana conheceu uma mulher na África, etc. Descobri que podia ficar horas no telefone analisando minuciosamente os problemas de relacionamento de amigas e conhecidas. Os relacionamentos entre mulheres despertavam a minha imaginação.)

Quando fui para a universidade, senti muita pressão para que eu tivesse apenas amigos negros. Entrava na lanchonete e via algumas mesas com estudantes negros num mar de estudantes brancos. Eu conversava com alguns brancos mas, invariavelmente, sentava-me com os negros. Eu fui aliciada por uma irmandade negra e estimulada a participar de protestos de estudantes negros mas disse aos meus amigos que eu precisava trabalhar – "Eu não posso participar!" – porque eu também estava começando a minha família.

Casei aos dezoito anos e dei à luz o meu primeiro filho, John, quanto estava com dezenove. Quinze meses depois, Frank nasceu.

Toda a pressão para casar viera da minha família. Meus pais queriam que eu fosse para a universidade, mas quando viram que eu não tivera nenhum namorado no primeiro ano, entraram em pânico. Eles acharam que eu seria muito bem-educada e incasável, por isso me fizeram ir ao baile de estudantes com o meu primo. Quando minhas amigas viram que eu fora com meu primo, decidiram me arrumar um encontro para o meu baile de formatura; esse foi meu primeiro encontro de verdade. Conheci o meu futuro marido alguns meses depois, na vizinhança. Ele parecia o David de Michelangelo mergulhado em chocolate, com músculos maravilhosos que desenvolvera crescendo numa fazenda. Ele excursionara pelo mundo tocando baixo com um grupo chamado The Radiants, abrindo a apresentação das The Supremes e estava acostumado a ver mulheres atirando rosas e até mesmo calcinhas no palco, jogando-se em cima dele na saída do palco. Para mim, ele era o homem mais sofisticado que eu já conhecera e eu adorava fazer piadas e provocá-lo. Ele disse então que eu era a mulher mais linda que conhecera em todas as suas viagens! Bem, eu faria qualquer coisa por aquele homem de voz grave.

Portanto, lá estava eu, indo para a universidade com dois bebês. Eu acordava às 5 horas da manhã, levava as crianças para a pré-escola montessoriana, assistia às aulas, ia para o trabalho, pegava as crianças, fazia o jantar e estudava – algumas vezes até 2 horas da manhã. O meu marido dizia que eu poderia continuar estudando desde que não negligenciasse as outras tarefas. Ele era sete anos mais velho e trabalhava. Quando Frank estava com três anos, eu menti afirmando não ser casada, para fazer uma ligação das trompas sem a autorização do meu marido. No ano anterior à minha esterilização, tivera um aborto. Finalmente, o meu marido descobriu tudo e me deixou. Eu tive muito apoio dos meus pais durante os primeiros anos como mãe.

Meus pais estavam juntos havia 50 anos. Eu fora educada para casar "até que a morte nos separe," e para ser uma mãe boa e dedicada. Embora eu freqüentasse a universidade, o meu sistema de crenças sempre colocava o papel de mãe e esposa em primeiro lugar. Fiquei solteira por três anos até conhecer o meu segundo marido. Paul era treze anos mais velho do que eu e branco. Nos conhecemos numa conferência ecumênica destinada a despertar o interesse das pessoas em organizações comunitárias nas cidades do interior.

Para Paul, foi amor à primeira vista. Eu fiquei apenas um pouco interessada, mas meu interesse aumentou quando ele tirou a roupa. (Ele invalidou o mito de que apenas os homens afro-americanos são bem dotados.) Após uma corte muito rápida, ele me pediu em casamento. Tivemos de esperar o meu divórcio. O casamento durou três anos. Durante esse tempo, ajudei-o a terminar o segundo grau. Nós nos matriculamos na Universidade de Southern Illinois. As minhas notas eram ótimas e as de Paul, muito baixas. Ele se irritava por eu ser melhor do que ele. Mudamos de Chicago para Carbondale, no Illinois. Depois de muitas idas à agência de empregos, Paul conseguiu um emprego como motorista de táxi. Esperei um ano e então fui à agência e consegui um emprego de gerente-assistente de uma equipe de vendedores de seguro. Paul ficou muito zangado e ameaçou meu patrão e o supervisor que me arranjara o emprego. Nosso relacionamento acabou logo depois que ele começou a ter uma série de casos amorosos. Eu fiquei solteira e não saí com ninguém durante dois anos.

Terminei o meu treinamento e tornei-me programadora de computadores. Tive dois casos rápidos com mulheres, que duraram nove meses cada um. Então, tive um relacionamento com uma mulher que durou dois anos. Fiquei solteira por oito anos e depois tive um relacionamento com uma mulher durante oito anos. A reação dos meus pais a tudo isso foi confusa. Meu pai me aceitava totalmente, como sempre, mas minha mãe levou as coisas para o lado pessoal. Ela tinha certeza de ter feito alguma coisa errada. Depois que ela começou a citar a Bíblia para mim, parei de falar com ela durante um ano. Finalmente, quando conheceu algumas das minhas colegas de trabalho lésbicas, percebeu que eu não estava abandonando todas as ambições e metas de classe média que ela estabelecera para mim. Nós até mesmo fomos para o Havaí com a minha amante e a mãe dela, mas só a história dessa viagem já é uma romance.

Quando comecei o processo de me assumir, havia lido literatura lésbica separatista. Eu tinha dois filhos com menos de seis anos de idade. Assim como eu tentara protegê-los do racismo, procurei protegê-los do discurso retórico e frenético separatista e de exclusão. Portanto, nunca fui com eles ao café lésbico ou ao Festival de Música de Mulheres em Michigan ou mesmo às festas em casas de lésbicas. Conversei com muitas delas que haviam decidido, muito conscientemente, não ter filhos, achando que eles impediriam o seu desenvolvimento pessoal. Naquela época, em Chicago, havia na comunidade de mulheres lésbicas um preconceito definido contra filhos, particularmente do sexo masculino.

Mesmo assim, eu falava dos meus filhos quando estava em grupos de apoio lésbicos. Quando saía com alguém, apresentava os meus filhos logo e observava atentamente como o meu par interagia com eles. Se ela os ignorava, não havia novo encontro.

Eu me assumi perante os meus filhos quando eles tinham seis e sete anos de idade. De modo geral, mantive a minha vida noturna um tanto separada da minha vida como mãe. O mundo que eu freqüentava como lésbica era o mundo de sapatões e ladies.

Observações de uma lady

Para mim, a experiência de ser "a outra", uma lady agradando uma sapatona, foi engraçada. Algumas vezes me irritava, mas sempre achei interessante e excitante. Alisar o ego de uma sapatona é algo muito mais delicado do que alisar um ego masculino. O tom certo fica entre a admiração, a lisonja e a mentira absoluta. O sarcasmo – mesmo uma provocação suave – pode ser demais para os frágeis egos das sapatonas. A sua voz de lady pode ser o único estímulo para a sua campeã realizar grandes façanhas. Eu nunca flertei com os homens. Não via por que motivo fazê-lo.

Estar na presença de uma sapatona desperta todo o meu charme e feminilidade sulista. Eu gosto da gentileza, das pequenas atenções, dos olhares, da timidez, da excitação. Tenho vontade de fazer escândalos, insistir para que ela coma mais. Eu sou a anfitriã perfeita – gueixa – atenta a cada suspiro e mudança de humor.

Em minha educação como mulher, fui treinada para me submeter, servir, agradar, acalmar, lisonjear, ouvir, ser paciente, resignada e tolerante. Nos meus relacionamentos com homens fui tudo isso e nos meus relacionamentos com mulheres, também. Meu caráter e meus hábitos não mudaram porque eu passei a me relacionar com mulheres.

Apesar de ter experimentado jeans, camisetas e botas (o uniforme das sapatonas), descobri que ficava mais à vontade em saias, seda, cetim e rendas. Quando percebo que estou sendo observada por uma sapatona, subitamente os meus cabelos, as minhas unhas, as minhas roupas tornam-se muito importantes. A cor, o corte e a textura do tecido assumem um novo significado.

Em festas, quando converso com homens, faço perguntas capciosas para que falem de si mesmos e, então, ouço distraidamente, fingindo estar interessada, como aprendi a fazer nas palestras da universidade. Mas, nas festas com mulheres, faço perguntas semelhantes e, enquanto elas falam, olho nos seus olhos, elogio suas jóias e roupas. Anos depois, lembro exatamente onde nos conhecemos, o que ela estava vestindo, a música que estava tocando e as coisas que ela me disse e que nunca dissera a ninguém em sua vida.

Adoro frases com duplo sentido e jogos de palavras. Eu adoro abordar mulheres, sutil e ostensivamente. Se ela não ficar ofendida, então fica muito lisonjeada. Se ficar confusa ou totalmente desconcertada, melhor ainda. Eu adoro falar sobre sexo – o que a excita, o que me excita. "Você gosta de fazer ou ser massageada? Você gosta de sexo oral? Creme no café?" (Muito importante saber para a manhã seguinte.)

Eu tive grandes orgasmos com homens, mas depois de algum tempo, fiquei imaginando: "Isso é tudo?" Sempre achei que faltava alguma coisa. Eu ficava mais satisfeita conversando a noite inteira com uma boa amiga do que trepando a noite inteira com um namorado. Os homens me acusavam de frigidez ou extrema insensibilidade quando ficavam excitados com o meu corpo. Fiquei cada vez menos interessada em sexo. Eu sempre dizia que preferia o discurso intelectual à relação sexual.

Depois da minha primeira relação sexual com uma mulher, descobri o que estava faltando. Os homens me acariciavam, mas aquilo era apenas um prelúdio da relação sexual. Eles nunca demoravam muito nem pareciam estar gostando. Geralmente, me pressionavam com a sua urgência para tirar as minhas calcinhas e colocar o pênis em minha vagina. Era tão entediante. As mulheres me acariciavam eternamente, nunca parando para fazer perguntas idiotas (você já teve o orgasmo?) As mulheres não tinham como objetivo o grande O. O prazer pelo prazer era a ordem do dia. O namoro durava o dia inteiro, de muitas maneiras, antes de qualquer contato genital. Na piscina, na sauna; massagens faciais, nos pés, nas costas e longos beijos que duravam horas!

Nunca tive ciúmes quando meu marido elogiava outra mulher ou queria dançar ou ficar um pouco com outras mulheres numa festa. Quando a minha parceira tentou fazer o mesmo, armei um pandemônio e fiquei surpresa com a ferocidade dos meus sentimentos. De uma garota doce e gentil transformei-me num tigre rugindo. Mais tarde, analisando o meu comportamento, senti-me constrangida. Felizmente, minha amante não levou a explosão a mal. Ela sentiu-se valorizada e apreciada. E nunca mais fez aquilo na minha frente.

Com os homens eu era fria, indiferente – eu podia pegá-los ou largá-los. Com as mulheres, sou intensamente passional. Eu amo, eu odeio, eu tenho amigas queridas e inimigas de morte. Não consigo nem mesmo fingir indiferença com as mulheres. Com os homens, eu raramente brigava, pois achava que havia poucas coisas pelas quais valessem a pena brigar. Com as mulheres, tenho discussões intensas, brigas, rixas e batalhas prolongadas. Sou muito sensível e mais disposta a enfrentar uma mulher. Torno-me até mesmo violenta. Eu me envolvo intensamente com as mulheres. Com os homens, eu era contida. Por mais que os amasse, havia uma parte de mim que eles não conseguiam tocar. Com as mulheres, sou totalmente aberta, honesta, natural, vulnerável, íntima.

Quando eu estava com Sarah, minha amante durante oito anos, ela se reservava o direito de tomar todas as decisões em nossa relação, como o lugar onde iríamos nas férias e como gastaríamos o nosso dinheiro e quem seriam os nossos amigos. Agora, dois anos após o rompimento, posso enxergar muita coisa que não percebia na época.

Sarah era muito parecida com a minha mãe. As suas personalidades eram muito semelhantes: volúveis, exaltadas, dramáticas, propensas a acessos de raiva, explosões inesperadas, exigências ilógicas, ataques de desespero e rancor. Sarah demorava muito para tomar uma decisão. Era insegura e ambivalente. O nosso relacionamento já durava cinco anos quando ela anunciou que estava pronta para casar comigo. Naquela época eu não queria mais me casar com ela.

Depois de nove meses de relacionamento, as lutas pelo poder começaram para valer. Nunca foi uma luta justa. Como acontecia com a minha mãe, eu desejava desesperadamente o amor e a aprovação de Sarah. Sem ela, eu morreria. Quanto mais eu cedia, mais ela exigia.

Aquilo era totalmente familiar. A minha mãe era dominadora, controladora, muito exigente. A minha estratégia para fugir das suas intromissões era refugiando-me nos meus pensamentos, meus livros, minhas fantasias. Desde cedo, aprendi a ouvi-la atentamente e repetir suas palavras e opiniões. Eu nunca podia vencer, portanto, desisti e vesti a máscara da criança obediente, respeitosa. Isso exigia menos energia. Queria deixar para trás todos os gritos e copos quebrados.

Os primeiros dois anos do nosso relacionamento foram bastante tumultuados, pois discutíamos a respeito de tudo. Mas, aos poucos, a paz reinou enquanto eu me submetia a todas as exigências. Sarah logo percebeu que eu faria quase tudo para evitar uma cena em público. Na privacidade, eu jamais levantava a voz. Com freqüência, ela me interrompia enquanto eu falava e eu me calava e escutava. Se eu não concordava com ela, guardava para mim as minhas opiniões. Nos últimos três anos do nosso relacionamento, ela parou de me chamar pelo nome e passou a referir-se a mim simplesmente como "bem". As poucas vezes em que Sarah foi violenta comigo, descobriu que eu era mais forte. As poucas vezes em que eu fiquei realmente zangada, ela rapidamente tornou-se conciliadora e apaziguadora. Olhando para trás, tenho certeza de que poderia ter ganho mais brigas se não tivesse demonstrado uma atitude de derrota desde o início.

Mas preciso admitir que, em parte, eu recuava porque queria me afastar do mundo de golpes traiçoeiros, rivalidades políticas, sexismo e racismo. A minha carreira de dez anos como consultora de processamento de dados teve efeitos sérios em minha saúde física e mental. O fato de Sarah desejar que eu ficasse em casa combinava com o meu próprio desejo não-manifesto de me isolar.

Sarah ganhava o dobro, portanto cuidava bem de mim. Com ela, assisti a minha primeira peça na Broadway e ao meu primeiro show em Las Vegas; e fiz minhas primeiras viagens ao Havaí, Santa Fé e São Francisco.

Ganhei o meu primeiro carro de meu pai; meu segundo carro de meu segundo marido e meu terceiro, de Sarah.

Era realmente um bom arranjo. Eu demonstrava amor cozinhando, limpando e submetendo-me a Sarah e ela sentia-se amada sendo servida e respeitada.

Finalmente, deixei a minha parceira lésbica e desenvolvi alguns limites saudáveis por meio da auto-ajuda. Minha auto-estima e autoconfiança aumentam a cada dia. Aos quarenta e sete anos, sou uma adolescente: experimentando, coisas novas, me testando. Estou trocando de profissão, estudando para o ministério. Mudei-me da Califórnia para o Havaí e voltei novamente. Estou morando sozinha pela primeira vez em minha vida. O meu filho mais novo tem quase vinte anos e é independente. Uma das minhas maiores experiências foi conhecer uma monja lésbica, mestre zen. Estou planejando trabalhar com jovens em Los Angeles, num programa abrangente patrocinado por budistas, focalizando a auto-estima e habilidades profissionais. É realmente bom ser capaz de me assumir como lésbica, interagindo com pessoas espiritualistas e trabalhando na comunidade afro-americana, tudo ao mesmo tempo.

Não é uma questão de escolha
Nanay Gabriel

Fui criada numa pequena, porém agitada, cidade no sul de Manila, nas Filipinas. Venho de uma família de treze filhos, dos quais onze sobreviveram – sete meninas e quatro meninos. Sendo a sétima criança, sempre achei que devia haver alguma coisa especial no fato de eu estar no meio – mas exatamente o quê, eu não sei. Talvez por isso eu seja diferente de todas as pessoas da minha família.

Como qualquer outra cidade nas Filipinas, a minha cidade natal é muito católica. Quase todas as pessoas com quem cresci, a maioria filhos de famílias de classe média, freqüentavam uma escola dirigida por freiras. Por mais estranho que pareça, acredito seriamente que a minha formação educacional católica foi um importante fator para que eu me tornasse uma pensadora e ativista liberal – e agora, uma radical –, provavelmente porque as freiras daquela escola eram todas muito cultas e, portanto, gostavam de desafios intelectuais. Elas encorajavam os alunos a pensar, discutir, analisar e debater questões. As suas idéias talvez nem sempre fossem politicamente corretas, mas elas certamente me proporcionaram as ferramentas para pensar com bom senso. No terceiro ano do segundo grau, eu estava convencida de que queria ser freira. Anos mais tarde, percebi que grande parte da minha atração pelo convento era devida às minhas fortes atrações por algumas de minhas professoras religiosas.

Foi difícil me afastar da proteção da escola católica, mas eu precisava de um diploma universitário para entrar no convento de minha escolha. Naquela época, eu estava muito empenhada em ser missionária. Queria ir para a África, realmente uma idéia tola, considerando-se o trabalho que também precisava ser realizado em meu país. Fui aceita numa universidade elogiada pela excelência acadêmica e ao mesmo tempo temida (por minhas mentoras católicas) pela conhecida atmosfera liberal, que, supostamente, encorajava o ateísmo e o comunismo.

Minha permanência na universidade coincidiu com a First Quarter Storm (tempestade do primeiro trimestre) – de 1969 a1972 –, um período muito excitante na história das Filipinas em que o movimento estudantil literalmente provocou uma tempestade contra o feudalismo, capitalismo e imperialismo. Fui arrastada por essa tempestade e senti orgulho por estar envolvida, mas, como resultado, o meu elevado ideal de ser freira logo desapareceu.

A First Quarter Storm culminou com a declaração da lei marcial pelo presidente Marcos em setembro de 1972. Eu realmente não queria deixar o meu país, mas, sob a lei marcial, ou você era a favor da ditadura ou não. Como eu era fortemente contra e me recusava a fechar a boca, corria o perigo bastante real de ser presa, torturada e/ou morta, como milhares de pessoas que foram presas imediatamente após a declaração da lei marcial. Como eu era jovem, nada disso me assustava. Entretanto, em determinado ponto, as minhas atividades políticas secretas corriam o risco de ser reveladas e eu precisei me esconder. Foi então que comecei a temer pelos meus pais.

O militarismo é conhecido por prender pais ou membros da família de ativistas para atingir aqueles que não consegue encontrar. Com medo, concordei em ir para o Canadá, onde moravam duas de minhas irmãs e um irmão como residentes permanentes. Eu tive muitos sentimentos com relação a sair do país – culpa por abandonar meus camaradas, excitação por estar indo para o exterior e medo de que alguma coisa pudesse acontecer à minha família quando eu estivesse tão longe. Secretamente, jurei voltar às Filipinas assim que os meus pais estivessem instalados no Canadá com meus outros parentes.

Mas, foram necessários quatro anos para conseguirmos tirar os meus pais de lá. Quando eles chegaram ao Canadá, eu já estava profundamente envolvida no trabalho solidário de ajuda às Filipinas e sabia que isso era tão importante quanto a luta que ocorria lá. O meu juramento de voltar nunca foi cumprido.

Alguns anos antes de me mudar para o Canadá, tive um relacionamento lésbico. Essa mulher foi a primeira pessoa a me beijar na boca. O beijo enviou correntes elétricas que começavam na minha virilha e iam até a ponta dos meus pés. Foi impressionante. E deixou-me muito confusa. Nós estávamos muito apaixonadas, mas sabíamos instintivamente que não podíamos deixar ninguém perceber. Era muito doloroso esconder. Abandonei o relacionamento jurando a mim mesma nunca mais me envolver novamente com uma mulher.

Muitos anos depois, quando eu estava criando um grupo de apoio político à luta no país que eu deixara, conheci Gloria. Como as circunstâncias algumas vezes são muito imprevisíveis, o meu relacionamento com ela foi, de certo modo, parcialmente responsável pelo meu casamento. Não me interprete mal, Gloria e eu tínhamos um relacionamento maravilhoso e estávamos muito apaixonadas. E, diferentemente da minha experiência nas Filipinas, tínhamos amigos com quem podíamos partilhar nossa relação. Estava realmente muito feliz com ela. Mas quando já estávamos juntas havia dois anos, os nossos problemas começaram a nos incomodar. Em meio a nossas dificuldades, ela mudou de idéia e dormiu com um ex-namorado que estava na cidade. Então, disse que tínhamos problemas porque éramos muito monogâmicas!

Eu fiquei arrasada. O meu peito parecia chiar toda vez que eu respirava. Puxa, como doeu.

A sua falta de habilidade para resolver as nossas diferenças simplesmente alimentou a minha homofobia e despertou a crença muito arraigada de que, com uma mulher, não havia futuro. Ao mesmo tempo, a sua atitude provocou insegurança: por que eu nunca sentira atração pelos homens (como era o esperado) e por que homem algum andara atrás de mim? Talvez eu fosse tão pouco atraente que ninguém me queria, incluindo Gloria. Foi então que decidi que, se Gloria podia se envolver com homens, eu também podia.

Infelizmente, ou felizmente, conheci Arthur. Canadense, ele era bem mais alto do que eu. É um sujeito inacreditavelmente maravilhoso e, como eu precisava provar que também podia atrair os homens, envolvi-me com ele. Não foi nada difícil. Ele gostou de mim no momento em que me viu fazendo uma apresentação política. Apaixonou-se e aceitava muitas das coisas que eu fazia e desejava fazer. Ele sabia que eu me envolvera com Gloria e supôs que eu fosse bissexual. Ele até apoiava o meu desejo de continuar minha amizade (sem sexo) com Gloria.

Arthur surgiu na minha vida quando eu precisava de muito apoio emocional, pessoal e político. O meu relacionamento com Gloria estava se desintegrando e o mesmo acontecia com minhas atividades políticas (porque meu estado emocional não me permitia fazer nada). No meio desse turbilhão, eu não tinha muitas pessoas a quem pedir apoio. Por um lado, não sabia como obter apoio emocional. Por outro, o meu principal conflito sempre foi entre a minha vida pessoal e a política. Elas pareciam contraditórias.

Após dois anos de relacionamento com Arthur, senti que precisava tomar uma decisão. De muitas maneiras, ele me deu um ultimato. Ou morávamos juntos, ou nos separávamos. Eu achava que não estava pronta para morar com ele, mas também não estava pronta para me separar. Ele era o meu único apoio emocional sólido. Como poderia desistir dele?

Morar juntos talvez tivesse sido uma opção bem melhor, mas eu sabia que a minha família ficaria muito aborrecida se eu fizesse isso e não queria magoar a minha mãe. Portanto, eu disse, bem, se estamos decidindo morar juntos, então também podemos casar. De qualquer forma, é apenas um pedaço de papel. Mas eu estava enganando a mim mesma. Não era apenas pela minha família. Eu também acreditava que não poderia apenas morar com um homem – eu precisava casar. Achava que, se um homem teria tanto acesso a mim e ao meu corpo, então ele deveria ser responsável por mim, de maneira evidente. E casar parecia o único caminho.

Uma das maiores surpresas da minha vida foi descobrir que aquele pedaço de papel era realmente uma passagem para uma quantidade inacreditável de privilégios e aceitação. Eu não precisava mais brigar. Eu era legítima. Era surpreendente ver como tudo ia bem. Não precisava mais dar desculpas a respeito de onde passava os finais de semana ou as noites. Podia me aninhar nos braços do meu marido sempre que quisesse e em quase todos os lugares. Tudo era possível e tudo era aceitável! Eu realmente não havia pensado muito nos privilégios do casamento até acontecerem comigo.

Eu me sentia muito tranqüila estando casada com Arthur. E amada e cuidada. Não precisava mais carregar o mundo sobre os ombros. Tinha alguém para compartilhar a minha indignação diante das injustiças desse mundo. Além disso ele tinha um salário que eu, como mulher, jamais poderia ter.

Embora eu tentasse sossegar e me sentir satisfeita no casamento, na verdade não conseguia. Num certo aspecto, eu era feliz com o meu marido, mas em outro sentia falta de minhas amigas. Estando com um homem hétero, eu convivia com casais héteros. Muitos deles eram pessoas maravilhosas. Todos estavam envolvidos no trabalho político, trabalho solidário, principalmente voltado às lutas na América Latina e África do Sul e aos sindicatos de trabalhadores canadenses. Essas pessoas não apenas falavam de política, elas agiam. Conscientemente, Arthur nunca me impediu de ver ou de estar com as minhas amigas. Entretanto, embora ele pudesse me levar a todas as suas atividades sociais, eu não podia levá-lo às minhas, porque a maioria das reuniões de mulheres não incluía homens.

No segundo ano de casamento, entrei em sérias dificuldades. Os meus sentimentos confusos nunca foram resolvidos. Eles pioraram. Não sabia o que fazer. Eu me sentia muito insatisfeita – e não era o sexo, porque nós tínhamos um relacionamento sexual muito bom. Eu sentia que precisava de outra coisa. Eu sentia que precisava fugir.

Politicamente, eu não estava sendo eficiente. Finalmente, uma amiga sugeriu que eu fosse para São Francisco e freqüentasse uma escola política para marxistas-leninistas durante três meses. Ela imaginou que, se eu me afastasse do meu marido e da família, poderia organizar melhor as minhas idéias.

Com muito receio e muita dor, fui para São Francisco com a idéia de assistir às aulas e depois voltar para o meu marido em Vancouver. Mas os três meses transformaram-se em nove, e os nove, em dois anos. Um mês depois da minha chegada a São Francisco, tive um caso com uma mulher.

Arthur e eu ainda tentamos manter um relacionamento durante aquele período. Ele me visitava ou passava as férias comigo, ou eu ia para Vancouver ficar algum tempo com ele. Mas, quanto mais eu ficava em São Francisco, mais percebia que não poderia voltar. No fundo, eu sabia que não poderia. Eu só não tinha coragem de contar para Arthur.

Aceitar a minha identidade lésbica foi um processo muito difícil e doloroso. Caso ser uma lésbica fosse uma questão de escolha, eu provavelmente não o teria escolhido. É preciso entender que a situação que eu deixara em Vancouver era muito estável; provavelmente desejada por muitas mulheres. Eu era casada com um homem muito bom. Arthur estava apaixonado por mim e disposto a fazer qualquer coisa para me ver feliz. Ele compartilhava as responsabilidades e afazeres domésticos. Ele tinha um emprego bem pago. Tínhamos uma linda casa que estávamos reformando. O que mais poderia desejar uma mulher? Eu o amava. Infelizmente, não estava apaixonada por ele.

Três anos depois de minha mudança para São Francisco, nós nos divorciamos. Durante todos aqueles anos, Arthur continuou esperando que eu voltasse. Ele disse que o que mais o entristecia era que os papéis do divórcio, muito simbolicamente, encerraram o nosso relacionamento. Embora fosse apenas um pedaço de papel que não deveria mudar o que sentíamos um pelo outro, foi o que aconteceu.

Em 1985, conheci Ann, a minha companheira de dez anos. Uma mulher americana, branca, alta, elegante e bonita. Eu a conheci através do meu trabalho político – dessa vez lutando contra a opressão às mulheres e em solidariedade com as mulheres da América Central. Eu achei que seria outro caso rápido, mas de algum modo amar Ann é diferente. O nosso amor parece continuar aumentando. Nós passamos por altos e baixos como qualquer casal, eu acho. A diferença é que conseguimos superar nossos problemas e transcender para outra esfera no amor. E, quanto mais esferas nós atravessamos, mais profundo se torna o nosso amor. A lua-de-mel nunca termina realmente. Somos muito felizes e pretendemos dar uma grande festa para comemorar os dez anos juntas. Nesse exato momento, também estamos pensando em ter filhos. Eu estou no processo de tentar ficar grávida – um pouco tarde, considerando que eu tenho quarenta e cinco anos, mas espero que dê certo.

Como filipina, tenho consciência de que não sou branca e de que o inglês é a minha segunda língua. Eu compreendo isso muito bem. Eu leio, escrevo, falo, penso em inglês mas sei que independente do quanto sou boa em inglês, ele ainda é a minha segunda língua. E, como qualquer mulher ou pessoa imigrante, não-branca nesse país, sinto que sempre é preciso cuidado. Ser lésbica e filipina significa que eu me encaixo naquele termo pejorativo "lésbica de cor."

Como uma imigrante lésbica, descobri que as lésbicas nascidas nesse país não têm paciência para preencher as lacunas em nossas diferenças ou para conhecer nossas semelhanças. Apesar de dizer isso sobre a comunidade lésbica, acredito que seja apenas um reflexo da sociedade americana em geral. Apesar de existir pessoas que tentam compreender e conhecer outros países e outras culturas, acredito que a maioria dos americanos é muito provinciana, quando não limitada.

Eu tento compreender os problemas de lésbicas, particularmente das lésbicas de cor nesse país, pois algumas delas tentam compreender as idiossincrasias da minha cultura. Sei que estou tão sujeita ao racismo quanto qualquer pessoa de cor nesse país. Entretanto, eu não cresci numa cultura de constantes ataques racistas (sutis ou declarados), portanto, não posso falar pelas pessoas que cresceram. Eu posso apoiá-las na sua busca e luta por justiça, como espero que elas possam, pelo menos, entender as nossas diferenças e semelhanças.

Quanto à comunidade filipina em geral, mantenho-me afastada. Eu sei que a comunidade considera os homossexuais uma aberração e um filho gay ou uma filha lésbica são uma vergonha para a família. É aí que surgiu a minha homofobia internalizada. Eu não procuro a comunidade. Nesse momento, eu tenho apenas uma amiga lésbica filipina, que cresceu nas Filipinas como eu, e conheço algumas outras lésbicas filipinas que foram criadas aqui.

Para mim, não é importante procurar a minha comunidade filipina. Para mim, é mais importante estar entre pessoas que, de uma ou de outra maneira, são um pouco mais liberais à minha identidade de lésbica filipina. É triste, mas eu ainda não me assumi para a minha família. Eu acho que eles provavelmente sabem, mas nós não conversamos sobre isso. Eles conheceram Ann e gostam muito dela. Eles sabem que estamos juntas há muito tempo. Como eles interpretam isso, eu não sei. Eu não corri lá e disse, "Hey, ela é a minha companheira." Acho que eles a aceitam, desde que eu não fale a respeito. Talvez um dia eu conte para a minha mãe, mas realmente, eu não sei.

"Haciendo un lugar seguro para todos"
Shirley Knight-López

Minha mãe era filha de um fazendeiro e cresceu no Vale Central na Califórnia. Ela abandonou o segundo grau no último ano para ajudar a sustentar a família. Sinto vontade de chorar quando ela conta a sua história: foi muito doloroso para ela. Meu pai se formou no colégio Astascadero e trabalhava em fazendas locais. Tinha o potencial para ser um grande engenheiro, mas nunca lhe ocorreu que poderia ter uma educação superior. Nós morávamos na minúscula cidade de Santa Margarita, uma comunidade hispano-americana, quando eu nasci, em 28 de janeiro de 1940. Foi durante a guerra e o meu pai ficou muito desanimado quando não foi aceito nas Forças Armadas devido a problemas de visão. Os meus avós moravam em nossa cidade – eu estava cercada de muito amor. A mãe do meu pai costumava me levar para o quintal, me pegar no colo e me ensinar os nomes dos animais que víamos, em espanhol: *perro, gallina, gallo*. O sotaque suave das minhas *tías* e *tíos* permaneceu comigo durante toda a minha vida.

Mas, a maior parte do tempo eu ficava na casa de meus avós maternos, cujo quintal era ao lado do nosso. O meu avô era o homem da lei local. Quando eles mudaram para uma fazenda fora da cidade, foi a realização do sonho da sua vida. Embora eu tivesse apenas três anos, eles me levaram junto. Aquela fazenda era a minha vida. Eu seguia o meu avô por toda a parte, o dia inteiro. Só sabia que seria uma fazendeira como ele e que, algum dia, aquela seria a *minha* fazenda. Quando nós a perdemos numa ação judicial em

1949, foi a sentença de morte para o meu avô. Ele morreu logo depois que voltamos para a cidade.

A morte dele foi o início de uma vida nova e diferente para mim. A minha avó precisou trabalhar no Carrizo Plains como cozinheira residente durante a colheita e não pode levar-me com ela. Morei em diversos lugares, mas finalmente fui morar com a minha mãe e minha irmã mais nova em São Luis Obispo, onde comecei o curso ginasial. Os meus pais estavam divorciados, mas continuavam amigos. Logo depois, minha avó contraiu uma doença nervosa fatal e teve uma morte terrível e lenta – embora todos os seus amigos dissessem que ela "morreu de tristeza".

Minha mãe casou novamente e mudou-se para a Califórnia. Minha irmã e eu fomos morar com ela e eu comecei a oitava série. Finalmente, nós nos estabelecemos em Anaheim, onde eu fiz o segundo grau. Eu era uma adolescente muito solitária e confusa. Sabia que era "diferente", mas não sabia por quê. Eu era cristã e muito consciente de todas as advertências relacionadas ao sexo. Assim, tomava cuidado com a maneira de carregar os livros, de cruzar as pernas quando me sentava e com o relacionamento com meninos e meninas. Eu achava que ignorando aquilo que considerava minhas tendências, de algum modo, seria aceita. Eu era terrivelmente tímida e tinha medo de criar qualquer tipo de relacionamento íntimo com garotas. Quando tinha dezessete anos, casei com o primeiro rapaz que me pediu a mão, pensando que o casamento e os filhos iriam me "consertar". Estava ansiosa para provar que poderia ser uma esposa e mãe cristã (leia-se *submissa*).

Ledo engano! Durante treze anos esforcei-me para ser a dona-de-casa e mãe perfeita. Mas o homem com quem casei era um ditador autoritário, possessivo, cuja incapacidade para sustentar a família finalmente me levou a trabalhar. Então, descobri que apesar de estar sempre frustrada em minha vida doméstica, na indústria de semicondutores eu podia ser uma pessoa bem-sucedida e respeitada. Em casa, a minha posição era a de mediadora entre os meus quatro filhos e o pai, geralmente abusivo. Eu vivia tentando abrir a cabeça de meus filhos com livros, viagens ao campo e discussões filosóficas; meu marido parecia cada vez mais anti-intelectual, orgulhoso de suas origens pobres de sulista. Vivíamos em constante conflito. A divergência a respeito da guerra do Vietnã quase foi o tiro de misericórdia.

No meio dessa confusão, uma mulher adorável com quem trabalhava abriu meus olhos, e percebi o que negara durante toda a minha vida: eu era lésbica. Ela queria me ajudar a começar de novo, dar aos meus filhos o apoio de que eles precisavam para ter segurança e paz. Como eu subestimei o meu marido! O dia em que saí de casa, ele pegou as crianças e obteve uma ordem judicial para me impedir de vê-las ou localizá-las. Ele se divorciou de mim e conseguiu colocar as crianças contra mim durante anos. Eu também perdi a casa (que eu trabalhara para comprar) e quase todos os meus bens. Foi um pesadelo do qual só me recuperei depois de anos.

Decidi iniciar uma nova vida, uma vida que colaborasse com a sociedade e me devolvesse um pouco da auto-estima que eu perdera quase completamente durante a época do meu divórcio. Fui para a faculdade De Anza e UC Santa Cruz, e obtive uma credencial de professora bilíngüe. Enquanto isso, reivindiquei a minha herança latina. Trabalhei muito para reavê-la. Embora a minha avó falasse espanhol, o meu pai e os seus irmãos foram forçados a falar inglês na escola. Como eu fora criada pela minha mãe, sobrara muito pouco da cultura latina para mim. Eu tentei reaver um pouco dela, aprender o idioma e ser tão culturalmente sensível e responsável quanto possível, enquanto estava ensinando em espanhol. Fui trabalhar para a escola distrital Pájaro Valley, e estou lá há catorze anos, ensinando artes e ciência. Esse não é apenas um emprego, mas um meio de atingir grande enriquecimento.

Quando me assumi em 1970, não tinha idéia do que realmente significava ser lésbica. Eu só sabia que, pela primeira vez em minha vida, sentia amor e atração verdadeiros muito profundos. O impacto imediato em minha vida foram a tragédia e a perda. O dano à minha auto-estima foi terrível. Acreditava que os estranhos na rua podiam ver a criatura má e pervertida que eu era. Precisei de muitos anos para trabalhar a tremenda culpa que senti por ter jogado os meus filhos no ninho de cobras que a casa deles se tornara sem a minha presença. Finalmente, todos os meus filhos voltaram para mim, e agora eles percebem a alma atormentada que é o seu pai. Mas, durante anos, eles foram privados da minha presença quando mais precisavam de mim, e eu nunca cheguei a vê-los durante os preciosos anos de sua adolescência. Tudo porque eu me assumira numa época em que os tribunais não conseguiam ver nada além da minha orientação sexual, não percebendo o meu valor como mãe amorosa e ser humano decente.

 Eu sempre segui o caminho mais difícil. Em minha família, sou conhecida como alguém que torna a vida mais difícil, escolhendo a luta. Comecei como uma criança lutando por justiça social. Isso se tornou um hábito. Mas, como a maioria das lésbicas da época, eu escondia quem era e tratava de outros assuntos. Foi preciso muito tempo para eu decidir que precisava ser mais honesta.

 Eu fui *forçada* a sair do armário durante o divórcio. Mas os meus passos seguintes foram deliberados. Após anos me escondendo, passei a acreditar firmemente que, enquanto mais pessoas como nós não se assumirem, continuaremos sofrendo a intolerância que vemos agora em todas as áreas de nossas vidas. Eu contei o meu segredo para algumas colegas e para o meu diretor, um homem sensível e compreensivo. Eu defendi alunos gays, lésbicas e indecisos em meu distrito. Como especialista em AIDS, treinei professores em aceitação e sensibilidade. Quando um professor intolerante denunciou-me no jornal local, não foi nenhuma surpresa para a maior parte dos meus colegas. A surpresa para mim foi a quantidade de apoio amoroso recebido no distrito e na escola. Quando minha companheira e eu decidimos comemorar publicamente o nosso compromisso, convidamos muitos dos meus colegas e anunciamos nos jornais locais.

 O passo seguinte no processo de me assumir foi discuti-lo com os meus alunos. Apesar de difícil, esse foi um passo necessário para mim, porque parte do meu sonho é permitir que os adolescentes tenham um modelo para lhes dar esperança. Reconheço a minha responsabilidade modelo para jovens gays, lésbicas e indecisos, bem como para jovens mulheres e latinos.

 Eu escolhi a classe com a qual tenho mais empatia; nós já havíamos conversado sobre muitas coisas delicadas. Eu disse: "É um peso no meu coração que tantas pessoas estejam sendo magoadas porque são gays ou lésbicas, especialmente adolescentes, que temem ser detestados por serem gays." Então, expliquei que era uma entre muitas pessoas tentando ajudar a juventude gay. Perguntei quantos alunos conheciam uma pessoa querida, um familiar ou um amigo gay ou lésbica. Cerca de um quarto da classe levantou a mão. Nesse momento, um aluno explodiu: "Todos eles deviam ser mortos!" Eu perguntei: "O que o faz pensar dessa maneira? Por que você está tão zangado?" Quando ele respondeu: "Eles estupram crianças," eu disse: "Bem, eu sou lésbica e não estupro crianças." Podia-se ouvir a respiração dos alunos. Foi tão interessante. Houve uma agitação. Então, eu lhes disse: "Sou lésbica. Sou igual a qualquer um. Eu tenho filhos e família. Eu os amo e eles me amam. Amo uma pessoa e moro com ela. Eu sou igual a vocês. Eu tenho os mesmos sentimentos, os mesmos sonhos e esperanças. E eu não sou a única. Há muitos professores, até mesmo nessa escola...que são homossexuais. Na verdade, talvez a pessoa que entrega as suas cartas ou trabalha no supermercado... qualquer um à sua volta poderia ser gay ou lésbica, mas eles têm medo de que vocês saibam." E continuei. "Eu estou disposta a responder muitas perguntas sobre a minha vida, mas não responderei perguntas realmente pessoais." Os alunos me bombardearam. De vez em quando, eu perguntava se eles queriam continuar a discussão ou passar para um novo assunto. Eles respondiam com um retumbante: "Vamos continuar conversando!"

Eu podia senti-los mais animados depois daquele primeiro choque terrível. Alguns disseram coisas negativas, mas, no conjunto, eles foram muito curiosos, positivos e respeitosos. Queriam saber sobre sexo. Eu estava preparada para aquilo porque eu ensinara educação sexual nessa classe. No contexto da educação sobre a AIDS, explico as três maneiras mais comuns de fazer sexo e os riscos de cada uma delas. Assim, eu disse "mulheres podem fazer isso juntas e homens podem fazer isso e mulheres e homens podem fazer isso" e eles entenderam. Então, alguém perguntou: "Professora, você faz essas coisas?" "Não vou responder. É uma pergunta muito pessoal, mas agora vocês compreendem o que as lésbicas e os homens gays podem fazer."

No dia seguinte, no início da aula, como de costume pedi aos alunos para escreverem em seus diários sobre o dia anterior, sem lembrá-los da nossa discussão. Alguns nem mesmo mencionaram o assunto, enquanto outros escreveram longamente a respeito. Abaixo, um exemplo:

> A princípio, quando você me contou, não pude acreditar porque eu achava que as lésbicas eram diferentes. Mas agora, sei que elas são pessoas normais. Professora, obrigado por nos ensinar isso. Eu apóio muito os seus sentimentos.

Esse ano eu vou me assumir perante todos os meus alunos, logo no começo do ano. Vou falar e ver o que acontece. Acredito que os alunos gays, lésbicas ou indecisos precisam ouvir que não há nada de errado com eles; do contrário, nós os estamos matando. Se eles procurarem as drogas, o álcool ou o suicídio, está em nossas mãos. Eu sempre trabalharei pela aceitação no currículo. Os professores que não apóiam a juventude gay não são mesquinhos – são apenas ignorantes. Quando educarem os professores a respeito dessa minoria, eles não poderão deixar de dar o seu apoio.

A bandeira com um arco-íris na porta da nossa classe não é uma bandeira gay mas um símbolo de paz e harmonia entre todas as pessoas, gays ou hetero, negras, brancas ou mestiças, menino ou menina, homem ou mulher. E ela diz: "Este salón es un lugar seguro para todos."

Uma garota comum
com JoAnn Loulan

No outono passado, Ellen e Deborah atravessaram as brilhantes colinas de Portola Valley salpicadas de carvalhos, até o consultório de psicoterapia de JoAnn. JoAnn escancarou a porta, cumprimentou-nos com seu cativante sorriso feminino, afundou numa cadeira de estofamento florido e, quase imediatamente, iniciou seu relato sobre os anos antes e depois do casamento.

Deborah: Bem, JoAnn, fale sobre sua adolescência. Você saía com garotos?

JoAnn: Sim, eu saía com garotos. Sou uma daquelas lésbicas que não sabia que era lésbica, eu não me achava diferente. Eu me sentia uma garota.

Brincava com bonecas, saía com garotos. Eu me dava bem com eles. Isso não era problema. Mas sempre havia alguma coisa faltando até eu me assumir. Mas é claro que eu não sabia até me assumir, certo?

Assim, voltando àquela época, eu era uma garota popular. Eu me vestia bem. Sabia arrumar os cabelos, usava roupas femininas e, para mim, estava tudo bem. Eu não tinha nada contra vestidos ou anáguas. Adorava me vestir com elegância.

Na verdade, a minha mãe era uma mulher muito aberta, sem a postura de recato tão comum na época. Quer dizer, ela tinha cabelos loiros, curtos, olhos azuis. Sempre teve aquela aparência de Marilyn Monroe – seios grandes, cintura fina, quadris largos – que estava muito em moda naqueles dias. Ela costumava usar corpetes decotados, exibindo o colo – o que para mim era inadmissível, pois eu era uma recatada garota católica. Portanto, ela era muito sexy para os padrões masculinos da época. Não que ela dissesse qualquer coisa imprópria, mas usava saias justas e tinha muita, muita energia sexual.

Nos dois últimos anos do segundo grau, eu realmente não saí com ninguém. Era bem popular. Portanto, não precisava namorar para me considerarem uma garota, mas, mesmo assim, ainda me adaptava a qualquer situação. Como, por exemplo, quando havia bailes e eu arranjava um garoto para ir comigo. Eu podia fazer isso. Eu dizia "Ei, por que não vamos ao baile?" E ele respondia: "legal." Geralmente, eu escolhia um dos garotos mais bonitos, populares. Algumas vezes, eles me convidavam, outras eu os convidava, mas não era namoro...vocês me entendem?

Ellen: Vocês não tinham intimidades?

JoAnn: Eu realmente tive um namorado nos dois primeiros anos do segundo grau. Nós éramos muito íntimos e ficávamos nos beijando apaixonadamente e nos acariciando; esse tipo de coisas. Mas nunca fizemos sexo. Vejam, era o início da década de 1960 em Ohio. Mas, depois que terminamos, comecei a sair. Eu era uma das principais organizadoras de bailes e outras atividades da escola, portanto, eu tinha um papel. Não precisava namorar sério. Lembro-me do baile de formatura. Eu convidei um garoto para ir ao baile e tudo o que fizemos foi ficar conversando de mesa em mesa. Tiramos fotografias, fizemos caretas. Nenhum de nós achou estranho e, evidentemente, eu não estava aborrecida; ele achou que era farra. Nós convidamos outras pessoas para dançar. Pulávamos nas pessoas dançando e, você sabe, isso não acontecia naquela época. Porque era tudo muito formal entre garotos e garotas. Você ia ao baile e só dançava com o seu par.

Deborah: Como eram as suas amigas? Você era muito ligada às garotas? Sentia atração por elas?

JoAnn: Não. Mas as garotas eram a minha vida.

Deborah: Elas eram as suas amigas queridas, mas nunca lhe ocorreu fazer sexo?

JoAnn: Isso nunca me ocorreu, mas eu me pergunto o quanto isso era devido ao meu catolicismo. Porque eu nunca pensei em me masturbar em toda a minha vida, até os vinte e poucos anos.

Vocês sabem, eu aprendi sobre masturbação em palestras sobre sexo depois da faculdade. Eu era do tipo, "Masturbação? O que é isso?" Assim, o sexo com garotas jamais me ocorreu. Certamente, nós passávamos todo o tempo juntas. Nós voltávamos para casa juntas, de ônibus. Nós nos encontrávamos quando morávamos perto – embora morássemos no campo e, portanto, não era fácil, especialmente durante a semana. Mas então conversávamos a noite inteira pelo telefone.

Ellen: Então, era uma turma de garotas? Não havia uma amiga em particular?

JoAnn: Sim, eu sempre tive cerca de quatro melhores amigas com quem eu conversava pelo telefone. Eu contava tudo para as quatro e então desligava o telefone, fazia a lição de casa e ia para a cama. Nós passávamos a noite uma na casa da outra, dávamos festas do pijama. Eu nunca brinquei de médico nem tentei beijá-las. A única coisa que eu fiz foi com a minha amiga Linda. O pai de Linda comprava a *Playboy* – que era bastante escandalosa – e assim, Linda e eu pegávamos a revista e olhávamos as fotografias, sentadas embaixo da sua penteadeira que tinha uma cortina em volta. Lembro-me disso muito bem.

Deborah: E o que aconteceu depois do segundo grau?

JoAnn: Mais ou menos na época em que fui para a universidade, comecei a sair com um rapaz da minha terra. Então, fui para Northwestern, fora de Chicago, e ele foi para o sul de Ohio, portanto, não nos encontrávamos sempre. Ele queria fazer sexo comigo mas eu não queria, e por isso ele terminou comigo depois de alguns meses. Mas quando fui para a universidade estávamos namorando firme. Olhando para trás, vejo que era uma desculpa maravilhosa. Eu não procurava outros garotos. Todos viviam me dizendo: "Oh, vamos lá, você precisa terminar com ele e sair com alguém daqui." Era perfeito. Imagino quantas lésbicas fizeram isso.

Deborah: Portanto, ter esse namorado fora da cidade era uma proteção para você?

JoAnn: Correto. Naquela época, as pessoas não viajavam tanto. Eu nunca tinha andado de avião. Não era comum voar de um lado para outro como os garotos de hoje. No Meio Oeste, ninguém dirigia para cá e para lá num piscar de olhos. Portanto, eu não o vi até o Dia de Ação de Graças. Ele terminou comigo e eu fingi que ainda estava com ele quando voltei para a universidade. Eu não estava tão magoada. Realmente o considerava uma proteção. E isso respondia a todas as perguntas.

Deborah: Que paralelo interessante com o casamento. Casamento como proteção.

JoAnn: Não é essa a verdade? Finalmente, comecei a sair com muitos garotos. Muitos garotos convidavam-me para sair. Mas eu não fazia sexo com ninguém.

Deborah: E qual é a sua opinião? Era algum tipo de combinação entre a sua religião e a época ou...

JoAnn: Bem, agora, ao olhar para trás, acho que não queria fazer sexo, embora mais tarde eu tenha feito sexo com rapazes e gostado. Grande parte era devido ao catolicismo. Grande parte devido à pequena cidade onde eu cresci. Eu achava que se fizesse sexo, todos saberiam e os rapazes contariam para todos. Eu não achava certo deixar de ser virgem antes do casamento.

Envolvi-me com um rapaz quando estávamos na universidade e pensava que me casaria com ele. O seu nome era Stevie. Ele era judeu. E ele dizia que a sua mãe ficaria absolutamente furiosa se descobrisse a meu respeito, porque eu não era judia. Ele nunca falou de nós para ela. Ele foi para a Europa, fazer faculdade de medicina e, assim, fui para a Europa quando me formei e viajamos durante alguns meses. Nós moramos juntos e fizemos tudo aquilo. Então, voltamos no mesmo avião. A sua família morava em Nova York. Eu ia para Ohio e pegaria outro avião em Nova York. Havia uma espera de cinco horas. Esse era o nosso plano: ele iria para casa, deixaria as suas coisas, voltaria e esperaria o avião comigo – ele não morava muito longe do aeroporto. Ele nunca voltou.

Bem, e eu fiquei uma hora procurando por ele quando saí da alfândega. Nós estivéramos em linhas separadas, porém, paralelas – ele simplesmente sumiu. Seus pais estavam esperando por ele; ele ia me apresentá-los. Nós tínhamos planos de casamento; ele ia lhes contar... Instintivamente, eu sabia o que acontecera. Saí gritando pela sala de espera. Tenho certeza de que as pessoas acharam que eu estava totalmente louca. Larguei as minhas malas e todos os presentes que eu trouxera da Europa. Apenas deixei-os no aeroporto Kennedy. Só Deus sabe por que eles não foram roubados. Gritava pelo aeroporto: "Stevie, onde está você, seu maldito filhinho da mamãe. Eu sei que você está aqui, seu maldito bebê, Stevie! Você tem medo de me apresentar aos seus pais porque eles vão saber que eu sou uma *shiksa**." Eu estava completamente louca.

Deborah: Assim, Stevie foi o homem com quem você quase casou. E o homem com quem você *realmente* casou?

JoAnn: Eu terminara a universidade, fizera a minha viagem para a Europa, voltara para casa. O casamento dos meus pais estava se desintegrando; eles estavam se divorciando. Eu mal podia esperar para sair da cidade. Não queria voltar para Bath, Ohio, e percebi isso bem depressa. Era uma ordem interna. Havia uma voz interior gritando "Saia da cidade." Eu estava em pânico. Parcialmente porque eu fora desprezada. Mais do que outra coisa qualquer, eu estava furiosa. E, curiosamente, no que se refere à perspectiva de me casar, eu estava muito aliviada. Pensava: "Legal! Eu não preciso fazer isso. Eu estou fora." Minha mãe ficou muito mais desapontada do que eu porque Stevie ia ser médico. Ele ia ser rico.

Assim, voltei à cidade onde ficava a minha universidade porque eu criara amizades lá. Lá, eu tinha pais substitutos, dez anos mais velhos do que eu e com quem eu morara no último semestre da universidade. Eu voltei e fui morar com eles novamente. Embora eles fossem muito modernos – todos nós fumávamos maconha juntos – eles estavam realmente empenhados em me arranjar marido.

Assim, eu conheci o rapaz da casa ao lado, que estava passando o verão com o irmão. Seu irmão e a futura cunhada tinham estudado comigo na Northwestern. Nós nos tornamos amantes e moramos juntos por um ano. Aquela foi a primeira vez que eu fiz aquilo formalmente e contei para os meus pais. Nós éramos hippies e casamos no parque com um "padre" que cobrou dez dólares por uma licença. Tudo muito anos 60 e tal. Os nossos pais e os meus velhos amigos de Ohio ficaram um tanto perplexos mas para nós foi o máximo. Mudamos para a Califórnia, abrimos uma loja de roupas e eu fiz amizade com muitas mulheres. Freqüentava um grupo de conscientização da Associação Nacional de Mulheres. Finalmente, todas as mulheres daquele grupo se divorciaram ou se assumiram ou ambos.

---

* N.T. Termo usado pelos judeus e que significa moça nobre.

Durante todo o tempo em que estivemos casados, o meu marido teve casos amorosos e eu não soube até depois da nossa separação. Nós nos separamos principalmente devido à sua imaturidade e, como eu sei agora, por ele ser viciado em maconha. Foi assim que eu consegui sair do casamento.

Deborah: Como era o seu casamento? Como era o relacionamento com o seu marido?

JoAnn: Nós nos dávamos realmente bem durante o ano em que moramos juntos e na maior parte dos três anos e meio de casamento. Nós ríamos muito. Ele era três anos mais moço do que eu, porém, era muito infantil para sua idade. Muito rico, ele freqüentara internatos suntuosos e abandonara a universidade porque era hippie. Mas, vocês sabem, ele abandonou a universidade com uma caminhonete Volkswagen totalmente equipada e nunca precisou de dinheiro. Ele sempre foi o queridinho da mamãe. Ele queria me dar um enorme diamante quando nos casamos mas eu disse "não" (JoAnn dá uma risadinha), bem, por causa da África do Sul, os diamantes eram um carma muito ruim. Eu nunca me senti atraída pelas demonstrações de riqueza daquela família. Nunca pensei em ganhar o afeto da sua família, apesar de ter ficado íntima de alguns dos jovens, especialmente de uma cunhada que, a propósito, também se assumiu. Assim, agora a nossa ex-sogra se justifica dizendo que os casamentos não deram certo porque as mulheres eram lésbicas.

Deborah: Por que você acha que casou?

JoAnn: Bem, veja, voltemos aos meus pais substitutos. Naqueles dias, naquela época, com certeza você podia morar com alguém. Mas eles realmente começaram a me pressionar. Eu continuava dizendo "Eu só quero morar com ele," e eles continuavam dizendo: "Você sabe que para haver um compromisso real você precisa se casar."

Deborah: Você ainda mantém um relacionamento com o seu ex-marido?

JoAnn: Não. Nenhum contato. Naturalmente, ele fez a coisa errada comigo, entende?

Ellen: O que aconteceu depois que o casamento acabou?

JoAnn: Depois disso, ocasionalmente eu saía com homens mas, realmente, eu nunca tive qualquer relacionamento. Então, fui fazer pós-graduação. Nessa época, comecei a freqüentar uma classe de estudos feministas e isso abriu a minha cabeça. Definitivamente. Eu estava, bem, prostrada. E decidi, finalmente, ser lésbica antes que eu tivesse qualquer...

Até aquele momento eu só tivera uma brincadeira sexual com uma amiga, mais ou menos durante uma hora, e nós ficamos muito excitadas pensando que talvez fôssemos bissexuais. Nessa ocasião, eu era definitivamente uma feminista, com certeza, mas eu não imaginava que era lésbica. Então, comecei a fazer outro curso sobre sexualidade humana. Havia uma aula de tempo integral ministrada por Tee Corinne e Pat Califia. Foi incrível aprender sobre lésbicas de uma maneira sexual, vívida. Estava tudo acabado entre os homens e eu. Nunca mais saí com homens. Mas eu também nunca fizera sexo com uma lésbica ou coisa assim. Então, no encerramento da aula de estudos feministas, demos uma festa em minha casa. Eu tive sexo com duas outras mulheres da minha classe. Nenhuma delas era lésbica. Hoje, nós três somos. (JoAnn dá uma risadinha). Aquela foi realmente uma viagem.

Ellen: Como foi se assumir?

JoAnn: Eu não me arrependi de nada. Ao contrário. Eu estou comemorando desde o momento em que percebi tudo até agora. Eu tive muita sorte porque era dona de uma loja de importação – eu podia vestir o que desejasse. Naturalmente, naquela época, toda lésbica precisava se vestir da mesma maneira. Eu cortei o cabelo e livrei-me de todos os vestidos. Precisava usar jeans e camisetas e camisas de flanela e todo o resto. Curiosamente, eu vendia vestidos na loja.

Deborah: O que teria sido diferente se você tivesse permanecido em Bath, Ohio? Você teria se assumido?

JoAnn: Eu discuti isso tantas vezes e acho que, provavelmente, não teria, a não ser que tivesse acontecido alguma coisa e eu me visse, de repente, em alguma situação com uma lésbica muito agressiva. Essa é a única possibilidade na qual eu posso pensar. Se alguma lésbica tivesse me abordado – eu sou muito sensível, o que considero uma característica positiva – de maneira muito forte e feito propostas sexuais, acho que talvez eu tivesse percebido. Mas eu não sei onde estariam essas lésbicas em Bath, Ohio. Embora um dos meus professores da sexta série fosse obviamente homossexual, bem como o professor de inglês no segundo grau, e as mulheres que dirigiam o canil, que deviam ser sapatonas.

Deborah: Você nunca ouvira falar de lésbicas quando estava em Ohio?

JoAnn: Quando os meus pais se divorciaram, minha mãe alugou um apartamento. Eu estava na universidade. A minha mãe morava ao lado de duas mulheres que ela chamava de "aquele tipo de mulheres." Eu lhe perguntei: "Que tipo de mulheres?" E ela disse: "Bom, você sabe, elas estão juntas. Elas estão juntas no mesmo apartamento." E eu disse: "Eu dividi um apartamento com algumas garotas." E ela respondeu: "Não, não, não, JoAnn. Elas são, bem, elas são lésbicas." Eu nunca ouvira aquela palavra.

E então, naturalmente, eu descobri que a mãe de Johnny C. abandonara o seu pai. Bem, eu nunca soube por quê. Obviamente, ao olhar para trás, vejo que aquela mulher era uma sapatona. Mais tarde, quando eu estava na universidade, soube que ela fugira para a Flórida com uma mulher. Quando o seu rico marido usou o dinheiro para pressioná-la, ela voltou para casa. Naquela época, ela achava que não conseguiria sobreviver sozinha. Certa ocasião, estávamos numa festa comemorando alguma coisa e ela se aproximou de mim e disse: "Você viu o que John, o pai, me deu para eu voltar?" Era um diamante cor-de-rosa enorme, gigantesco, um perfeito anel de homem. Quando me lembro disso... (Todas caímos na gargalhada).

Deborah: Quais as trocas que você precisou fazer? Quando você conta a sua história, parece que foi maravilhoso se assumir, mas agora você percebe as trocas?

JoAnn: Agora eu percebo, quando olho para trás e comparo como os heterossexuais – isto é, os jovens da minha turma – estão indo bem. Quando vejo a sua estabilidade econômica, as suas vidas parecem estabelecidas, decididas, claras. Eles não precisam trabalhar a homofobia dos seus filhos. Há todo o fator de estresse social. Os meus relacionamentos não são considerados como qualquer coisa em particular. Você sabe, quando eu terminei com a minha amante de cinco anos, o meu filho tinha apenas cinco anos. Ela e eu não tivemos o filho juntas mas ela entrou em sua vida quando ele tinha seis meses. O meu irmão não estava nem um pouco preocupado com o fim do nosso relacionamento. Ninguém da minha família, a não ser minha prima, jamais me perguntou o que aconteceu. Ninguém jamais fez nenhum comentário. Nem mesmo a minha tia e as pessoas com quem eu me relacionava.

Outra troca diz respeito aos direitos básicos. Eu acredito que as lésbicas devem ter o direito legal de casar e precisamos lutar por isso. Vi muitas mães biológicas afastarem seus filhos da vida das mães não-biológicas quando terminam o relacionamento. Essa é uma das imitações grotescas da homofobia em nossa comunidade com a qual eu discordo. A criança sai perdendo e a mãe não-biológica – aquela sem status legal – precisa lutar para conseguir as mínimas coisas. E as mães biológicas, considerando toda a mordacidade e negatividade dos rompimentos, ou simplesmente devido ao condicionamento cultural, têm o poder e algumas vezes fazem uso dele. Assim, como mãe, acredito que as crianças precisam ter os direitos proporcionados pelo casamento e a mãe sem status legal precisa adquiri-lo. Alguns dos privilégios da heterossexualidade são esses direitos, sem mencionar os outros benefícios, você sabe, seguro, impostos. Nós merecemos todos esses benefícios. Acredito na instituição, como está determinado em nossa cultura, no privilégio da instituição que proporcionam às crianças pais legais, direitos de herança, direitos de propriedade.

Deborah: Você mencionou a aceitação. Eu estou pensando nos meios sociais e psicológicos pelos quais a cerimônia de casamento o legitima. Que ela dá apoio externo ao casal, que ela ajuda as pessoas envolvidas a assumir o compromisso com seriedade.

JoAnn: Sim. Recentemente a minha amiga foi ao casamento da filha de sua prima. Havia 700 pessoas na igreja e houve um pequeno ritual depois do casamento. O padre estava lá, com os braços em volta do casal e disse para a congregação: "Qual dos presentes apoiará essa união?" Setecentas pessoas disseram, em uníssono: "Eu." Que autoridade incrível.

E, naturalmente, o casamento tem suas desvantagens, porque um casal legalmente casado passa por muitas dificuldades quando quer se separar, mas o apoio é inacreditável. Eles ganham uma máquina de lavar e uma secadora e a família ajuda quando eles têm problemas e assim por diante. Mesmo que você não goste da esposa e faça parte da outra família, você ainda apóia a união, o que é interessante. A união tem vida própria.

Ellen: E então há os efeitos sobre as crianças. Qualquer coisa diferente da típica família nuclear mamãe/papai é suspeita. Assim, qualquer família fora dessa "regra" matrimonial, como os progenitores solteiros ou lésbicas, fazem as crianças se sentirem diferentes.

JoAnn: Oh, sim! Como lésbica, eu não deixo que eles me intimidem; eu não me sinto excluída por ter o meu próprio cenário sendo lésbica. Nos diversos anos em que Gardner estava na escola, eu tive encontros e não tive uma vida amorosa, a não ser durante alguns meses. Com o tempo, esse modo de vida tornou-se difícil para o meu filho – o meu lesbianismo estava mais visível então – mas nós conversamos sobre o assunto e ele sobreviveu. É difícil, especialmente com crianças, continuar enfrentando a norma e lutando. Eu estou sempre me assumindo para professores, administradores, pais. Então, preciso me certificar de que as minhas amantes sejam respeitadas pelo meu filho, pelos seus colegas e pela comunidade. E, se você não tem um relacionamento duradouro com uma pessoa, é ainda mais incômodo. A norma é ter um "amor da sua vida." Assim, como uma lésbica com diversos relacionamentos, sem nenhuma companheira fixa, as pessoas da comunidade heterossexual não sabem como agir com as minhas amantes. Na cultura lésbica, nós tendemos a nos ridicularizar por isso. Eu acho que isso apenas faz parte da nossa criatividade, dos nossos padrões culturais. Nós não desejamos permanecer em relacionamentos que não sejam satisfatórios e íntimos. Os relacionamentos lésbicos, eu acho, exigem uma espécie de intimidade que os heterossexuais encontram em amigos do mesmo sexo e não nos parceiros sexuais. Nós desejamos satisfazer as duas funções em nossos relacionamentos amorosos, o que torna a pressão mais intensa.

Em meu bairro na Califórnia – acredite se quiser – em plenos anos 90, as mulheres não trabalham fora de casa; há um grupo inteiro de mulheres totalmente sustentadas pelos maridos. Financeiramente, elas são completamente dependentes. Não sei o que essas mulheres fariam se pudessem escolher.

Há um grupo de mães com as quais eu me relaciono. Nós mandamos as crianças para a escola e então, algumas vezes, ficamos andando pela vizinhança, durante uma hora, conversando sobre diversas coisas. Todas elas têm problemas com os maridos. Elas me contam tudo. É muito interessante. Há uma mulher que tem dois filhos e, naturalmente, um marido. Um dia ela disse: "Posso ficar um pouco em sua casa? Eu detesto os homens." Não é interessante? A maioria sente-se presa. Na verdade, essa mulher em particular, ia se divorciar há alguns anos e disse: "Eu não posso me divorciar. Eu não trabalho há dez anos. Eu sou professora. Onde vou arrumar um emprego?"

Deborah: Só de brincadeira, como você diferencia uma esposa num casamento heterossexual e de outra num "casamento" lésbico.

JoAnn: Em primeiro lugar, como uma lésbica eu não me preocupo com qualquer diferencial de poder. Eu certamente tenho o meu poder. Acho que eu não tenho medo de deixar um relacionamento, a não ser pelos sentimentos, entende? Há o dilema de amar uma mulher e de que maneira terminar a relação. Não há restrições. Isto é, definitivamente, quando eu estava casada eu precisava pensar em como obter o divórcio; foi uma enorme disputa legal.

No lesbianismo existe essa liberdade, pois eu não desempenho um papel. Eu não sou uma esposa. Portanto, eu não preciso "fazer nada". Eu não preciso cozinhar, eu não preciso limpar. Eu não preciso cuidar das crianças. Você sabe, o meu filho tem doze anos. Eu tive companheiras que ajudaram a cuidar dele, em diferentes níveis. Cada família lésbica tem uma maneira nova e criativa de fazê-lo. É como um mar infindável de combinações, que oferece às lésbicas a liberdade e o prazer mais surpreendentes e, ao mesmo tempo, a mais tremenda pressão e ansiedade porque nós não temos regras. Os casais heterossexuais não precisam descobrir as regras. E nós precisamos descobri-las todo santo dia.

Deborah: O que é excitante também é estressante.

JoAnn: Muito estressante. Acho que é um dos maiores motivos para o fim do relacionamento. As lésbicas lamentam que os nossos relacionamentos não durem tanto quanto os heterossexuais. Todas nós temos os motivos óbvios para isso. Mas vejo que, geralmente, temos relacionamentos "polifiéis" para toda a vida. (Nem todas, é claro. Há determinadas amantes que eu não quero ver nunca mais, mas...) Eu sempre digo que as lésbicas não teriam esse problema se não definíssemos toda amante como uma companheira para toda a vida. Eu acho que as lésbicas moram juntas como uma forma de namorar. Se considerássemos isso como um namoro, não sofreríamos tanto quando nos separamos.

A minha primeira amante, eu... eu falei com ela hoje pela manhã. Nós somos amigas íntimas há 19 anos. Nós somos muito ligadas, muito íntimas, na verdade as amigas mais queridas, sempre, e sempre seremos assim. Com exceção de alguma coisa extraordinária, imprevista, não consigo imaginar o que poderia nos separar. Há muitos anos ela tem uma amante, da qual eu também sou bastante íntima. Nós vamos ter um relacionamento amoroso a vida inteira e daremos apoio uma à outra, como qualquer casal casado, ou talvez mais. Nós não somos parceiras sexuais – o que ocorre em muitos casamentos heterossexuais. Eles apenas são forçados a viver sob o mesmo teto e manter aquilo que eu chamo de indústria de chalés para criar os filhos.

Deborah: Portanto, JoAnn, uma vez que você escreveu tanto e falou tanto a respeito do sexo lésbico, essa entrevista não ficaria completa se não lhe perguntássemos sobre sexo. Como você compara o sexo como esposa e o sexo como lésbica?

JoAnn: Sexo? (JoAnn dá um grande sorriso.) O sexo sempre foi muito bom com os homens. Eu gostava. Eu era orgástica. Eu me divertia. Tinha muito cuidado para não escolher homens agressivos ou abusivos. Não que eu escolhesse idiotas, mas quase. O sexo com os homens não era muito criativo para mim. Muitas estatísticas mostram que as lésbicas que fizeram sexo com homens têm uma vida sexual mais criativa e variada do que aquelas que só foram com mulheres. Essa não foi a minha experiência. Para mim, o sexo com os homens era bom, mas com as mulheres o sexo sempre foi muito mais satisfatório, muito mais profundo, muito mais comovente. Certamente, como lésbica eu pude ter sexo ocasional e, nunca me arrependi, nunca tive uma experiência ruim, apesar de ter certeza de que isso acontece com muitas lésbicas. Comigo não aconteceu. A minha vida sexual como lésbica tem sido muito mais excitante e variada e à medida que estou envelhecendo e que o tempo em que assumi vai ficando para trás, ela melhora cada vez mais. Para mim, é absolutamente verdadeiro afirmar que a minha vida sexual tem sido muito melhor, dez vezes melhor, porque o meu coração e a minha alma estão disponíveis para os relacionamentos.

Não tenho respostas sobre as maneiras de enfrentar as expectativas da cultura dominante e as necessidades do nosso *eu* lésbico. Sei apenas que a minha vida como heterossexual não pode ser comparada de maneira alguma à minha vida como lésbica. Agora, eu me sinto completa, excitada e verdadeira. Sinto que não tenho limites para ser quem eu sou.

Eu adoro lésbicas. Adoro a cultura lésbica. As lésbicas são as minhas heroínas, a minha família, as minhas amantes, as minhas amigas.

Encontrando o caminho
Arie Schwartz

O começo

Quando soube que se mudara para o meu bairro em Nova Jersey, não fiquei nem um pouco interessada. Quando muito, fiquei irritada. Não era apenas outra família, mas a terceira família Schwartz numa área de quatro quarteirões. Mais confusão para os correios, a companhia telefônica e os serviços de entrega. Mais irritação para mim.

Uma amiga minha conhecera os novos Schwartz. "A esposa é muito gentil," ela disse, oferecendo-se para nos apresentar. Eu, uma dissidente do Comitê de Boas-vindas, respondi: "Dê-lhe o meu telefone. Se ela ligar, eu a convidarei para tomar um café." Mas ela não telefonou e eu esqueci o assunto.

Alguns meses depois, a mesma amiga, sabendo que eu era feminista, disse, "Você realmente devia conhecer Jill Schwartz. Ela foi a uma reunião da N.O.W. (Associação Nacional de Mulheres)" Uma reunião da N.O.W.? Sem mim? AGORA eu estava interessada. Será que ela poderia ser outra dona-de-casa suburbana cuja conversa não girasse em torno das novas cortinas que combinavam com o tecido do sofá ou sobre o que o marido preferia jantar? Eu lhe telefonei e convidei-a para vir à minha casa.

A nossa primeira conversa durou uma eternidade. Nós discutimos o movimento feminista, os modelos para as crianças, os estereótipos na política e nas artes, nossos sentimentos sobre a feminilidade na década de 1970. Jill estava passando por uma fase de profunda autoconsciência; eu estava impressionada com os seus *insights*. Nós éramos muito parecidas; era como um *déja vu*. Ela era eu cinco anos antes.

Ela quase não mencionou o marido durante a nossa conversa de quatro horas, mas falava freqüentemente e com apaixonada devoção sobre uma amiga que deixara em Chicago. Estranho, eu pensei, que ela falasse tão pouco do marido e tanto da amiga. Muito estranho. Eu mesma, uma relutante heterossexual renascida, desertara das fileiras lésbicas há dez anos para casar e iniciar uma família. Afinal, vivíamos numa época na qual raramente a palavra gay era mencionada e mesmo as mulheres gays se engasgavam ao pronunciá-la; uma época na qual a vergonha, e não o orgulho, era o sentimento associado à orientação homossexual de muitas pessoas.

Mesmo assim, fiquei imediatamente encantada com Jill e mal podia controlar o meu desejo. Em questão de semanas, éramos as melhores amigas. Ela confessou ter mantido um "envolvimento" com a amiga de Chicago; eu confessei desejar mais do que amizade. Mas não foi assim tão fácil. (Nunca é.) Em pouco tempo, Jill deixara de ser a esposa fiel mas infeliz, apaixonara-se por uma mulher (o seu primeiro relacionamento lésbico), e estava sendo perseguida por uma mosca de padaria lasciva – eu. Era mais do que ela podia agüentar e ela me disse. Percebi que ela sentia por mim algo mais do que amizade e que não podia reconhecer abertamente os seus sentimentos, mas também percebi a montanha-russa emocional na qual ela se encontrava. Escolhendo o caminho mais fácil, eu me afastei. Ironicamente, isso a deixou com medo de me perder e, por fim, acrescentou uma dimensão sexual à nossa já enorme ligação emocional. Alguns meses depois, ela terminou a relação com a amiga de Chicago. E assim começamos um caso amoroso bastante intenso, que já dura dezoito anos. As coisas esquentaram também em nossas famílias.

O caso amoroso

Sem que soubéssemos, o marido de Jill interceptara as cartas amorosas de Chicago e estava ouvindo os nossos telefonemas. Ele nos confrontou a respeito de nosso caso. Não foi uma confrontação comum; ele queria um pouco de ação e sugeriu um *ménage à trois*.

Quando não aceitamos, ele ameaçou contar aos vizinhos e às nossas famílias. Sujeito legal.

Jill estava entre a cruz e a caldeirinha: ela queria deixar o marido, mas tinha poucas habilidades para arranjar um emprego e três filhos pequenos, incluindo uma filha com deficiência mental. Uma noite, depois de uma discussão na qual ele tentou agredi-la fisicamente, eu lhe disse para pegar as crianças e se mudar para a minha casa. Isso aconteceu logo no início do nosso relacionamento; razão não era a palavra de ordem. Eles vieram, ficando com o meu marido, o meu filho e comigo durante três meses. Todas as noites eu deixava a minha cama e ia para a de Jill. O desejo é poderoso, eliminando a lógica e o bom senso. Meu marido sabia o que estava acontecendo; mesmo atualmente, eu ainda admiro o seu autocontrole. Finalmente, Bill explodiu. Ele nunca usou a palavra "lésbica" mas disse claramente, que a minha amante não poderia mais ficar em nossa casa. Relutantemente, Jill voltou para Bob, prometendo terminar o nosso caso. Ele insistiu em vender a casa e mudar de bairro. Eles compraram uma casa no centro da cidade, a 30 quilômetros de distância. Naquele ponto, centenas de quilômetros não teriam nos afastado.

Planejamos continuar o nosso relacionamento clandestinamente, guardar o dinheiro de nossas mesadas e do meu emprego de meio período e abandonar nossos maridos em dez anos, quando nossos filhos estivessem na universidade e Susan tivesse idade suficiente para ser colocada numa instituição.

Após alguns meses, dez anos pareciam uma eternidade. O casamento de Jill ia de mal a pior; o meu, embora não tão tenso, tinha apenas um traço comum: o amor pelo nosso filho de seis anos. Eu fiz planos; voltei ao meu antigo emprego em período integral, informando Bill que queria a separação. Nós tínhamos um plano: ele iria embora no final do ano letivo, para que Greg tivesse os meses de verão para começar a se adaptar às mudanças em nossa vida.

O marido de Jill, reconhecendo que o casamento terminara, começou a sair com outras mulheres. Arranjou uma namorada, mudou-se para a casa dela e concordou em pagar uma quantia temporária para o sustento das crianças até ser negociada uma pensão. Jill encontrou trabalho perto de casa e uma babá para cuidar das crianças, uma mulher que passou a amar Susan e que cuidou dela por quase dez anos.

O divórcio

As nossas separações e divórcios foram tão diferentes quanto o dia da noite. Inicialmente, para evitar discussões acaloradas, Bill e eu nos comunicávamos por carta, elaborando os termos do nosso acordo. Eles foram transformados num acordo formal e, mais tarde, incorporados ao nosso divórcio amistoso. Nós não tínhamos pressa de nos divorciar devido aos benefícios obtidos pela declaração conjunta do imposto de renda. Quando nos divorciamos oficialmente, em 1981, cinco anos após o início do meu relacionamento com Jill, Bill e eu éramos suficientemente amigos para sentarmos juntos na sala do tribunal. Bill é um sujeito muito bom; depois de aceitar o fim do nosso casamento, sua principal preocupação era não perder o relacionamento com o filho, e isso não aconteceu. A não ser pelos feriados, nenhum de nós jamais recorreu à cláusula do divórcio relacionada às visitas. Ele via nosso filho com freqüência; Greg passava noites em sua casa e saía de férias com ele. Juntos, íamos às festas escolares e passávamos o dia no acampamento.

O marido de Jill recusou o divórcio amistoso, usando o nosso relacionamento como um obstáculo nas negociações. Jill pediu o divórcio em 1977, com base na crueldade mental, solicitando a custódia das crianças. Bob revidou, alegando crueldade mental e adultério. Eu fui mencionada como cúmplice. O mais chocante é que ele pediu a custódia das crianças, as mesmas que ele mal notava quando moravam juntos. A conselho do advogado, ele começou a bancar o pai dedicado, preocupado. Em particular, ele disse a Jill que, pelo que ela lhe fizera, ele preferia ficar com as crianças e pagar uma governanta para cuidar delas do que lhe dar a custódia. Jill ficou arrasada. A possível perda dos filhos era algo com o qual ela não conseguia lidar. Bob sabia disso; ele contava com isso.

Nós procuramos um precedente ao nosso caso. Fizemos pesquisas para economizar os honorários legais e encontramos testemunhas, psicólogos e sociólogos que estudaram e escreveram sobre famílias lésbicas. Eles estavam prontos a testemunhar que duas lésbicas podem proporcionar um lar amoroso e afetuoso para seus filhos sem educá-los, Deus nos livre, para se tornarem homossexuais. Fomos examinadas, testadas e avaliadas por um importante psicólogo de Nova York, que declararia que o nosso estilo de vida e preferência sexual provavelmente não afetariam a psique de nossos filhos. O juiz ordenou que todos – incluindo as crianças – fossem entrevistados por um representante do Serviço Social. O relatório deveria ser submetido ao tribunal com uma recomendação relacionada à custódia das crianças. Jill tinha amigos heterossexuais dispostos a testemunhar sobre a sua estabilidade como progenitora e a anterior indiferença do marido com as crianças.

Na manhã do julgamento, o juiz chamou os advogados na sala de audiências e informou que o relatório do Serviço Social era fortemente favorável a Jill. O juiz também entrou em contato com a Lambda, o grupo de defesa legal e a Aliança de Ativistas Gays em Nova York, pedindo sua opinião. Ele não era nem um pouco liberal; estava procurando um precedente legal para conceder a custódia a progenitores homossexuais. Naquela época, não havia nenhum em Nova Jersey ou em Nova York. Ele instruiu as partes a tentarem negociar um acordo.

Durante os dois dias seguintes, o advogado de Jill demonstrou o seu valor ou, nesse caso, a sua inutilidade... covardia também vem à minha mente. Ela foi aconselhada e pressionada a aceitar ajuda financeira para as crianças como "quantias não-determinadas" e, assim, o pagamento de impostos seria dedutível para Bob e tributável para Jill. O advogado também permitiu que Bob declarasse as crianças como seus dependentes. Bob insistiu numa cláusula determinando que se os filhos desejassem freqüentar universidade, ele não pagaria nada se fosse uma universidade particular. Assim, se eles fossem aceitos em Harvard ou Yale, só poderiam freqüentá-las se a mãe pudesse pagar; ele só pagaria uma universidade estadual. Isso foi mencionado no último minuto no tribunal. Para aumentar o estrago, Bob, que solicitara visitas nas noites de quarta-feira, além de fins de semana alternados, disse ao juiz que talvez não desejasse exercer aquele privilégio. Isso foi dito pelo homem que morava a dois quarteirões dos filhos e que solicitara a sua custódia.

Sempre que Jill discordava ou apresentava objeções, o advogado falava com ela de dentes cerrados, enquanto partia o lápis ao meio com as mãos. Onde estava eu enquanto isso acontecia? Ali. Não foi um dos meus momentos mais brilhantes. Por que eu permiti que isso acontecesse? Lembre-se de que estávamos na década de 1970. O estresse e a pressão que os advogados e juízes exercem sobre as mulheres nas questões de divórcio e sobre lésbicas em particular era inimaginável. O ambiente no tribunal era de hostilidade contra nós; a mensagem implícita era: "Vocês têm sorte de ficar com os seus filhos. Não nos pressionem." No final, Jill perdeu efetivamente tudo, com exceção dos filhos.

Quando o divórcio saiu, estávamos tão perturbadas que mal podíamos agir. O sistema legal, com o seu predomínio de juízes e advogados do sexo masculino, era nitidamente contra as mulheres. Isso está apenas começando a mudar.

Finalmente juntas

De comum acordo, vendemos as casas que tínhamos com nossos maridos e compramos uma pequena casa no centro da cidade, perto daquela que Jill morara com o marido. Seus filhos tinham mudado muito de casa nos últimos três anos; ela queria sossegar por algum tempo. Fazia sentido.

A nova casa tinha apenas três quartos. Os garotos ficaram com o quarto principal, que era suficientemente grande para acomodar a mobília e uma área para brincar. Susan ficou com um dos quartos menores e nós, com o outro. Durante meses, se eu levantasse durante a noite, dava de cara com a parede.

Iniciou-se um período de adaptação. Havia problemas a resolver; muita coisa a ser curada.

Como donas-de-casa, antes de morarmos juntas, tínhamos muito tempo livre. As mudanças radicais ocasionadas por empregos de tempo integral e a exaustão mental do divórcio deixaram todos estressados. Nós não havíamos previsto como a nossa vida seria diferente. Eu deixara uma casa colonial de oito cômodos, onde moravam três pessoas, por uma casa no centro da cidade com seis cômodos, para seis pessoas. Eu estava habituada a ter espaço, tanto físico quanto mental. Não havia nenhum lugar onde eu pudesse ficar sozinha para clarear a mente e recuperar as forças. Até mesmo as pequenas coisas eram perturbadoras. Para meu desapontamento, Jill aparentemente repetira nas matérias Lavagem de Pratos e Dobradura Básica de Toalhas; eu tinha Ph.D em ambas. Você não percebe essas coisas no começo, naquele período de não-aceitação. Quando você finalmente pára de pular na cama a cada oportunidade, a realidade se instala. Nós discutíamos a respeito de tudo. Eu insistia, ela resistia.

Havia brigas sobre quem ia tomar banho primeiro pela manhã, quanto tempo seria gasto no banheiro por quem, a escolha das roupas dos meninos, quem deixara uma caixa vazia de cereais, quem não conseguia encontrar a lição de casa. A última coisa que desejávamos era mandar nossos filhos para a escola com a raiva ecoando nos ouvidos. Na verdade, é isso o que eles tiveram durante a maior parte do tempo.

Quando começamos a morar juntas, a minha atenção desviou-se de Jill para o meu filho. Sentia que ele precisava de mais cuidados. Ele estava numa casa nova, num bairro novo, numa escola nova. Greg pensou que estava ganhando dois irmãos e uma irmã. Não foi bem assim. Antes de morarmos juntos, os meninos eram bons amigos. Agora, Ricky e Michael ficavam juntos, geralmente excluindo Greg de suas atividades. Eu percebia que eles me culpavam pela destruição da sua família. Eles não podiam descontar o ressentimento em mim, portanto, eles o transferiam para Greg. Eu gostaria de dizer que fui madura e consegui lidar bem com as coisas. Na verdade, fiz com que eles passassem por maus bocados por tratarem mal o Greg. Aquele não era um comportamento dentro dos padrões, mas provavelmente era comum em situações que envolvem padrastos/enteados, gays ou heteros.

Jill estava me sufocando. Desde o início, ela era tão insegura que eu não podia ir sozinha ao banheiro. Ela se ressentia do tempo que eu dedicava a Greg. Na verdade, acho que o ressentimento foi o elemento-chave em nossa casa durante o primeiro ano. Todos se ressentiam de todos. A situação estava muito longe do "felizes para sempre" que havíamos imaginado antes do seu divórcio.

Nós reservávamos um tempo para passar com as crianças. Fazíamos reuniões familiares na forma de seminários abertos, onde qualquer um podia falar sobre qualquer coisa. Para nossos filhos essas reuniões eram uma penitência a ser suportada. Jogávamos cartas e jogos, líamos histórias, alugávamos filmes. Íamos a museus, parques, concertos e ao teatro, tentando lhes transmitir os nossos valores de classe média. Durante parte do verão, todas as crianças iam para o acampamento. Jill e eu geralmente tirávamos férias na mesma época, embora a tranqüilidade em casa já fosse férias suficientes para mim.

 Algumas crianças jamais se recuperam do choque do divórcio dos pais. O ex-marido de Jill era antiquado e tradicional. Ele não cozinhava, não limpava, não alimentava, não dava banho ou brincava com os filhos. Raramente se importava com eles antes do divórcio. Ele estava mais interessado em sua habilidade para atormentar a esposa do que em cuidar dos filhos. Atribuía o lábio leporino do filho e a síndrome de Down da filha à uma imperfeição de Jill, jamais reconhecendo que juntos eles eram geneticamente incompatíveis. Não que ele não amasse os filhos. Acredito que amasse – pelo menos os meninos. Mas, ele não sabia ser pai, e não tentava.

 Depois do divórcio, Bob tornou-se o "Cara Legal" para os filhos. Isso não é difícil quando você os encontra dois dias a cada duas semanas. Seguindo a obrigação contratual, ele os apanhava em fins de semana alternados, às 20 horas da sexta-feira, e os devolvia no domingo à noite. Ele nunca telefonava nos intervalos, embora tivéssemos encorajado os meninos a lhe telefonar. Eles o convidavam para as atividades escolares e para os jogos da Pequena Liga; ele raramente ia. Depois das visitas de fim de semana, Ricky e Michael voltavam para casa mais tensos do que cordas de relógio. Eles voltavam irritados, mal-humorados e exaustos. Eles tinham muita liberdade e pouca supervisão. As noites de domingo eram perturbadoras. Eles voltavam sujos e amarrotados, geralmente com a mesma roupa que estavam usando na sexta-feira à noite. A pequena Susan parecia uma maltrapilha; os meninos eram muito pequenos para cuidar dela e o pai e a nova madrasta quase não lhe davam atenção. Graças a Deus, Susan não entendia nada sobre o divórcio e suas conseqüências.

 Com Greg, tínhamos problemas diferentes. Ele voltava aborrecido por ter que deixar o pai. Greg sofria de enxaquecas infantis. Depois de algum tempo, eu podia prever a segunda-feira em que ele teria uma enxaqueca. Além disso, a separação do fim de semana era causa de conflito entre os filhos de Jill e Greg, que discutiam quem fizera mais coisas ou quem se divertira mais. O ciúme insinuou-se no relacionamento deles porque Bill não limitava as visitas a fins de semana intercalados. Ele telefonava regularmente, geralmente saía com Greg durante a semana, comparecia aos eventos escolares e aos jogos da Pequena Liga. Ele visitava Greg no acampamento de verão e saía de férias com ele. Como o ex-marido de Jill era indigno de confiança e difícil, ela projetou esses defeitos em Bill. Durante anos, ela se recusou a deixá-lo passar da porta da casa, o que me deixava muito contrariada.

As coisas melhoraram muito quando o ex-marido de Jill morreu inesperadamente (não, eu não contratei ninguém para matá-lo). Nós não precisávamos mais nos preocupar com a pontualidade do pagamento da pensão ou com despesas que ele se recusava a reembolsar. Jill conseguiu para as crianças um cheque mensal da Segurança Social, os benefícios não eram mais tributáveis e agora ela podia declarar as crianças como dependentes. O "Papai Amoroso" não deixou nenhum bem para os filhos. NADA. Sua segunda esposa tornou-se uma viúva rica. Em nome das crianças, Jill recebia os lucros de uma pequena apólice de seguros que Bob fora obrigado a manter como parte do acordo de divórcio. O dinheiro não era suficiente nem para colocar uma das crianças na universidade. Graças a Deus, havia bolsas de estudo e empréstimos para estudantes.

Assumindo

Eu me assumi no final da adolescência e tive uma vida lésbica durante alguns anos antes de casar. Casei principalmente para ter filhos. Naquela época a inseminação artificial para casais lésbicos não era uma prática comum como hoje. Em meu coração, eu sabia que o meu casamento era uma fachada. A primeira pista foi a minha constante atração por outras mulheres. Mas até conhecer Jill, eu não tivera nenhum motivo para terminar o meu casamento. Com ela, eu fui atingida por um raio.

Um pouco depois de Jill e eu nos tornarmos amantes, meus pais se separaram, depois de 45 anos de casamento. Minha mãe, com mais de 60 anos, estava passando por um período muito difícil. Ela se sentia sozinha e humilhada. Mais ou menos nessa época, minha irmã, que se assumira há alguns anos, decidiu revelar a sua orientação sexual para mamãe. Ela achou que era importante a minha mãe compreender o seu estilo de vida e aceitar a sua amante como sua esposa. Eu achei que aquele não era o momento para contar para mamãe. Entretanto, foi o que ela fez. Logo depois, minha mãe e eu tivemos a seguinte conversa:

Mamãe: "O que você pensa a respeito de Sandy e de sua 'amiga'?"

Eu: "Sandy deve fazer qualquer coisa que a faça feliz."

Mamãe: "Eu achei que você ia dizer isso. Você sempre foi muito liberal."

Então, ela me olhou. Eu pude ver que ela compreendera. "Você também é assim, não é?"

"Sim, mamãe, eu sou."

Lá estava minha mãe, uma mulher de 66 anos, do tipo "até que a morte nos separe", cujo marido a abandonara, com uma filha divorciada e outra prestes a se divorciar (as primeiras em nossa família), que ela acabara de saber que eram lésbicas (também as primeiras). Achei que ela iria para a cozinha colocar a cabeça dentro do forno.

Dezoito anos depois, mamãe lida bem conosco. Ela mal consegue dizer "gay", ainda engasga com a palavra "L" e refere-se às nossas amigas como "a sua gente". Mas estamos muito mais abertas com ela do que jamais poderíamos ter sido há alguns anos.

Nossos filhos e os da minha irmã agora são adultos. Eles se sentem à vontade com o nosso relacionamento porque cresceram nele. Jill e eu somos muito ligadas a todos eles. Quando nasceu a nossa sobrinha-neta, nosso sobrinho e a esposa vieram para a Flórida exibir a recém-nascida. Ficamos feito bobas com o bebê, discutindo quem iria segurá-lo, como duas crianças. Nosso sobrinho e a esposa nos trataram afetuosamente, as duas tias excêntricas.

Jill tem uma família grande. Desde o início, ela contou para a irmã, que, por sua vez, contou as novidades para a mãe, o irmão, uma prima lésbica e provavelmente para algumas outras pessoas. A mãe de Jill reagiu com raiva. Ela quase me acusou de ter lançado uma maldição em sua inocente filha e então disse a Jill para escolher entre nós, o que ela fez; elas não se falaram durante um ano. Quando sua mãe finalmente aceitou o nosso relacionamento, ela se esforçou para entender. Agora, Jill e a mãe são amigas. Sua mãe é muito boa comigo e eu sinto um afeto verdadeiro por ela.

De modo geral, o nosso relacionamento é sutilmente reconhecido pela sua família. Eu sou reconhecida e tratada como sua esposa. Mesmo assim, quando seu irmão casou há quatro anos, meu filho e eu fomos convidados, mas não pediram para ficarmos ao lado de Jill quando a família do noivo foi fotografada.

No início de nossa vida em comum, não tínhamos amigos gays. Através da N.O.W., ouvimos falar de organizações e conferências gays e lésbicas e começamos a freqüentá-las. Alguns dos grupos eram formados por feministas lésbicas radicais, cuja filosofia e política diferiam da nossa. Os homens eram excluídos da sua agenda; nós não desejávamos excluir da nossa vida metade da população, não somente devido aos nossos filhos, mas porque gostamos de homens. Acontece que amamos mulheres.

Sentíamos necessidade de ter amigas lésbicas, especialmente mulheres com filhos. Entramos para um grupo de rap e ocasionalmente íamos a bares gays, principalmente porque Jill queria ver como eles eram. Algumas de nossas amigas eram mães lésbicas. Compartilhar nossas experiências com elas foi uma confirmação de que os nossos problemas não eram intransponíveis e que estava tudo bem com nossos filhos. Essas amizades eram muito necessárias; nós passávamos 80% do tempo no trabalho ou em sociedade, fingindo ser heterossexuais na companhia de heterossexuais.

Finalmente, todos os nossos amigos heterossexuais sabiam do nosso relacionamento; para alguns nós contamos, outros desconfiaram e perguntaram. Sabíamos que o verdadeiro teste de amizade estava em sua disposição de nos aceitar como éramos e não o que achávamos que eles queriam que fôssemos. Isso funcionou muito bem. Só perdemos uma amizade para falar a verdade.

Nós não nos assumimos para os vizinhos. Contamos que éramos duas mulheres divorciadas com filhos, dividindo uma casa. Agíamos como amigas, porque éramos. Quando discutíamos, se a gritaria fosse muita, eu corria pela casa fechando as janelas para que os vizinhos não ouvissem. No trabalho e fora de casa, nós inventávamos histórias: "Eu moro com minha irmã," ou, "Divido a casa com uma amiga". Devido ao limitado acesso à vida pessoal, colegas, conhecidos, até mesmo parentes, só sabem aquilo que você decide contar. Os vizinhos não. Eles nos vêem todos os dias, sem maquiagem, sem máscara e sem armadura. A maioria dos nossos vizinhos era simpática. Se éramos objeto de piadas de lésbicas ou observações indelicadas, era sem nosso conhecimento. Presumimos que o nosso respeitável disfarce hetero estava dando certo. Durante muito tempo, não tínhamos idéia de que os vizinhos sabiam tudo a nosso respeito.

Num Dia das Bruxas, voltamos para casa e encontramos a palavra "Lésbica" rabiscada com sabão num dos carros. Zangadas e aborrecidas, na segurança de nosso lar, censuramos os pais ignorantes, intolerantes que transmitiam sua homofobia para os filhos. Os nossos meninos, agora adolescentes, contaram que durante anos eles haviam sido provocados diversas vezes por amigos e colegas devido ao nosso lesbianismo. Quando perguntamos por que não nos contaram, eles responderam: "Não havia nada que vocês pudessem fazer. Nós precisávamos lidar com isso sozinhos". Eles estavam certos. Tivemos muitas conversas com eles a respeito das injustiças da vida e das pessoas tacanhas e maldosas. Nós lhes dissemos que surgiriam situações difíceis e que eles teriam de lidar com elas. Eles lidaram e estávamos orgulhosas deles.

Com nossos filhos tendo o mesmo sobrenome e freqüentando a mesma escola, houve muita confusão entre os professores a respeito de quem era filho de quem. Os três meninos estavam no programa escolar para alunos talentosos e dotados. Os professores ficavam maravilhados com eles. Esperamos que eles tenham achado que as "lésbicas" estavam fazendo alguma coisa certa.

Um casal hetero e a filha moravam perto de nós. De vez em quando nos encontrávamos, principalmente nas noites de verão, quando sentávamos fora de casa conversando. Acho que não nos visitamos mais do que duas vezes em oito anos. Quando o marido, com quarenta e poucos anos, morreu subitamente de um ataque cardíaco, Jill foi visitar a esposa. Enquanto conversavam, ela pegou a mão de Jill e disse: "Walter sempre defendeu vocês meninas". Nós ficamos emocionadas. Walter, nós mal o conhecíamos. Obrigada.

Dinheiro e trabalho

Quando as coisas entraram nos eixos em nosso relacionamento pessoal, nós queríamos mais: queríamos ser totalmente responsáveis por nossas vidas. Enquanto trabalhávamos em empregos regulares, abrimos um pequeno negócio de fim de semana num mercado de pulgas. Depois de alguns anos aprendendo a vender no varejo, estávamos prontas para iniciar um negócio em tempo integral. Deixamos nossos empregos e abrimos uma loja. Essa foi uma das épocas mais assustadoras de nossas vidas. E também uma das mais excitantes. Sabíamos que estávamos assumindo um risco, mas o que é a vida senão assumir riscos? Além disso, não era a primeira vez que deixávamos de lado a cautela.

Tivemos o negócio durante dez anos. O shopping center no qual ele estava localizado foi vendido e o novo proprietário não soube administrá-lo. Os negócios diminuíram, as coisas ficaram difíceis. Finalmente, fomos forçadas a fechar nossa loja; perdemos quase tudo. Ficamos deprimidas, sentindo-nos enganadas e zangadas.

Nós também estávamos num beco sem saída: duas mulheres de meia-idade, educadas, com muita experiência de vida, perguntando a si mesmas o que queriam ser quando crescessem – outra vez.

Decidimos nos mudar para a Flórida. Novo ambiente, novo começo, nova esperança.

Hoje

As crianças cresceram e são independentes. A vida é diferente. Em nosso novo cenário no sul da Flórida há uma ampla e ativa comunidade gay e lésbica. Nós passamos por algumas mudanças muito positivas. Comecei a escrever e descobri um estilo e uma platéia. Jill e eu finalmente saímos do armário, no início com hesitação e depois totalmente. Nós não nos apresentamos dizendo: "Oi, nós somos Jill e Arie e somos lésbicas", mas quando as pessoas perguntam sobre nosso relacionamento, somos francas. O fato de sermos sinceras aumentou imensamente a nossa auto-estima. Percebemos que não tínhamos medo da homofobia das outras pessoas, mas da nossa. Você precisa gostar de si para que as outras pessoas gostem de você.

Nossos filhos são legais, nada diferentes daqueles que se tornaram adultos vindos de lares não-tradicionais. Eles não são diferentes dos amigos que têm pais heterossexuais. Nossos filhos, fazendo as próprias escolhas, são todos heterossexuais e aceitam o estilo de vida de outras pessoas. Contudo, estamos preocupadas com um deles – achamos que ele talvez seja um republicano não-assumido!

Embora não tenhamos muito dinheiro, a vida é boa. O que

temos é mais importante do que dinheiro ou bens materiais. Com freqüência, as pessoas nos dizem que resolvemos tudo. Não é bem assim. Nós ainda lutamos. Na verdade, acho que adoramos uma boa discussão. Não há um limite para as besteiras que um relacionamento pode suportar. O mundo está longe de ser perfeito e nós também. O que entendemos é que não podemos desenhar uma linha imaginária e dizer: "Se você ultrapassar essa linha, está tudo acabado." A linha está em constante movimento, algumas vezes chegando até a parede onde você está encostada.

Reconhecemos os nossos defeitos e qualidades. Pedimos desculpas uma para a outra; achamos que isso é importante. Nós não fazemos muita cerimônia. E NÓS NÃO FICAMOS MARCANDO PONTOS. Quando avaliamos os bons e maus momentos que passamos, os positivos sempre superam os negativos.

Todo relacionamento passa por fases ruins. Se ficarmos unidos, ele melhora outra vez. Para mim, qualquer coisa vale a pena para ter esses bons momentos com Jill.

A nossa vida sexual é ativa. Ouvimos as pessoas falarem sobre o fim do sexo, o qual supostamente acontece com os casais depois de alguns anos. O termo deve ser a invenção mítica de uma lésbica solteira; conversando com pessoas que mantêm um relacionamento há muito tempo, sabemos que não somos uma anomalia. O fim do sexo não é um problema em nosso relacionamento; provavelmente, a vida terá fim primeiro.

Se me perguntassem sobre as melhores qualidades de Jill, falaria sobre generosidade, inteligência, bondade, afetividade e espiritualidade. Ela é uma companheira maravilhosa e uma mãe dedicada.

Passamos por muita coisa nesses dezoito anos; algumas horas pareceu que não ia dar certo, quando o estresse de unir as nossas famílias me fez duvidar se eu agüentaria. Jill passou por mais tristezas e atribulações que qualquer um deveria suportar. Enfrentei sérias crises de depressão na minha vida, assim como meu pai.

Quando nosso negócio fracassou e perdemos tudo o que possuíamos, o golpe foi tremendo. Mesmo assim sobrevivemos. Temos nossa família, nossos amigos, uma à outra. Tenho o amor e a dedicação dessa mulher para quem eu daria minha vida, depois de tantos anos. De alguma maneira, enfrentamos as adversidades do amanhã. Temos um amor especial; uma bênção para poucos. Tenho sorte, muita sorte!

SOBRE AS ORGANIZADORAS

DEBORAH ABBOT nasceu em 1953 em uma casinha num bairro cheio de meninas. Foi criada apenas com irmãs, sem irmãos, uma mãe dominadora (leia-se: confiante e assertiva), um pai passivo (leia-se: gentil e bondoso), e uma tia lésbica. Aos 22 anos, engravidou, casou-se com um homem muito gentil, teve dois filhos e um dia – para seu próprio espanto – foi para a cama com a sua melhor amiga, a quem ela adorava havia anos. Percebeu imediatamente que era lésbica. Nos últimos treze anos, vem cuidando de seus filhos juntamente com seu ex-marido (que ainda é um homem muito gentil). Uma semana ela passa ao som de reggae com meninos adolescentes e muita roupa para lavar. Outra semana ela passa com amigas maravilhosas, sua amante, muitos livros e quase nenhuma louça para lavar. É psicoterapeuta com consultório próprio e escritora com poemas, contos e ensaios publicados em numerosas antologias. Mora em Santa Cruz, Califórnia.

ELLEN FARMER trabalha como editora sênior na Universidade da Califórnia, Santa Cruz. Publica poesia e faz leituras públicas em São Francisco. "Quando Deborah pediu-me para ajudá-la nesse livro, ir à Marcha Gay e Lésbica em abril de 93 em Washington era ainda uma idéia distante. Eu era assumida para algumas pessoas mas minha transição de mãe com crianças morando no subúrbio para mãe lésbica não havia atraído muita atenção, exceto do grupo de mães lésbicas do qual passei a fazer parte. Hoje já falei com mais de duzentas mulheres que escolheram o mesmo caminho e tenho certeza de que a fonte de nosso poder pessoal está em reconhecermos nossas verdades. Do mesmo modo como muitas outras mulheres deste livro, tive de distinguir o que era bom no senso comum e sentir um medo paralisante do desconhecido até minha nova vida como lésbica tomar forma. Espero que este livro seja útil.

Impresso pelo Depto Gráfico do
CENTRO DE ESTUDOS
VIDA E CONSCIÊNCIA EDITORA LTDA
R. Santo Irineu, 170 / F.: 549-8344